EL PUENTE DE LOS ASESINOS

LAS AVENTURAS DEL CAPITÁN ALATRISTE

ARTURO
PÉREZ-REVERTE

EL PUENTE DE LOS ASESINOS

ALFAGUARA

© 2011, Arturo Pérez-Reverte
© De esta edición:
Santillana Ediciones Generales, S. A. de C. V., 2011
Av. Río Mixcoac 274, Col. Acacias
México, 03240, D.F. Teléfono 5420 7530
www.alfaguara.com/mx
www.capitanalatriste.com

ISBN: 978-607-11-1365-8

Primera edición: octubre de 2011

Diseño gráfico: Manuel Estrada
Ilustrado por: Joan Mundet

A Jacinto Antón, maestro de armas
en la ciudad de Barcelona.

Los soldados de bien, por hacer larga la vida de su patria, hacen la suya corta. Entre venenos y fatigas guardan la vida para un golpe; su muerte no hace más estruendo que el que hizo el golpe que les dio la muerte. Su mira, en su vida, sólo fue la buena fama. Ellos supieron merecerla, pero no hacerla. Quien la sabe hacer, debe labrarla. Los hombres de pluma elocuente están obligados a la inmortalidad de la espada briosa.

JUAN DE ZABALETA

Además de la germanía propia de la gente de espada, en la lengua franca utilizada por los militares españoles de los siglos XVI y XVII se mezclaban palabras flamencas, italianas, turcas, griegas o berberiscas. Hechos al mundo de frontera, los hombres de la monarquía hispana recurrían a esos términos con naturalidad, incorporándolos a su habla y castellanizándolos sin complejos. Eso dio lugar a un modo pintoresco de registrar palabras y expresiones extranjeras, que soldados como Alonso de Contreras, Diego Duque de Estrada, Jerónimo de Pasamonte o el propio Miguel de Cervantes utilizaron profusamente en sus memorias y escritos. Tal es la razón por la que, en varios pasajes de *El puente de los Asesinos*, el autor ha decidido mantener el modo de transcribir la lengua italiana utilizado por los autores de la época.

I. GENTE DE ACERO
Y SILENCIOS

os hombres se batían a la luz indecisa del amanecer, silueteados en la claridad gris que llegaba despacio por levante. La isla –poco más que un islote, en realidad– era pequeña y chata. Sus orillas, desnudas por la marea baja, se deshilaban en la bruma que la noche había dejado atrás. Eso daba una impresión de paisaje irreal, como si aquella porción de tierra neblinosa fuese parte misma del cielo y del agua. Las nubes eran pesadas y oscuras, y llovíznaban nieve casi líquida sobre la laguna veneciana. Hacía mucho frío aquel veinticinco de diciembre de mil seiscientos veintisiete.

–Están locos –dijo el moro Gurriato.

Seguía tirado en la escarcha del suelo, envuelto en mi capa mojada, y se incorporaba débilmente sobre un codo para

observar a los contendientes. Yo, que acababa de vendarle la
herida del costado, permanecía de pie junto a Sebastián Copons, tiritando bajo mi jubón de poco abrigo. Miraba a los
dos hombres que, a veinte pasos de nosotros, destocados,
a cuerpo gentil pese a lo destemplado del paraje, se acometían
espada y daga en mano.

—Dios ciega a quien desea perder —masculló el moro, entre
los dientes apretados por el dolor.

No respondí. Estaba de acuerdo en que aquello era un
disparate que remataba el otro, el más vasto y sangriento
que nos había llevado hasta allí; pero nada podía hacer yo.
Ni ruegos ni razones, ni tampoco la evidencia notoria del
peligro mortal que corríamos todos, habían logrado evitar
lo que estaba ocurriendo en la isla. Una porción de tierra,
ésta, cuyo nombre iba que ni pintado a nuestro presente
incierto: isla de los Esqueletos, lugar elegido como osario
por los habitantes de Venecia para despejar, de unos años acá,
sus atestados cementerios. Las huellas estaban por todas
partes. Entre la hierba húmeda, el barro y la tierra removida,
a poco que se fijara uno, veía asomar restos de huesos y ca-
laveras.

No sonaba otra cosa que el tintineo de los aceros: cling-
clang. Mis ojos sólo se apartaron de la escena para mirar lejos,
hacia el sur, donde la laguna se abría al Adriático. Pese a que
a medida que se asentaba la luz diurna disminuían nuestras
posibilidades, me animaba la esperanza de divisar, antes de
que fuera demasiado tarde, una manchita blanca en el horizonte: la vela de la embarcación que debía sacarnos de allí,

llevándonos a un lugar seguro antes de que nuestros perseguidores, que escudriñaban airados las islas cercanas, diesen con nosotros y nos cayeran encima como perros rabiosos. Y por Dios que no les faltaba motivo. En cualquier caso, ya era sobrado milagro que estuviésemos allí, temblando de frío en aquel islote, con su cuchillada el moro Gurriato pero todavía vivo, mientras el capitán Alatriste ajustaba viejas cuentas pendientes. Los cinco que aguardábamos en la isla –tres de nosotros mirando y los otros en danza de toledanas, como dije– éramos de los pocos que aún podían contarlo. En ese mismo instante, no lejos de allí, otros compañeros de aventura estaban siendo torturados y estrangulados en los calabozos de la Serenísima, colgaban de una soga frente a San Marcos o flotaban en el agua de los canales, tiñéndola de rojo con un lindo tajo en la garganta.

Todo había empezado dos meses atrás, en Nápoles, al regreso de una incursión en la costa griega. Después del combate naval con los turcos en las bocas de Escanderlu, donde perdimos a tantos hombres buenos y estuvimos al filo de dejar la piel, el capitán Alatriste y yo –mancebo en días pero al fin soldado, iba camino de los dieciocho años como por la posta– estuvimos una temporada reponiendo la salud y el ánimo con las delicias de la antigua Parténope, bastión principal del rey nuestro señor en el Mediterráneo y paraíso de los españoles en Italia. Poco duró el relajo. Arrojados a trochemoche –sobre todo el hijo de mi padre– sobre las tabernas del Chorrillo y los goces en que tan generosa era aquella ciudad magnífica, eso apuntilló nuestra enjuta bolsa. De modo que, hombres de armas como éramos, no hubo otra que buscar ocasión de mejor fortuna, y echamos papeleta para embarcar de nuevo. La brava *Mulata*, que habíamos traído a duras penas y muy maltratada del viaje a la costa de Anatolia, estaba en las atarazanas, reparándose. Así que embarcamos en la *Virgen del Rosario*, galera de veinticuatro bancos. Para desilusión nuestra, la primera salida no fue para corsear las islas de Levante a la caza de botines, sino de viaje por la costa griega, al lugar que llamábamos Brazo de Mayna, para llevar armas y socorros a los cristianos que allí hacían guerra de montaña escaramuzando contra los turcos que, desde hacía doscientos años, ocupaban su tierra.

La misión era sencilla, de poco fuste y ningún beneficio para nosotros: cargar en Mesina cien arcabuces de Éibar, trescientas lanzas de moharra tolosana y quince barriles de pólvora, y desembarcarlo todo de manera secreta en una ensenada, más allá del cabo Matapán, que los griegos llamaban Porto Kayio y los españoles Puerto Coalla. Así lo hicimos, sin tropiezos, y eso me permitió ver de cerca a los maynotas, que son los griegos de aquella parte y habitan una tierra áspera, estéril, que los hace rudos, cerriles y ladrones a más no poder. Eran muchas las esperanzas de libertad que esta gente, sometida por la crueldad turca, tenía puestas en el rey de España como monarca más poderoso del mundo;

pero a nuestro señor don Felipe IV y a su ministro el conde-
duque de Olivares no les interesaba comprometerse por unos
cuantos griegos oprimidos, en una campaña lejana e incierta como aquélla, contra un imperio turco que, aunque todavía en pleno vigor, había dejado de ser agresivo para no
sotros en el Mediterráneo. La guerra reavivada en Flandes
y Europa engullía hombres y dinero, y nuestros enemigos
naturales, la Holanda rebelde y también Francia, Inglaterra,
Venecia y el mismo papa de Roma, habrían visto con felicidad a España enfangada en un conflicto oriental que distra-
jese fuerzas del escenario europeo; allí donde el viejo león
hispano peleaba solo contra todos, todavía con recios zar-
pazos merced al oro de las Indias y a los temibles tercios
viejos de infantería española. Por eso nuestro socorro a los
habitantes de Brazo de Mayna fue más simbólico que otra
cosa, alentándolos a hostigar a los otomanos –degollaban a
recaudadores de impuestos, tendían emboscadas y cosas
así–, pero sin empeñarles más que vagas promesas y alguna
ayuda menor, como la que la *Virgen del Rosario* desembar-
có en Puerto Coalla. Pocos años más tarde ocurrió lo que
en tales casos suele ocurrir: los turcos ahogaron en sangre
el levantamiento, y España abandonó a los maynotas a su
triste suerte.

El caso es que regresamos a Nápoles sin novedad, con un
viento próspero que nos hizo avistar el Vesubio en pocos
días. Quedó amarrada la galera en el muelle grande, junto
a la linterna, cerca de las imponentes torres negras de Castilnuovo; y bajamos a tierra cuando se nos permitió, rascán-

donos las chinches camino de nuestros alojamientos en el
barrio, o cuartel, allí llamado de los españoles. La sarracina
de las bocas de Escanderlu nos había acercado de nuevo al
capitán Alatriste y a mí, tras algunos desacuerdos a los que
mi juventud y arrogancia, con los vicios que la vida de soldado acarrea, no habían sido ajenas; pero yo seguía viviendo
en los barracones militares de Monte Calvario, sin regresar
a mi antiguo cuarto en la posada de Ana de Osorio. Eso me
daba independencia y facilitaba la compañía con gente de mi
edad, como Jaime Correas, que en Nápoles como en Flandes
era consorte habitual, y con quien solía echarlo todo a doce.
Este amigo, cada vez más apicarado, siempre afecto al naipe,
a armarse a lo Baco y a traer el seso en la punta del caramillo,
no era, convengo en ello, la mejor influencia. Él solo bastaba
para deshonrar a un duque. Sin embargo, yo le tenía apego.
En los mandarachos y tabernas partenopeos seguíamos in-
separables; y no sólo allí, pues entrambos salíamos aplica-
dos en parafrasear, del buen don Miguel de Cervantes, aquellos
lindos versos parnasianos:

> *Y díjeme a mí mismo: «No me engaño,*
> *esta ciudad es Nápoles la ilustre,*
> *que yo gocé sus hembras más de un año».*

Aquella mañana, cuando llegamos ante la posada donde
vivía el capitán, cargados con nuestros sacos de soldados y
abriéndonos paso entre la gente que atestaba las calles abi-
garradas del cuartel español, un hombre que aguardaba apo-

yado en la pared frontera se apartó de ella y vino hacia nosotros. Vestía de negro, como abogado o funcionario, no
ceñía espada y se cubría con sombrero de ala corta. Su aspecto recordaba a esos cuervos siniestros a los que sueles encontrar junto a jueces e inquisidores, escribiendo renglones que
no tardarán en complicarte la vida. Entre las primeras cosas
que yo había aprendido junto al capitán, bien a mi costa, se
contaba recelar menos de quienes se limpian las uñas con
cuchillos de diversas hechuras –unos para cortar bolsas, otros
para matar puercos y otros para matar a personas– que de
esa ralea vestida de negro, hábil en cebar horcas, cárceles y
cementerios con una pluma de ave, un tintero y unas resmas
de papel.

—¿Es vuestra merced Diego Alatriste?

Su acento era buen español, sin rastro de italiano. Lo miramos con la natural desconfianza, sin dejar de mascar los
trozos de escamoza que habíamos comprado a un quesero
por el camino. Una cosa era que un camarada te diese la
bienvenida al bajar de la galera, señalando alegre la puerta
de una taberna, y otra bien distinta encontrar a un pájaro de
mala sombra pronunciando tu nombre y apellido. Observé
que el capitán se ponía tenso y dejaba el petate en el suelo,
mientras sus ojos glaucos recorrían al individuo de arriba
abajo.

—¿Y qué, si lo soy?

—Tengo instrucciones para conduciros conmigo.

Bajo el ala ancha del chapeo que le ensombrecía el rostro
aguileño, tostado por el sol griego, vi endurecerse los ras-

gos de mi antiguo amo. Su mano izquierda fue a apoyarse, como al descuido, en el pomo de la toledana que llevaba al cinto.

–¿A dónde?

Me miró el individuo, dubitativo, mientras yo consideraba todo aquello rápidamente. Acabé descartando un mal paso que tuviese como próxima etapa la cárcel de Santiago o la Vicaría. Nadie que conociese el nombre de Diego Alatriste –y por consiguiente la reputación que lo sostenía– iba a encargar a un solo hombre que lo llevase allí donde no quisiera ir. Para esos lances solían mandarle los corchetes de seis en seis, armados con más hierro que Vizcaya.

–Es asunto particular –dijo–. Y sólo concierne a vuestra merced.

–¿A dónde? –repitió el capitán, impasible.

Un silencio. El hombre vestido de negro ya no parecía tan seguro de sí. Me dirigió otro vistazo rápido antes de encarar de nuevo los ojos fríos que lo observaban bajo el ala ancha del sombrero.

–A Piedegruta... Alguien desea veros.

–¿Es asunto oficial?

–Podría serlo.

Con estas últimas palabras sacó un papel doblado y lacrado del bolsillo y se lo entregó al capitán. Rompió éste el sello, echó un vistazo, y yo, que me había apartado ligeramente por no parecer indiscreto –aunque me quemaba en ganas de meter el hocico–, lo vi pasarse dos dedos por el mostacho. Al cabo dobló el papel, se lo guardó en la faltriquera y estuvo pensativo un instante. Luego se volvió hacia mí.

—Te veré luego, Íñigo.

Asentí, desilusionado. Le conocía el tono y no hubo más que decir. Despidiéndome con un gesto, seguí camino petate al hombro, cuesta arriba, rumbo a Monte Calvario; en cuyo barracón militar, junto a Jaime Correas y otros camaradas, se alojaba también Aixa Ben Gurriat, al que todos llamábamos moro Gurriato: el mogataz azuago que se había alistado en la infantería española tras la cabalgada de Orán. Seguía siendo un pintoresco y peligroso personaje, particularmente afecto al capitán Alatriste. Durante el tiempo que corseamos en la *Mulata* había tejido con nosotros una lealtad aún más singular y estrecha; aunque el fondo de sus pensamientos, con aquella estoica serenidad que lo caracterizaba a la hora de encarar la vida y la muerte o considerar los actos de los hombres, seguía siendo un misterio para mí. Añadiré, ya que andamos en ello, que completaba nuestro rancho de amigos en la ciudad —el capitán Alonso de Contreras estaba por esas fechas de gobernador en Pantelaria— el aragonés Sebastián Copons, que no había embarcado en la *Virgen del Rosario* porque servía de caporal con la guarnición del castillo del Huevo. Por aquel tiempo pasó también unos días en Nápoles, aunque sólo de camino, Lopito de Vega, hijo del gran Lope, que ya tenía su patente de alférez. Nos habíamos holgado mucho de encontrarlo otra vez, pues era un bravo muchacho; aunque nuestra alegría estuvo empañada por su reciente viudez de la joven Laura Moscatel, arrebatada por unas calenturas malignas a poco del matrimonio. El hijo del Fénix de los Ingenios volverá a aparecer en el curso de la presente historia, así que hablaremos de él más adelante.

Diego Alatriste bajó del carruaje y miró en torno, desconfiado. Tenía por sana costumbre, antes de entrar en un sitio incierto, establecer por dónde iba a irse, o intentarlo, si las cosas terminaban complicándose. El billete que le ordenaba acompañar al hombre de negro estaba firmado por don Esteban Espinar, sargento mayor del tercio de Nápoles, y no admitía discusión alguna; pero nada más se aclaraba en él. Así que Alatriste estudió los alrededores antes de encaminarse al caserón de tres plantas que se levantaba en el lado derecho de la vía Piedegruta, cerca de la playa. Conocía el lugar por ser sitio de las afueras frecuentado por los españoles en fiestas y romerías. Había algunos ventorrillos agradables entre los casales y arboledas de las faldas del Posílipo, la casa de la Torreta quedaba al otro lado del camino, y la iglesia de Santa María al final de éste, cerca de la entrada a la antigua y famosa cueva que desde tiempo de los romanos daba nombre al paraje. A esa hora, el lugar estaba poco transitado: unas mujeres volvían con cántaros de agua de la fuente cercana y un zapatero remendón manejaba su lezna bajo un toldo de rayas blancas y azules, en la esquina de la rampa vieja de San Antonio.

–Sígame vuestra merced.

El caserón tenía casi todos los postigos cerrados. El eco doble de los pasos –las botas de Alatriste, sobre todo– parecía prolongarse hasta el infinito. Su interior mal ventilado, oscuro a trechos, estaba dispuesto con muebles viejos, situados de cualquier manera junto a paredes de pinturas desconchadas, restos de un antiguo esplendor. En el primer piso, al final de la escalera se prolongaba un corredor ancho y largo con puertas a uno y otro lado, a cuyo extremo se abría un salón muy iluminado por el sol. Parecía la única estancia confortable de la casa: cuadros en las paredes y alfombra de dibujo oriental sobre suelo de baldosas. Frente a una chimenea grande y apagada, una mesa de escritorio, con cuatro sillas dispuestas a los lados, estaba cubierta de libros y papeles. También había un candelabro de cinco brazos, una frasca de vino y dos copas de cristal tallado. Algo más allá, junto a una ventana por la que se distinguían, lejos, las torres de Mergelina y el campanario de Santa María del Parto, dos hombres en pie conversaban envueltos en el fuerte contraluz del exterior.

–Con su permiso, Excelencia –dijo el hombre de negro.

Se había detenido en el umbral, sombrero en mano. Lo mismo hizo Diego Alatriste, destocándose cuando una de las dos siluetas recortadas en el resplandor de la ventana se volvió hacia él, moviéndose a un lado: se trataba de un caballero de mediana edad, buena traza y mejores ropas. Su rostro le era desconocido, pero no pasó por alto, aparte el tratamiento de Excelencia, la empuñadura de oro de martillo de la espada que llevaba al cinto, los botones de esmeraldas en

su jubón de terciopelo de color violeta y la cruz de Calatrava
bordada sobre el pecho. Inmóvil, las manos a la espalda, el
hombre estuvo mirando un buen rato a Alatriste, en silencio.
Tenía el pelo crespo y corto muy salpicado de canas, como
el bigote y la barba estrecha y apuntada.

–Habéis tardado un poco –dijo al fin.

El tono era de fastidio. Arrogante. Tras considerarlo un
momento, Alatriste se encogió de hombros.

–Vengo de lejos –respondió.

–El puerto no lo está tanto.

–La costa griega, sí –no pestañeó en la breve pausa–. Excelencia.

Arrugó la frente el otro. Saltaba a la vista que no era el
tono al que estaba acostumbrado, pero a Alatriste eso le im-
portaba un diente de ajo. Dime tu nombre, pensó sin despegar los labios, o tu título, y barro el suelo con el fieltro. Pero
vengo demasiado cansado para jugar a las adivinanzas en vez
de estar en la posada, quitándome la sal y la mugre en una
tina con agua caliente. O para satisfacerme con el Excelencia
a secas, dicho por un funcionario al que tampoco conozco,
que nada me cuenta y que el diablo se lleve.

–Nos dijeron que vuestra galera amarró de madrugada –comentó el caballero, desabrido.

Alatriste encogió los hombros de nuevo. Le habría divertido la situación, quizás, de no mirar de reojo, de vez en
cuando, al otro hombre inmóvil en el fuerte contraluz de la
ventana. Su silencio lo inquietaba. Reunión de pastores, recordó, oveja muerta. En tales casos, la oveja solía ser él.

–Un soldado no baja a tierra cuando quiere, sino cuando lo dejan bajar.

Lo estudió el otro con mirada crítica, silenciosa. Alatriste observó que se fijaba con detenimiento en las cicatrices de su rostro y sus manos, y en los roces y mellas que rayaban la cazoleta de acero de su espada. Después, Su Excelencia –quienquiera que fuese– movió la cabeza muy despacio. Reflexivo.

–Aquí lo tenéis –dijo al fin, volviéndose a medias hacia el hombre oculto por el contraluz de la ventana.

Entonces se movió éste; y cuando el resplandor del sol se deslizó sobre su cabeza y sus hombros, descubriéndolo, Alatriste reconoció a don Francisco de Quevedo.

–Venecia –concluyó Quevedo.

Había estado hablando durante un buen rato sin que nadie lo interrumpiese. El otro caballero había permanecido en silencio, apoyado con actitud distinguida en el dintel de la chimenea: una mano en la cadera, sobre la empuñadura de la espada, y una copa de vino en la otra. Displicente, pero sin apartar los ojos del soldado que seguía inmóvil en el centro de la habitación.

–¿Alguna pregunta? –dijo ahora.

Volvió un poco el rostro hacia él Diego Alatriste, considerando en sus adentros cuanto acababa de oír.

–Muchas –respondió.

–Pues atendámoslas una por una.

Alatriste miró de nuevo a Quevedo. Asentía el poeta, amistoso como siempre, cual si la misma víspera hubieran despachado juntos un azumbre de San Martín de Valdeiglesias en la taberna del Turco. Lo grave de la conversación no le disimulaba los viejos afectos.

–¿Por qué vuestra merced, don Francisco?

Se acentuó la sonrisa del poeta. Tenía más canas, y marcas de fatiga en la cara. Sin duda había sido el suyo un largo esfuerzo: de Madrid a embarcar en Cartagena, y luego el mar con vientos difíciles, hasta Nápoles. Y los años no pasaban en balde. Para nadie.

–Antes que éste hice catorce viajes a Italia, durante mi amistad con el difunto duque de Osuna, don Pedro Téllez Girón... Me sirvieron de estudio. Mi situación actual en la Corte ha hecho que algunos recuerden los pasados servicios. Mis contactos y experiencia. Y recurran a mí para ciertos aspectos de un asunto delicado... Un negocio importante y secreto.

Tenía que serlo, dedujo Alatriste. Muy importante y muy secreto: lo suficiente para recurrir a don Francisco de Quevedo. Todos estaban al corriente de la estrecha relación que, como embajador y consejero del duque de Osuna, el poeta había tenido, años atrás, con el desgraciado Pedro Téllez Girón cuando éste, virrey de España en Sicilia y luego en Nápoles, era punta de lanza de la monarquía española en el Mediterráneo y azote implacable de turcos y venecianos. Después, la caída en desgracia de Osuna –a la que ni envidias

–Vengo de lejos –respondió.

de la Corte ni oro de la Serenísima fueron ajenos– había arrastrado a Quevedo, que tardó mucho tiempo en recobrar el favor real merced a su creciente privanza con el entorno de la reina Isabel y a la necesidad que de su pluma, afilada y letal, tenía el conde-duque de Olivares.

–El norte de Italia es clave, querido capitán –prosiguió el poeta–. Y lo es para todos: España, Francia, Saboya, Venecia... Los españoles necesitamos mantener, desde Lombardía, el camino propio y seguro que permita llevar por tierra nuestros tercios a Flandes. En cuanto a los franceses, siguen requemados de envidia por nuestra presencia en Milán. Por su parte, Saboya continúa desatinada por el Monferrato, inolvidable pretensión de su codicia. Y los venecianos mantienen su inquieta ambición sobre el Friuli, donde quieren usurpar los puertos que tiene el emperador...

Se había acercado a la mesa, donde entre los papeles que allí había, iluminados por el rectángulo de luz de la ventana, extendió un gran mapa de la península italiana. Tras calarse los lentes, que pendían de un cordón de la botonadura del jubón negro, sus dedos recorrieron de abajo arriba la franja en forma de bota entre los mares Adriático y Tirreno: extensas posesiones españolas de Sicilia y Nápoles, al sur, y el estado de Milán, al norte, además de la isla de Cerdeña y los presidios costeros toscanos, la región del Finale en la costa ligur y el fuerte de Fuentes al pie de los Alpes. Un formidable despliegue político y militar al que sólo podían hacer sombra los tres grandes estados italianos adversarios de la hegemonía española: los del papa, Saboya y Venecia.

—Venecia... Esa puta del mar, desvergonzada e hipócrita.

Un dedo de don Francisco se detuvo sobre la cuña de territorio que se adentraba en el norte de la península, desde el golfo Adriático hasta los confines españoles del Milanesado. El poeta casi escupía las palabras, y Diego Alatriste supo por qué. Ni a Quevedo ni a nadie se les escapaba que en la desgracia del duque de Osuna habían tenido mucho que ver las envidias e intrigas de la corte de Madrid, pero también el oro de la Serenísima.

—República parásita —continuó diciendo Quevedo—, aristocracia de mercaderes, vive de promover disturbios a otros. Se alía con príncipes a los que teme, para destruirlos a la sorda. Más paz y victorias le dan las guerras en las que mete a sus amigos que las que declara a sus enemigos... Sus embajadores son espías, su oro estímulo de sediciones. Es gente sin más religión que su interés. Permite en su suelo escuelas públicas de las sectas de Calvino y de Lutero. Alquilados sus ejércitos, vence vendiendo y comprando, no peleando... Venecia es una ramera, como digo, que gana con su cuerpo para que otros la defiendan, y tiene por chulos a Francia y Saboya. Y siempre fue así. Después de Lepanto, cuando Roma, España y toda Europa fiaban en los pactos establecidos, la Serenísima Zorra se apresuró a firmar en secreto las paces con el turco.

La elocuencia de don Francisco era casi literaria, observó Diego Alatriste. Incluso en un antiveneciano convencido, como era su viejo amigo, la retórica parecía excesiva. Se diría que recitaba de memoria uno de aquellos opúsculos que en

los últimos tiempos escribía a satisfacción del conde-duque.
Al fin, mirando de reojo al caballero que seguía apoyado en
la chimenea y escuchaba el discurso con manifiesta aprobación, creyó comprender la causa: Quevedo estaba plantean-
do en voz alta la doctrina oficial. La justificación, que en
algún momento posterior sería pública, de lo que allí se tra-
maba, o empezaba a tramar. Y como el gato escaldado hasta
del agua fría recela, Alatriste se preguntó, con un nuevo estremecimiento de inquietud, qué parte de todo aquello –nunca la más grata ni la mejor pagada, como de costumbre– acabaría cayendo sobre sus espaldas.

–Esos republicones –remataba Quevedo– han puesto toda
su atención en el Adriático, llamándolo golfo suyo... Y con la
fábula de apellidarse defensores de Italia y la fe cristiana, diciendo que les pertenece el dominio de ese mar para limpiarlo
de corsarios, dejan que lo naveguen a su placer holandeses,
moros y turcos, enemigos todos de la religión católica.

Se interrumpió de pronto, cual si hubiera agotado los argumentos. Fruncía el ceño, pareciendo considerar si olvidaba algo. Sus lentes cayeron del puente de la nariz, colgando
del cordón. Después miró al caballero de la chimenea, vertió
vino en la otra copa y la apuró de un largo trago, sin respirar,
como si necesitara remojar la palabra. Fue entonces cuando
el otro se apartó de la chimenea, vino hasta la mesa y contempló pensativo el mapa de Italia. Aún tenía una mano
apoyada en la cadera y sonreía de una manera extraña, consideró Alatriste. Como el garitero que baraja naipes con más
flores que mayo.

–Vamos a darles una lección –dijo.

–A esos hideputas –remachó el poeta, brutal, chasqueando la lengua mientras dejaba sobre los papeles la copa vacía.

Se trataba de eso, entonces. Diego Alatriste se estremeció de nuevo en sus adentros. Era mastín viejo. Empezaba a cuajar lo que hervía en la olla.

–¿Como la conjura de hace nueve años?

Arriesgó esa idea y luego aguardó, impasible. Los ojos del caballero desconocido lo cribaron de arriba abajo, arrogantes al principio y reflexivos después. Parecieron concluir, al cabo, que las circunstancias justificaban aquella pregunta. También una respuesta.

–Nunca la hubo –dijo, sereno–. No, al menos, como se cuenta. Y podéis creerme, pues yo también, como don Francisco, estaba cerca del duque de Osuna en aquella ocasión... El año dieciocho, alarmados los venecianos por la turba de aventureros, espadachines, corsarios y ladrones que componían sus tropas asalariadas a punto de amotinarse, limpiaron sentinas usando a España como pretexto... ¿Iban a derrocar a la República dos corsarios, un viejo borracho y unos cuantos buscavidas sin fama, créditos ni recursos?

Se quedó callado, mirando primero a Quevedo y luego otra vez a Alatriste. El silencio fue tan largo que éste creyó oportuno decir algo. Cual si los otros pareciesen esperar que lo hiciera.

–No creo –aventuró.

Lo dijo inseguro, pero el caballero pareció satisfecho al oír aquello. Se volvía ahora a medias hacia Quevedo tocándose la barba, como si acabasen de entrar, a satisfacción suya, en otra clase de terreno. La idea de la conspiración, explicó en tono algo más afable, les había ido de perlas a los venecianos. Gracias al escándalo que organizaron, ya no estaba en Italia aquel insigne triunvirato que sostenía en Italia los blasones de Castilla: el embajador Bedmar en Venecia, el marqués de Villafranca en Milán y el duque de Osuna en Nápoles. A este último le envenenaron gloria y fama hasta hundirlo con el proceso que lo hizo morir en prisión. Con ello, la política del Consejo de los Diez había triunfado: apenas salió Osuna de Italia, negoció Venecia con el turco, estrechó la amistad con saboyanos y piamonteses, encendió de nuevo la contienda de la Valtelina, y hacía dos años había logrado que se formara la Liga de Aviñón: esa alianza contra natura sólo explicable por el terror que a todos causaba España. Una liga con la que el papa, Francia, Inglaterra, Dinamarca, Holanda, Saboya y los estados protestantes de Alemania buscaban la ruina de la monarquía católica y la casa de Austria.

–Tarde advirtió la corte española sus errores –concluyó–. Iban el rey Felipe y el emperador Fernando a enviar ejércitos que aplastasen a Venecia, cuando la guerra en Flandes y en Europa nos distrajo tropas y energías... No puede haber ya campaña abierta en el norte de Italia. Pero sí hay oportunidad para poner las cosas en su sitio, de otra manera, haciendo lo que no se hizo hace nueve años... Haciéndolo de verdad.

Digirió Alatriste aquello lo mejor que pudo. Lo que más lo inquietaba era el tono de confidencia. Que se lo contaran de esa manera, casi de vuestra merced a vuestra merced, cual si todos estuviesen metidos en idéntico negocio. Don Francisco y el desconocido lo miraban ahora como alanos rondando un hueso con mucho tuétano. Tragó saliva. En qué maldito embrollo, se dijo desolado, me están metiendo.

—¿Una segunda conjura? —aventuró de nuevo.

Alzó el caballero un dedo admonitorio, aunque sin severidad. Parecía un gesto divertido. Cómplice. Eso intranquilizó a Alatriste todavía más.

—Ya os digo que nunca hubo primera. Aquello fue más propaganda veneciana que otra cosa... Lo de ahora va en serio.

—¿Y qué tengo yo que ver?

Con una sonrisa de afecto, sin duda sincera, don Francisco de Quevedo cogió su copa vacía de la mesa, y tras llenarla de nuevo se la ofreció a Diego Alatriste. La sostuvo éste un momento en la mano, y tras una corta vacilación mojó el mostacho, sin apartar los ojos de la cruz de Calatrava que el caballero desconocido lucía en el lado izquierdo del pecho. Que le ofrecieran vino lo asustaba todavía más que una parla a gaznate seco.

Entonces recordó el viejo refrán: cuando al soldado le dan de beber, o está jodido o lo van a joder.

—Voto a Cristo, Íñigo. Estás hecho un hombretón.

Me sentía feliz por ver de nuevo a don Francisco. Había pasado un año y medio desde la última vez, cuando nos despedimos en Madrid tras el asunto del jubón amarillo y la conspiración que estuvo a punto de costar la vida al rey nuestro señor durante una cacería en El Escorial.

–Un hombre de una pieza, joven y gallardo... No como nosotros, querido capitán, que empezamos a aparentar la edad que tenemos.

Era de nuevo el afecto habitual. La vieja intimidad entre nosotros, felizmente recobrada. Celebrábamos nuestro reencuentro con una comida para tres en una hostería de Pizzofalcone, bajo un emparrado seco y un toldo de lona que nos protegía del sol napolitano, espléndido pese a lo avanzado de la estación: zuquinis en aceite y vinagre, pichones asados, jigote de cabrito y buena provisión líquida de greco y lacrimachristi. El paisaje era soberbio: el mar de un azul intenso surcado por velas blancas, el Vesubio lejano, humeante sobre su ladera oscura, y la ciudad hermosa que se extendía a nuestros pies, en torno a las faldas de la colina. El puerto con sus galeras y naves amarradas, Castilnuovo y el palacio del virrey a un lado, la eminencia fortificada de San Elmo a nuestra espalda, y la playa de Chiaia a la otra parte, con sus palacios alineados, la arboleda inicial y la hermosa playa que se curvaba, semicircular y franca, hacia Mergelina y las verdes alturas del Posílipo.

–Intervendrá en el negocio, supongo.

Don Francisco había pronunciado esas palabras entre dos tientos al vino, como al descuido, pero observando de reojo al capitán Alatriste. Advertí que éste me miraba del mismo modo por un breve instante. Después se echó hacia atrás en la silla –tenía desabrochado el jubón y abierto sobre el pecho el cuello de la camisa– y perdió la vista en el horizonte azul, allí donde la isla de Capri se difuminaba en la distancia.

–Depende de él –dijo, inexpresivo.

Me lo habían contado con los pichones, muy por encima, sin entrar en detalles. Un golpe de mano en Venecia, por Navidad. Ajuste de cuentas con aquellos comedores de hígado encebollado, tornadizos como cantoneras de todo trance. La letra menuda se le contaría al capitán más adelante. Se nos contaría, si yo terminaba pidiendo naipe de aquella descuadernada.

–Depende de ti –repitió don Francisco, mirándome con franqueza.

Encogí los hombros. La vida junto a mi antiguo amo, Madrid, Flandes y el Mediterráneo, había hecho de mí lo que era: un mozo de manos recias y buen ojo, sereno a la hora de desnudar la sierpe, diestro en el oficio de acuchillar y ser acuchillado. Con maneras de soldado y edad suficiente para tomar decisiones.

–Con el capitán –dije– bajo al infierno.

Sonó a bernardina de jaque, y sólo me faltó añadir «digo, y no digo más», para sentar plaza de bravonel en la hostería. Yo era en aquel tiempo mozo audaz y reñidor, quisquilloso como buen vascongado, celoso de mi reputación y amigo de pregonarla; pues la juventud, como es sabido, muchas veces gana en alientos lo que pierde en prudencia.

–No sería la primera vez –apuntó don Francisco.

Sonreía, un punto irónico, por los fieros leonescos de mi arrebato. Pero eso no me ofendió en absoluto, pues su afec-

to incondicional y generoso me lo había demostrado mil
veces. Por su parte, el capitán Alatriste entornaba los ojos sin
dejar de mantenerlos fijos en el mar, por donde una galera
con las velas aferradas en las entenas venía bogando a manera de ciempiés, desde levante.

—La idea —dijo don Francisco bajando la voz, aunque estábamos solos— es concentrar a varios grupos de gente segura a partir de Milán, y meterlos poco a poco en la ciudad, con
disimulo. Otros llegarán por mar. Todos deberán estar dispuestos para actuar el día y la hora previstos.

—¿Españoles?

—En parte. Pero también de otras naciones. Se cuenta con
algunas tropas mercenarias dálmatas y tudescas al servicio
de la República... Sus jefes están ganados para la causa. También hay venecianos implicados.

Don Francisco le dio otro tiento al lacrimachristi, del que
habíamos liquidado entre los tres casi azumbre y medio. Los
años, observé, no le habían cambiado los hábitos. Seguía siendo concienzudo escurridor de jarros, como en Madrid. Gran
bebedor bajo buena o mala capa, aunque no tanto como el
capitán Alatriste, que parecía tener de esponja las asaduras.
Esta vez la suerte favorecía al poeta y la capa era buena; estaba doblada sobre una silla de la hostería: negra, de terciopelo
con vueltas de seda. Los que vivía eran tiempos felices, de
posición y privanza. La muerte reciente de una tía rica —doña
Margarita Quevedo— y el favor del conde-duque y la reina
lo tenían, de momento, en lo alto de su fortuna. En la cumbre
de las letras y la política.

–Todo lo lleva el gobernador de Milán –prosiguió–. Dentro de un par de semanas empezará a disponer tropas en la frontera con el estado veneciano, que en caso necesario avanzarán por Brescia, Verona y Padua, a fin de respaldarlo todo. Al mismo tiempo, diez galeras con bandera austriaca e infantería española, gente de los tercios de Nápoles y Sicilia, forzarán la entrada del Adriático, con el pretexto oficial de dirigirse a algún puerto del emperador, en el Friuli.

–Diciembre no es tiempo de galeras –objeté.

–De ésas, sí. Para este asunto, cualquier tiempo resulta bueno.

–¿Y qué se espera de nosotros?

–Lo conocerás a su debido tiempo –don Francisco miró a mi antiguo amo, que seguía contemplando el mar–. El papel de vuestra merced es importante, de todas formas. Y secreto. Se le comunicará por partes, durante el viaje... Hay dos etapas previstas: Roma y Milán. Yo os acompañaré hasta la primera, y allí os desearé suerte después de poneros en buenas manos.

El capitán Alatriste permanecía inmóvil, recostado en el respaldo de su silla. En el perfil tostado y aguileño, la claridad del día y el reflejo del sol en el mar le aclaraban aún más la mirada. Los ojos, absortos en la distancia, se veían de un color verde muy claro, casi transparente.

–Nunca hubiera imaginado veros en negocio de tal calibre.

Lo dijo pensativo, sin mirar al poeta. Sonrió éste y dijo que tampoco él se hubiera imaginado a sí mismo, pero que nadie escapaba a ciertos fantasmas. Sabedor de su intenso pasado italiano, explicó, el conde-duque había requerido sus servicios sin darle opción a negarse. Todo muy al estilo Olivares, que acostumbraba hacer las cosas en plan ordeno y mando. Además, en la trama había personas a las que don Francisco conocía bien: el embajador de España en Roma era íntimo suyo, con el gobernador de Milán mantenía correspondencia desde mucho tiempo atrás, y de la época junto al duque de Osuna conservaba material valioso, documentos y contactos utilísimos para la empresa. En cuanto al caballero con el que se habían visto en la vía Piedegruta, era nada menos que don Francisco Vázquez de La Coruña, marqués de los Mariscales, viejo amigo suyo y brazo derecho del virrey de Nápoles. Imposible zafarse del compromiso.

–Así que, con mi actual posición en la Corte, no podía esquivar el bulto –concluyó–. *Oboedite praepositis*, como decía San Pablo... Tampoco me habría negado, en cualquier caso. El de Osuna era mi amigo, y no olvido el papel que Venecia tuvo en su ruina. Él nunca toleró a la República sus demasías e insolencias, el obstaculizar nuestra presencia en el Adriático, la poca religión y la mucha desvergüenza... Arrieros somos, y ya es hora de encontrarnos en el camino.

El capitán Alatriste había apartado la vista del mar. Miraba ahora su espada, apoyada en la silla donde estaban la capa de don Francisco, la suya y la mía. El sol hacía relucir la vieja cazoleta, surcada por arañazos de otros aceros.

–Todavía no sé qué papel juego en esto.

–El negocio tiene varias teclas, que deberán tocarse en el momento oportuno. A vuestra merced corresponde una de ellas, y no la menos importante.

El capitán había cogido su vaso de la mesa y lo llevaba a los labios. Interrumpió el movimiento a medio camino.

–De mucho matar, supongo.

Guiñó un ojo don Francisco, casi festivo.

–Suponéis bien. También de incendiar, demoler y destruir... Vuestro grupo, del que está previsto seáis cabo, actuará en coordinación con otros. Cada cual tendrá su misión específica.

Asintió levemente el capitán, bebió y puso más vino en su vaso.

–¿Qué gente irá conmigo?

–Al primer voluntario acabáis de oírle la intención –el poeta me guiñó de lado un ojo, cómplice–. Va al infierno con vuestra merced, dice.

–¿Deberé elegir yo mismo?

–No es imprescindible. Aunque os conozco, y dije que estaréis más cómodo si os acompañan algunos camaradas. Otros vendrán impuestos, pero queda un margen... Podéis hacer una pequeña lista de nombres, si gustáis. Soldados conocidos por vuestra merced, de fiar. De los que saben mover las manos y tienen la boca cerrada incluso en las ansias del potro... Gente de acero y silencios.

Nos miramos el capitán y yo. Éramos bailarines veteranos y no requeríamos jabón para resbalar.

–¿Y si sale mal?... Venecia no es un lugar amistoso para españoles, y lo será menos si las cosas se tuercen.

–No se torcerán.

–Ya. Pero me gustaría saber si hay prevista una vía de escape. Una retirada más o menos segura.

–Supongo que sí.

–¿Nada más lo supone vuestra merced?

–Todo lo lleva el gobernador de Milán. Los detalles son cosa suya.

En el rostro impasible del capitán Alatriste, una mirada escéptica delataba sus pensamientos: no era el gobernador de Milán quien iba a vérselas con los venecianos enfurecidos, en caso de problemas, en una ciudad donde era fama que espías y agentes extranjeros solían morir en silencio, sin proceso ni escándalo: desaparecían, y ahí nos vimos. Adivinándole las ideas, quiso don Francisco tranquilizarlo.

–Nunca os metería en esto de no tener confianza –deslizó.

Yo estaba seguro de ello, pero no estimé tan convencido al capitán. La vida le había enseñado que el interés propio, la necesidad, incluso la devoción misma, pueden cegar a los más leales. Casi todos los hombres, aun de buena fe, acaban viendo las cosas como las desean ver.

–Estará pagado, imagino.

Se relajó el poeta. Hablar de dinero era pisar sobre seguro.

–¿Pagado?... Voto a tal. Un mes con sueldo de ochenta escudos para los cabos y cincuenta para la tropa. Sin contar lo que supondrá en vuestras hojas de servicio, en especial para Íñigo... Después de esto, su entrada en los correos reales y en la Corte es cosa hecha. La reina misma está dispuesta a recomendar el asunto.

Vi torcerse el mostacho del capitán Alatriste con lo de las hojas de servicio. Mi antiguo amo había visto demasiadas de ellas –él mismo tenía unas cuantas en su mochila de soldado–

metidas en canutos de hojalata, exhibidas por mendigos y mutilados que limosneaban a la puerta de las iglesias de toda España. A mí, sin embargo, corridos mundo y guerras pero mozo al fin, el argumento me sonaba bien. Y las últimas palabras de don Francisco me acariciaron el orgullo.

—¿Habéis hablado de mí a la reina? —inquirí, halagado.

—Naturalmente. Si yo gozo de favor, no veo por qué no han de tenerlo mis amigos. Tu antiguo lance con la Inquisición y tu juventud en Flandes enternecen mucho a la hija del Bearnés... Y por cierto. Hablando de ternezas, tengo noticias para ti.

Hizo una pausa, y su sonrisa bastó para suspenderme el ánimo. Hacía tiempo que yo no recibía cartas de Nueva España.

—Se habla de que Luis de Alquézar puede recobrar el favor del rey. Por lo visto ha hecho fortuna con las minas de plata, en Taxco. Hombre hábil como es, lleva tiempo cuidando la bolsa de cualquiera que pueda serle útil en Madrid, cuarto Felipe incluido. Dicen que nuestro joven soberano, necesitado como siempre de numerario, está a punto de levantarle el destierro. Dádivas ablandan peñas.

Don Francisco hizo otra pausa, más larga esta vez, y sonrió afectuoso, con mucha intención.

—Eso significaría un regreso a Madrid —añadió— de Alquézar y su sobrina, que volvería a entrar en la Corte.

Ya no tenía edad para ruborizarme —aunque vascongado y de Oñate, nunca fui de cortedades ni rubores—, y menos con la vida que había llevado y llevaba. Sin embargo, aquello me agolpó la sangre en la cara. Con una ojeada de soslayo comprobé que el capitán Alatriste me miraba, impasible. «El apellido Alquézar nos trae mala suerte», había dicho en cierta ocasión con aquel tranquilo tono suyo, casi indiferente, que parecía traer las palabras desde muy lejos. Y era cierto. Mi impetuoso amor por Angélica había puesto nuestras cabezas, más de una vez, a dos dedos del verdugo. Ni el capitán ni yo lo olvidábamos.

—No estaría mal —proseguía don Francisco— que un flamante caballerete de los correos reales enfrentase la nueva etapa de su vida con la faltriquera llena. Las damas de la reina, y de eso doy cumplida fe, tienen gustos caros.

Y recitó, festivo:

> *En confites gastó Marte la malla,*
> *y la espada en pasteles y en azumbres.*
> *Volviose en bolsa Júpiter severo;*
> *levantose las faldas la doncella*
> *por recogerle en lluvia de dinero.*

—Lo que nos lleva de nuevo —enlazó con naturalidad— a Venecia... Imaginad una de las ciudades más ricas del mundo, si no la que más, puesta a saco. Lo que podréis embolsar allí.

El capitán Alatriste había apoyado las manos sobre la mesa, a uno y otro lado de su jarra de vino, y las miraba con aire reflexivo. Con aquellas manos mataba, me dije. Ellas le daban de comer.

—¿Por qué yo? —preguntó.

El poeta hizo un ademán vago y dirigió un vistazo ladera abajo de Pizzofalcone, en dirección al palacio del virrey. Cual si la respuesta estuviera allí.

—No puedo daros precisiones sobre el plan. Pero repito que la parte que os corresponde exige a alguien de buena mano y extrema confianza... Al barajar nombres con el con-de-duque, salió a relucir el vuestro. El privado no olvida el papel que hicisteis cuando el episodio de El Escorial. Tampoco la promesa formulada delante de mí en el paseo del Prado, cuando pedíais ayuda para Íñigo, preso por la Inquisición. «Me lo debe», zanjó Olivares, con una de esas muecas feroces que no admiten réplica... Así que aquí estoy, y aquí estáis.

Siguió otro silencio, breve, durante el que don Francisco y el capitán Alatriste se miraron a los ojos con la inteligencia de su vieja amistad.

—Lástima —suspiró el capitán, al fin—. Se estaba bien en Nápoles.

Una sonrisa leve, un punto fatigada, aderezaba de melancolía el comentario. Observé que don Francisco asentía, encogiendo los hombros cual si compartiera, sin necesidad de más palabras, los pensamientos de mi antiguo amo. Gente como vuestra merced, parecía decir el gesto, no está en disposición de elegir dónde vive, ni riñe. Aunque a veces, en el mejor de los casos, pueda elegir dónde muere.

—Venecia es bonita —dijo el poeta.

—Pero en invierno hace un frío de mil diablos.

El capitán miraba el paisaje con ojos entornados y el rastro de la sonrisa todavía perceptible bajo el mostacho. Pensé que de veras le costaba despedirse de aquella ciudad que en otro tiempo albergó los mejores años de su juventud, y en la que parecía encontrarse a gusto: en Nápoles todo era simple, regido por la disciplina militar, con el Mediterráneo y sus orillas como territorio de caza, buen vino y buenos camaradas. Tan distante de las incómodas campañas del norte, las trincheras, las marchas bajo la lluvia y los asedios interminables, y también de las zozobras y asechanzas de aquel Madrid complicado y peligroso, cogollo de una España equívoca, turbulenta y miserable, madrastra ingrata a la que su espada mercenaria nunca lamentaba dejar atrás. Esa triste patria a la que sólo era posible amar cuando se tenía lejos, esperando junto a los camaradas silenciosos una carga enemiga, apretados los dientes bajo el ondear de una vieja bandera desgarrada por el viento y la metralla.

A mí, sin embargo, desde hacía rato me sobraba Nápoles. Ni siquiera el nombre de Angélica de Alquézar calentaba tanto mi corazón como el hormigueo de lo inminente. Desde aquella colina, más allá del mar azul y las alturas del Posílipo, hacia el septentrión italiano y a orillas del golfo Adriático, vislumbraba yo nuevas aventuras, lances apretados, emociones y sacos de oro abiertos a estocadas en palacios de mítica riqueza. Para llegar a ello sólo tenía que poner de nuevo la vida al parche del tambor, igual que quien arroja dados o pide naipe; y eso era algo a lo que, junto al

capitán Alatriste, mi juventud audaz e insolente estaba acostumbrada. Una aventura nueva me esperaba, tentadora
al modo de una cortesana aderezada con perlas y
brazaletes de oro. Venecia, me dije con deleite.
Aquel nombre singular acariciaba mis
propósitos, alentándolos como
el susurro íntimo de una
mujer hermosa.

II. LOS VIEJOS AMIGOS

a recluta llevó poco tiempo. Después de algunas visitas a los camaradas de los barracones militares de Nápoles, oportunamente rematadas con jarras de lo añejo en las tabernas del Chorrillo, mi antiguo amo comprometió a una linda cherinola de caimanes, soldados en activo todos ellos, que recibieron en el acto una licencia especial, contabilizada como tiempo de servicio, de tres meses de duración. Se decidió que el grupo, con instrucciones de encaminarse a Génova por mar y desde allí a Milán, embarcaría en Nápoles tres días después de que el capitán, don Francisco de Quevedo y yo emprendiésemos viaje, también por mar, a la Fiumara de Roma, de donde íbamos a remontar el Tíber hasta la ciudad de los papas. Integraban el grupo expedido a Milán nuestro viejo amigo ara-

gonés Sebastián Copons, el moro Gurriato y otros cuatro
hombres de fiar, todos de nuestro tercio: gente cruda y de
poca lengua, muy fogueada en las galeras o en Flandes, con
la que en algún momento de su larga vida militar coincidió
mi antiguo amo. Uno había estado con nosotros en la matanza de las bocas de Escanderlu: era vizcaíno y tenía por
nombre Juan Zenarruzabeitia. Completaban el grupo dos
andaluces, Manuel Pimienta y Pedro Jaqueta, y un catalán
llamado Jorge Quartanet. De todos hablaremos más adelante por lo menudo.

En lo que respecta al capitán Alatriste, don Francisco de
Quevedo y yo, hicimos cinco leguas de camino de la Fiuma-
ra a Roma, sin otra novedad que un episodio algo chusco
que nos sobrevino con sus murallas casi a la vista. Subíamos
por la margen izquierda del río, en carruaje cubierto tirado por
cuatro mulas, cuyas ruedas seguían el trazado de una antigua
calzada del tiempo de los romanos. Discurría ésta por un
paisaje agradable, amenizada la campiña del Lacio por las
copas anchas de los pinos y los vestigios de la antiquísima
civilización que, en forma de vetustas ruinas, arcos o demo-
lidas tumbas, aparecían de vez en cuando a uno y otro lado
del camino. Fue en uno de estos parajes, poco antes de llegar
a la iglesia de San Pablo Extramuros, cuando nuestro carruaje se detuvo por un imprevisto. Dormitaba yo, apoyado en el
duro cabezal de cuero del respaldo, y dormía a mi lado don
Francisco, cruzadas las manos en el regazo y roncando como
un obispo. Debía de velar el capitán Alatriste, pues cuando el
detenerse del carruaje y las voces que sonaban afuera –las del

cochero, el postillón y otras más airadas y desconocidas– me hicieron abrir los ojos y volver en mí, encontré la mirada prevenida de mi antiguo amo, que con un dedo sobre el mostacho recomendaba silencio. Tendí la oreja hacia lo que afuera se cocía, para comprobar que las voces subían de tono y que el cochero y el postillón protestaban lastimeros.

–Bandidos –susurró el capitán.

Por Dios que sonreía, o casi, mientras empuñaba una de las dos pistolas de viaje que llevábamos, cebadas y a punto, bajo los asientos. Me espabilé de golpe. No hacía ni una hora habíamos estado de charla con don Francisco sobre el gran número de salteadores y gente del araño que, en los distintos caminos que a Roma llevan, hacían galima desvalijando a viajeros y peregrinos. Que si en España, con nuestra rota geografía, nuestro quebrado talante y nuestra torcida Justicia, nunca anduvimos cortos de quienes se echaban al campo de grado o por fuerza para cosechar lo ajeno, tampoco Italia fue a la zaga en desollar bolsas a salto de mata: las guerras, los disturbios, el hambre y la poca vergüenza alumbraban de continuo jábegas de tropeleros dispuestos a todo, sin Dios ni ley. Y los estados pontificios de su santidad Urbano VIII no eran una excepción. En cuanto a la cuadrilla que nos había tocado en suerte, pensé que debía de haber estado al acecho en un pinar próximo, o quizá tras los arcos arruinados de un antiguo acueducto que en aquel lugar discurría durante cosa de un cuarto de legua, a un lado del camino. Por las voces calculé cuatro o cinco sujetos. Uno hablaba muy alto, insertando sonoras blasfemias en cada media docena de palabras. Repetía mucho, como soniquete, *giuraddío, t'ammazzo* y bravatas así. Supuse que era el jefe.

—¿Qué diablos...? —empezó a gruñir don Francisco, la boca pastosa, removiéndose en el asiento.

Alcé una mano para recomendarle silencio, como había hecho conmigo el capitán Alatriste. En ese momento, al otro lado de la ventanilla abierta del carruaje apareció un rostro hirsuto, con una barba feroz y unos ojos negros bajo unas cejas que parecían de oso. El bandido se tocaba con un sombrero de ala corta y copa cónica, rodeada por cintas de colores de las que pendían imágenes de santos, cruces y escapularios, y empuñaba una escopeta de caza. Se había asomado a ver quiénes ocupábamos el interior, con el aire confiado del que espera vérselas con pacíficos viajeros abrumados por las circunstancias; y todavía dispuso de un instante para comprobar su equivocación: el que medió entre el momento en que vio el agujero negro del cañón de la pistola que el capitán le apuntaba entre los ojos y el disparo que le deshizo la cara, echándolo para atrás como si lo apartasen con una coz. Confuso por el estampido del arma, con la picante humareda de pólvora en las narices, me las arreglé para echar mano a la temeraria y precipitarme afuera tras abrir la portezuela, mientras el capitán empuñaba la segunda pistola y hacía lo mismo por el otro lado, y don Francisco, despierto por completo, se revolvía afanoso en busca de sus armas.

Aparte del que ya estaba en el suelo, tirado como un pedazo de carne, había otros cuatro, de apariencia semejante al de la ventanilla: dos de ellos, armados con alfanjes y terciados, sujetaban las ramaleras de las mulas; otro se hallaba junto al pescante con una partesana en las manos, y a un cuarto se le veía algo más lejos, apuntando al cochero y al postillón con un arcabucete de rueda. El disparo los había cogido a todos de improviso; y cuando asomamos el capitán y yo, cada uno por un costado del coche, seguían boquiabiertos e inmóviles cual milagros de cera. Fuime por derecho al de la partesana, aunque recelando de soslayo del que tenía el arcabucete; pero el capitán Alatriste estabilizó ese flanco largándole al bandolero el segundo pistoletazo, que lo tendió en el suelo cuan largo era. Para ese momento, con la ligereza de pies y manos propia de mi juventud, yo le había hecho un quite al mío, desviándole el hierro de la partesana, y metiéndome a fondo a lo largo del asta y de su brazo le había pasado los hígados por el filo de la de Juanes. El chillido del bandolero, al verse espetado de parte a parte, casi quedó sofocado por las voces de don Francisco de Quevedo, que salía del carruaje espada en mano y echando venablos, resuelto a batirse con quien se pusiera delante. Pero ya era poca ropa. Mi adversario, al que yo había retirado el acero de la herida, caía de rodillas sobre las viejas piedras de la calzada romana. Por su parte, el capitán Alatriste se las había con otro, al que acosaba con violentas cuchilladas. El cuarto malandrín, al verse dejado para luego, no lo pensó dos veces: con buenas zancadas hizo peñas y buen tiempo, tomando las de Villadiego.

—¡Vieni quá, sfachato! —le gritaba don Francisco, en buen toscano—. ¡Vieni, que ti tallo la grondalla!

Lo que venía a decir, más o menos, que iba a rebanarle la canal maestra si le daba una oportunidad. Pero el bellaco no se la daba: corría campo a través, y a poco se metió en el pinar, y ya no lo vimos. Miraba el poeta en torno, muy fosco y apitonado, molesto por no hallar a nadie en quien envasar la centella y dando latigazos con la hoja en el aire. Mas aquello era negocio hecho: el del pistoletazo en la cara y el del arcabucete estaban donde habían caído, dadas las ánimas a quien se las dio; el mío se había puesto más cómodo, de costado en el suelo, y seguía desangrándose por el descosido sin darnos molestias; y el capitán tenía acorralado al suyo contra una rueda del carruaje. Justo en ese momento, con un mandoble casi despectivo, lo desarmaba de su espada y le ponía la punta del acero en la gola, con ojos de matar.

—¡Clemenza! —balbució el bergante, aterrado.

No era un jovenzuelo. Debía de sobrar los treinta, y la cara morena y sin afeitar tenía la misma apariencia feroz que la de sus compañeros. Como ellos —tampoco en eso se diferenciaban los bandoleros italianos de los nuestros—, iba cubierto de medallas, estampas, crucifijos y escapularios que le pendían del sombrero, el cuello y los ojales del sucio jubón. Desde donde me hallaba, casi pude olerle el miedo: una mancha de incontinencia húmeda se extendía por su calzón, muslos abajo. Por un momento creí que el capitán iba a despachar el asunto con la presteza que solía, apretando la punta y santas pascuas. Pero no lo hizo. Se quedó mirando la cara del malandro, como si buscase algo en ella. Un recuerdo, tal vez. Una imagen o una palabra.

—¡Misericordia, siñoría! —suplicó de nuevo el otro.

Vi a mi antiguo amo mover la cabeza a uno y otro lado, despacio, como negando algo. Cerró el miserable los ojos, profirió un gemido de angustia infinita y apoyó la cabeza en la rueda, creyendo que le negaban cuartel; pero yo cataba lo suficiente al capitán Alatriste, y supe que aquello respondía a otra cosa. No es cuestión de misericordia, es lo que decía aquel gesto. No se trata de eso en absoluto. Podría estar en tu lugar, quizás. O tú en el mío. Todo es cuestión de qué naipes tocan en la grasienta baraja de la vida. Entonces, como un león harto de matar que alza la zarpa por hábito y no por hambre, y la retiene al fin y no la abate, así retiró el capitán Alatriste la punta de su espada de la garganta del bandido.

Roma, *caput mundi*, ombligo del catolicismo, reina de las ciudades y señora del orbe, como dijo don Miguel de Cervantes, era mucha Roma. La veía yo por segunda vez, y admiré asombrado, de nuevo, sus palacios y jardines suntuosos, las cúpulas y campanarios de sus iglesias, los edificios antiguos, las plazas con hermosas fuentes labradas, los vestigios de mármol y piedra que por todas partes ennoblecían la ciudad de San Pedro y de los papas. Entramos a media tarde por la puerta Paolina, que está situada junto a la pirámide funeraria de Cestio; y tras callejear un poco llegamos junto a los muros, todavía en pie, del magno edificio que los antiguos romanos llamaron Coliseo. Ante cuya formidable fábrica, don Francisco de Quevedo no pudo contenerse y recitó, en mi provecho:

Buscas en Roma a Roma, oh peregrino,
y en Roma misma a Roma no la hallas:
cadáver son las que ostentó murallas
y tumba de sí propio el Aventino.

Versos de los que parecía mostrarse orgulloso, y que nos espetó con aire casual, como si acabara de improvisarlos. Olvidando, sin duda, que ya se los habíamos oído recitar tiempo atrás, achispado ante una jarra en la taberna del Turco. Puse cara de primerizo mientras el capitán me guiñaba un ojo, y se los alabé mucho a don Francisco; con lo que éste me dio unos golpecitos en la rodilla y siguió ilustrándome sobre cuanto veíamos, muy conocido por él de sus anteriores estancias y sus innumerables libros leídos. Cruzamos al poco rato la plaza Navona: hermoso recinto donde creí hallarme de golpe en la España misma, pues muchos de los instalados allí desde tiempos del gran emperador Carlos V eran de nuestra misma nación y lengua, que oí hablar desde el carruaje, al paso, en boca de criados, taberneros, mujeres, tenderos, soldados y gente de toda laya, a menudo en esa parla franca salpicada de italiano que solemos usar los españoles en Italia. Muy cerca estaban las escuelas pías fundadas por el español José de Calasanz, que junto a San Pantaleón vivía, y que en el tiempo que narro ya era considerado *il più grande cate-*

chista di Roma. También los embajadores de España, hasta su traslado reciente a otro lugar cercano a la Trinitá dei Monti, habían habitado mucho tiempo un palacio vecino. Podían encontrarse allí tiendas de libros y estampas en la lengua de Castilla, y hacia la parte oriental de la plaza se alzaban, además, la iglesia y el hospital de Santiago, llamados de los Españoles, donde se atendía tanto la salud del alma como la del cuerpo de nuestros compatriotas.

No eran ésas las únicas necesidades que allí se resolvían. En el vecino barrio de Pozzo Bianco, alrededor de la iglesia de Santa María de Vallicella, se concentraban numerosas mancebías y lugares de prostitución. Que, si cual suele decirse, el hombre donde nace, la mujer donde yace y la puta donde pace, en torno a la silla de Pedro pacían más meretrices que frailes; y entre ellas, no pocas españolas. Menudeaban allí muchas andaluzas –unas lozanas y otras no tanto– de Sevilla y Córdoba, o que de allí se decían, venidas a hacer las Italias a todo trance, siguiendo a soldados y rufianes o por su cuenta, como apuntaba el antiguo refrán: moza para Roma y vieja a Benavente. Diestras todas ellas en ser putas en las dos maneras, pese a adornarse con nombres como doña Elvira Núñez de Toledo o doña Luisa de Guzmán y Mendoza; pues, ya lo dije alguna vez, nunca conocí a una daifa española, incluidos los calloncos más bajunos y cabalgados, que no se dijera de la sangre de los godos por muchas suelas que claveteasen sus padres y abuelos. Otras mujeres, más repartidas éstas por los barrios de Régola y San Ángelo, eran de las llamadas *marranas*: hebreas conversas descendientes de familias

expulsadas de España en el siglo viejo. Y como podrá comprobar el curioso lector más adelante, una de ellas, aunque
en diferente ciudad, calidad y circunstancias, tendrá que ver
con la presente historia.

Llegamos, al fin, a nuestro lugar de posada romana. Era
éste la locanda llamada del Orso, o del Oso: sitio de buen
comer, mejor beber y razonable dormir, muy encarecido
por el señor de Quevedo. Estaba situado en la calle del mismo nombre, casi pegada al Tíber, y el lugar habría sido por
completo agradable de no hallarse a tiro de arcabuz de la
siniestra Torre de Nona, célebre cárcel de los papas, con sus
escuadras de hierro en la fachada para colgar allí a los condenados cuyos cadáveres debían permanecer expuestos a la
curiosidad pública; pues toda Roma, como el resto de los
estados pontificios, se hallaba sometida a la jurisdicción de
su santidad Urbano VIII, que obraba con la potestad absoluta de un rey en sus dominios. En lo que a nuestra posada
se refiere, era ésta un establecimiento antiguo, imponente
de aspecto, que se contaba entre los mejores de la ciudad.
Nunca habríamos podido alojarnos allí el capitán y yo con
nuestros escuetos recursos, pues era lugar de treinta escudos
al mes; pero don Francisco, al ir comisionado en viaje oficial,
aunque secreto, tiraba con pólvora del rey. El cuarto donde
nos alojamos los tres era espacioso y soleado, con una ventana de arco hecha con viejos capiteles romanos por la que
alcanzaba a verse una porción del Tíber, el castillo de San
Ángelo y la gigantesca cúpula de San Pedro, honra y maravilla de la Cristiandad.

Con ese paisaje deleitándonos la vista cenamos bien y dormimos mejor, en buenas y blandas camas de sábanas limpias. Y a la mañana siguiente, apenas despuntó el sol, salieron el capitán Alatriste y don Francisco a resolver negocios de importancia en los que yo nada terciaba. Viéndome con la mañana libre, y tras escaramuzar un poco con la criadita que cepilló mis ropas –moza romana linda y un punto descarada, hecha a tales lances–, cogí mi sombrero bordado y con adorno de plumas, la capa y la espada, y me eché a la calle de punta en blanco, resuelto a dar unas pavonadas recorriendo la capital del orbe. Admiré al paso varios rostros muy agradables, confirmando el viejo dicho soldadesco: cara romana y cuerpo sienés, andar florentín y parlar boloñés. El día era frío, invernal, pero muy llevadero merced al sol espléndido que se alzaba sobre la ciudad, volviendo azul el agua de las fontanas y acortando las sombras de iglesias, campanarios y palacios. Lleváronme mis pasos hasta la orilla del río y el puente Sixto. Desde allí el panorama era magnífico, pues además de las murallas y la cúpula del Vaticano, al otro lado del puente se alzaba majestuoso el castillo circular que en la antigüedad romana había sido mausoleo del emperador Adriano. Contemplándolo, no pude menos que recordar que cien años antes, el seis de mayo de mil quinientos y veintisiete, sus muros habían servido de refugio al papa Clemente VII durante el saco de Roma.

Como soldado que era, no pude menos que permanecer en el puente, admirado, preguntándome cómo el ejército imperial del césar Carlos –diez mil lansquenetes tudescos,

... Saqueando y violando por doquier.

seis mil españoles y cuatro mil italianos y valones–, hambriento, desharrapado, agotado por una larga marcha, sin víveres ni artillería, pudo tomar por asalto aquella formidable ciudad, llevando por vanguardia al escalar los muros a los veteranos arcabuceros de nuestros tercios. Por el Belvedere y la puerta del Espíritu Santo atacaron los españoles con garfios y escalas, al grito de «¡España, España, *ammazza, ammazza!*» –¡mata, mata!–, después que el capitán Juan de Ávalos cayera muerto de un arcabuzazo al subir el muro al frente de su compañía, y degollando los nuestros a todos cuantos hallaron al paso, rindiéranse o no, sin dar cuartel ni a Cristo que lo pidiera, de manera que en su avance a lo largo de la vía Lungara no quedó alma en cuerpo a sus espaldas. Y en el mismo lugar donde yo me encontraba rememorando aquello, sobre las piedras desnudas del puente Sixto, otra compañía de infantería española, al mando de un capitán cuyo nombre no retuvo la Historia, dio su asalto corriendo al descubierto hasta las puertas mismas del castillo, bajo el fuego granizado de la artillería y la arcabucería papales, de manera que ni uno solo de ellos regresó vivo. Y si es cierto que, acabado el combate, los españoles se sumaron a los horrores del saqueo de la ciudad como el resto de las tropas vencedoras, emulándolas en violencia y crueldad, no es menos verdad que, a diferencia de ellas, lo mismo que cuando la victoria de Pavía y en tantos otros lugares tomados a sangre y fuego –siempre fue uso común poner a saco las ciudades que no se rinden–, nuestros compatriotas, comúnmente disciplinados bajo el fuego y teniendo eso a honra de su nación, no se pararon a saquear hasta que la victoria estuvo asegurada y hubieron cumplido con sus capitanes y con su emperador.

Por lo demás, en lo que se refiere a las tristes jornadas de Roma sometida a los vencedores, mucho se ha escrito sobre ello, y a los libros remito al curioso lector. Sabrá así, más de lo que yo pueda contar, cómo todo ocurrió por la mala voluntad, vileza y tacañería de Clemente VII, resuelto a favorecer a Francia, participar en la liga contra España e impedir que las coronas del imperio y de Nápoles estuviesen juntas en la cabeza de nuestro emperador Carlos. Y también que, durante el horror que siguió al asalto de la ciudad, en Roma no se tuvo respeto a Dios ni vergüenza del mundo, robando lo mismo casas y palacios que iglesias y lugares sagrados. Cuarenta mil muertos fueron el resultado de aquello, y a menudo los difuntos fueron más afortunados que los vivos, pues no se respetó ni a los compatriotas, incluidos los embajadores de España y Portugal; y si bien los lansquenetes, brutales, despiadados y borrachos como suelen ser los tudescos, usaron de su condición de luteranos –paradojas del imperio– para vengarse en cuanto sacerdote, obispo o cardenal pusieron mano, los españoles no les fuimos a la zaga, con excesos y demasías que no se vieran ni en tierra de caribes. Los soldados entraban en las casas y mataban a quienes resistían, saqueando y violando por doquier: gente rica vendida como esclava, monjas forzadas por centenares, religiosos paseados por las calles en son de burla, degollina general, crueldades sin cuento. A poco se sumaron al rebato las bandas de desertores, bergantes y gentuza que siempre acompañan como cuervos a los ejércitos, y la ciudad se convirtió durante meses en un infierno. Tudescos y españoles reñían como perros por botines o mujeres, y cuanta matrona o doncella cayó en sus manos fue violada, llevada a los cuarteles, jugada a los dados, prostituida y amancebada. No hubo soldado sin concubina con la que saciarse. Y cuando, hartos, sus amos las echaban a la calle, aún caían en manos de la canalla que rondaba los cuarteles, que terminaba de concluirlas. Bien lo recogió aquel romance popular que de entonces corre sobre el asunto de Roma:

El clamor de las matronas
los siete montes atruena,
viendo sus hijos vendidos,
sus hijas en mala estrena.

Diré tan sólo, en lo que a mí respecta, que conocedor de los infinitos males vividos un siglo atrás por la ciudad, caminaba por ella sorprendido de que sus habitantes, al saberme español, no me pusieran mala cara, me escupiesen al rostro o me cosieran a puñaladas. Que es continua maravilla comprobar cómo el hombre, tomado en su conjunto, olvida pronto los grandes estragos causados por las guerras y procura desterrarlos de su memoria. Hay quien dice que eso tiene su origen en el perdón cristiano; pero yo, que por oficio y circunstancias fui, como soldado, más verdugo que víctima durante mi larga y asendereada vida, creo que se trata más bien de la inclinación del ser humano a congraciarse con lo que hay. De natural instinto de supervivencia, plegado a la necesidad del momento y al interés del futuro para decir, como Séneca, que el remedio de las injurias es el olvido. Otros, sin embargo –el capitán Alatriste y yo mismo éramos de ésos–, estiman que la más saludable forma de templar una injuria es meterle dentro, a su autor, seis pulgadas de acero toledano.

Mientras aguardaba de pie en una antesala del palacio Monaldeschi, Diego Alatriste podía ver, por la ventana abierta, la iglesia de la Trinitá dei Monti en lo alto de una cuesta cubierta de escombros y matojos. De otros lugares del edificio llegaban ruido de martillazos y voces de albañiles. El palacio, residencia nominal del embajador español en Roma, estaba en obras. Por todas partes había andamios y operarios, y la amplia escalera de piedra y madera por la que él y don Francisco de Quevedo subieron al primer piso, apuntalada con vigas y travesaños, había crujido bajo sus pasos. En realidad, según don Francisco, el embajador sólo bajaba allí de vez en cuando, pues pasaba la mayor parte del tiempo en la espléndida Villa Médici, monte arriba, detrás de la Trinitá y el Pincio. El palacio Monaldeschi, que todos empezaban a llamar Palazzo di Spagna, no pertenecía a la corona: estaba alquilado mientras se negociaba su propiedad. Por su óptima situación y sus seis plantas de apariencia majestuosa, el conde-duque de Olivares –nacido en Roma, donde su padre fue embajador– quería convertirlo en sede definitiva de la diplomacia española. De paso también procuraba fastidiar al cardenal Richelieu, ministro de Francia, que pretendía hacerse con el edificio.

Alatriste estaba descubierto. El sombrero, la capa y el cinto con espada y daga habían quedado en manos de un sirviente. A sugerencia de don Francisco de Quevedo había cepillado bien sus ropas, aderezado lo mejor posible las botas de soldado, los calzones de paño pardo ceñidos bajo las rodillas, la camisa con valona limpia y el jubón de gamuza con botones de hueso. Observó brevemente su aspecto en uno de los grandes espejos que adornaban las paredes: flaco, duro, mediana estatura, pelo tan corto como de costumbre, espeso mostacho, ojos glaucos y atentos. Marcas en la cara, las manos y la frente. Sois de esos hombres, había comentado Quevedo con una sonrisa afectuosa, mientras desayunaban una almofía de gachas y conserva de melón lombardo en la locanda del Orso, que llevan la biografía a lo vivo, pintada en la estampa.

Sus ojos se entretuvieron en un gran cuadro colgado en la pared: una clásica escena de batallas, de ésas que mostraban, desde una falsa altura y perspectiva, la ciudad asediada al fondo, las líneas de circunvalación y las trincheras, con los escuadrones moviéndose por un paisaje invernal. En primer término, a derecha e izquierda, seguidos por perros flacos y fieles, unos soldados caminaban bajo una bandera con la cruz de San Andrés. Se veían desastrados y rotos, con las ropas hechas jirones, sombreros deformes y capas mise-

rables, raídas; pero bajo su apariencia equívoca, un obser-
vador atento no podía pasar por alto las armas que todos
ellos empuñaban: picas, espadas, arcabuces, daban a esa tropa harapienta un aspecto feroz, y la fila que se prolongaba
hasta las trincheras lejanas mostraba una más que regular
disciplina. Por mucho que miró, Alatriste no pudo reconocer la ciudad sitiada. Quizás él mismo había estado en ella,
fuera la que fuese. Podía tratarse de Hulst, Amiens, Bomel
u Ostende, aunque también Berg-op-Zoom, Jülich o Breda.
En sus recuerdos de veterano, con treinta años de asedios y
combates en la memoria, todas las ciudades en guerra se
parecían mucho. A fin de cuentas, su visión de ellas nunca
tuvo perspectiva pictórica; eso correspondía a los generales
y maestres de campo que, en otros cuadros conmemorativos
de su lustre y fama, salían representados en primer plano, de
punta en blanco y con la bengala de mando en la mano, señalando intrépidos hacia el enemigo a lomos de fogosos
bridones. Lo que Alatriste recordaba de los asedios, su perspectiva y su limitado paisaje, era siempre cercano y a ras de
tierra: trincheras embarradas, hambre, sueño y frío, capo-
neras llenas de ratas, mantas con chinches, piojos, centinelas
perdidas bajo la lluvia, asaltos sangrientos y golpes de mano
encarnizados, arcabuzazos a quemarropa. Lo propio del
oficio. La fiel infantería del rey católico, en guerra con medio mundo: sufrida, mal pagada, insaciable de despojo y
botín, amotinada a ratos pero impasible bajo el fuego enemigo, vengativa y crudelísima en el degüello. Orgullosa y
temible siempre, bajo sus harapos.

Se abrió silenciosamente una puerta, sobre goznes bien engrasados. Diego Alatriste lo advirtió cuando ésta se hallaba abierta, y al volverse a mirar vio que tres hombres lo observaban desde una habitación adornada con tapices, alfombras y muebles de precio. Uno era don Francisco de Quevedo. De los otros, uno era alto, de aspecto noble, vestido con raso verde bordado en plata y cadena de oro. El segundo llevaba el cabello largo, usaba bigote y barbita de mosca, e iba de negro, sin más nota clara en el indumento que el cuello de gola corta, blanco y almidonado, de su camisa, y la cruz de Santiago bordada en rojo en el lado izquierdo del jubón. Los tres se quedaron observando a Alatriste sin decir palabra. Incómodo, ignorante de lo que se esperaba de él, hizo éste una breve inclinación, respetuoso, atendiendo alguna señal por parte de Quevedo; pero el poeta permaneció inexpresivo, mirándolo como los otros, y sólo al cabo de un momento se inclinó un poco hacia el de la cadena de oro para deslizarle algunas palabras en voz baja. Asintió aquél sin cesar en su observación. Por el gesto y la apariencia dedujo Alatriste que debía de tratarse de don Íñigo Vélez de Guevara, conde de Oñate, embajador de España en Roma: persona cercana al rey Felipe IV y muy vinculada al conde-duque de Olivares, según Quevedo. El tercer individuo le era desconocido.

Al cabo de un momento, el de la cadena de oro movió otras dos veces la cabeza, como si se diera por satisfecho. Entonces el hombre vestido de negro cerró la puerta, y Diego Alatriste volvió a quedarse solo. Sonó dentro una campanilla, y al cabo de un instante apareció por otra puerta un sirviente que invitó a Alatriste a acompañarlo escaleras abajo. Lo siguió éste, viéndose al cabo en una habitación de paredes blancas y desnudas, amueblada con una estufa de hierro cuyo tubo subía hasta el techo, aparte cuatro sillas y una mesa, y desde cuya ventana enrejada podía verse parte de la plaza y el edificio de la Propaganda de la Fe, muy próximo a la embajada, que don Francisco de Quevedo le había señalado mientras se apeaban del coche que los trajo desde la vía del Orso. Aún miraba Alatriste por la ventana, preguntándose qué diablos le hacían esperar allí, cuando la puerta se abrió a su espalda. Antes de volverse para ver quién entraba, oyó una musiquilla silbada, siniestra y familiar. Un *tirurí-ta-ta* que le erizó la piel y le hizo girar la cabeza, estupefacto. Tenso y alerta como si acabara de tocarle el hombro el diablo.

—Que me place —dijo Gualterio Malatesta.

Vestía de negro, como siempre. Sin sombrero ni capa. Y observaba, sarcástico, la mano que Diego Alatriste había llevado por instinto al costado, allí donde no tenía la espada. El italiano aparentaba disfrutar de la sorpresa, que no parecía serlo para él. Los ojos sombríos y duros —el derecho un poco entornado por la cicatriz que llegaba hasta el arranque del párpado— chispeaban con su viejo brillo acerado y peligroso. Pero tampoco él llevaba armas, observó Alatriste con alivio.

A menos, se dijo, que ocultase algo en la caña de una bota, del mismo modo que él escondía el habitual cuchillo de matarife, corto y de cachas amarillas.

–Verdaderamente me place –repitió Malatesta.

Estaba más flaco. Envejecido, quizás. La vida no parecía haberlo tratado bien. Mostraba estragos. Su rostro picado de viruela se hundía mucho en las mejillas, y bajo los ojos y en las comisuras de la boca había cercos y arrugas que Alatriste no recordaba. Huellas, quizá, de no lejanos sufrimientos. Algunas hebras grises salpicaban el nacimiento del pelo y el bigote, que seguía llevando fino y recortado. Concluyó Alatriste que la vida de Gualterio Malatesta no debía de haber sido fácil durante aquel año y medio. La última vez que se vieron, una lluviosa mañana cerca de El Escorial, el siciliano llevaba grilletes en las manos y los pies, y los guardias del rey lo conducían, según todos los indicios, camino de la tortura y el cadalso.

–Mierda de Dios –dijo Alatriste, sereno.

Lo miró el otro con atención, casi pensativo. Como si la blasfemia de su viejo enemigo tuviese significados que le acomodaban.

–Sí –convino.

Dicho eso quedaron ambos en silencio, mirándose de lado a lado de la habitación. Se habían conocido del mismo modo, cinco años atrás. El uno frente al otro: dos espadas a sueldo aguardando en la antesala de una casa abandonada de Madrid, cerca del portillo de las Ánimas, mientras esperaban a que se les encomendara un trabajo fácil, que al cabo no lo fue tanto.

–¿Qué estáis haciendo aquí? –preguntó al fin Alatriste.

–¿En la embajada de España?

–En Italia.

Un trazo blanco iluminó el rostro cetrino del sicario. La sonrisa descubrió dos dientes, los incisivos, partidos casi por la mitad. Alatriste lo recordaba con la dentadura intacta.

–Lo mismo que vuestra merced –respondió–. Espero un trabajo. Y ése parece ser nuestro sino, señor capitán... Por alguna curiosa razón, no logramos despegarnos uno del otro.

Diego Alatriste lo miraba boquiabierto. Incrédulo.

–¿Un trabajo juntos?... ¿Vos y yo?

–Eso parece. O al menos, eso me dijeron.

–Pardiez. Alguien debe de estar loco.

–No tanto –el sicario acentuó la sonrisa, señalando la cintura desherrada de Alatriste–. Veo que, como a mí, os retiraron las armas.

Siguió un silencio entre ambos. Por la ventana se oía el ruido de los carros que pasaban y a los vendedores que voceaban su mercancía en la plaza. Del interior del edificio seguían llegando martillazos y rumor de albañiles.

–Os creía muerto –dijo al fin Alatriste.

Lo observaba con asombrada curiosidad. Cómo diablos lo consiguió, se decía. Reo de conspiración, culpable de magnicidio frustrado contra el monarca más poderoso de la tierra. Y allí estaba, tan campante. Vivo, libre y con aquella sonrisa suficiente y peligrosa. Si Gualterio Malatesta tenía siete vidas como los gatos, se preguntó cuántas había consumido ya.

—A punto estuve, os lo aseguro... Casi de la tumba salgo.

—No me lo explico. Lo que osasteis tenía que haberos costado la cabeza.

—Y a una pulgada anduvo del verdugo. Pasando, os lo aseguro, por desagradables trámites intermedios.

Hizo el sicario una pausa pensativa. Rencorosa.

—No os lo deseo ni a vos... Bueno, sí. A vos quizá sí os lo deseo.

Se movió, ahora. Un paso hacia un lado, cambiando el peso de una pierna sobre otra. Sólo hizo eso, pero Diego Alatriste se mantuvo tenso, a la espera. Conocía a Malatesta lo suficiente para recelar hasta de un simple ademán. Era rápido y letal como una víbora.

—Me torturaron como a cerdo al que colgaran de un gancho —prosiguió el otro—. Agua, cuerda y cendal durante días, semanas y meses... Paradójicamente, las apreturas del potro me salvaron. Entre las muchas cosas que parlé, y os aseguro que pude callar muy pocas, alguna despertó la atención de quienes se ocupaban de mí.

Calló, súbitamente serio, vuelto hacia la ventana y sin aparentar verla. O quizá sólo miraba la reja de ésta. Alatriste, desconcertado, creyó advertir en él un estremecimiento. El corto relato de sus desventuras lo había hecho en voz baja, opaca. Ensimismada, tal vez, en personales abismos de horror. Un tono que nunca le había oído antes.

–No me lo creo –objetó, rehaciéndose–. Nadie en vuestra situación...

Lo interrumpió la risa del otro. Bien familiar, ahora. Seca y áspera, como antaño. La de siempre. Una especie de chirriar, o de crujido.

–¿Hubiera podido salvarse?... Pues ya veis. Yo sí pude.

Malatesta había apartado la vista de la ventana y volvía a posarla en su interlocutor: una mirada serena y cruel. De nuevo dueña de sí.

–Disimulad –prosiguió– si soy impolítico y callo sobre eso, de momento. Tengo instrucciones tajantes de ser mudo... Os bastará saber que me consideran más útil vivo que muerto. Más rentable libre que en galera. Y aquí me tenéis, señor capitán... De camarada.

Era día de sorpresas, decidió Alatriste. Pese a lo absurdo de todo aquello, ahora fue él quien estuvo a pique de soltar la carcajada.

–¿Queréis decir que viajaremos juntos?

–Eso no lo sé. Pero, una vez donde hemos de llegar, trabajaremos en lo mismo.

–¿Y qué hay de lo nuestro?... Tenemos un pagaré pendiente.

Se llevó el sicario, de manera maquinal, una mano a la cicatriz de cuchillada que le deformaba el párpado y desviaba un poco la fijeza del ojo derecho. La había recibido del propio Alatriste en la desembocadura del Guadalquivir, durante el asalto nocturno al *Niklaasbergen*. La tocó suavemente con los dedos, como si todavía le doliese.

–¿A mí me lo decís?... Por mi antojo iríamos a solventarlo ahora mismo, en cualquier lugar discreto, a espada, daga, puñal, pistola, arcabuz, pica de infantería o cañonazos. Lo que se terciara... Pero el que paga, manda. Y yo de esto no sólo saco lo que me pagan, sino lo que no me cobran.

–Muy valiosa ha de ser vuestra persona, entonces.

–¡*Cazzo!*... Suena fanfarrón por mi parte, pero lo es.

Se acercó un poco, bajando la voz. Sonreía como si Diego Alatriste y él hubiesen sido íntimos de toda la vida. Y en cierto modo, concluyó éste en sus adentros, lo eran. Se sorprendió de lo ajustado de la idea. Mortales e íntimos enemigos.

–Conozco a gente decisiva allí donde nos dirigimos –estaba diciendo Malatesta–. Muy bien situada para el negocio que nos ocupa. Los de Palermo, ya sabéis, somos gente de mundo. Con relaciones.

Rió con descaro. Con su proximidad, Diego Alatriste advirtió el rastro de las armas que no llevaba, pero que seguía impregnándole la ropa: un olor muy conocido, a aceite de acero y a cuero engrasado, que se parecía al suyo propio. Olor de espadachín profesional y de soldado. Eso y la cercanía le hicieron recordar el cuchillo jifero que él mismo ocultaba en la bota derecha. Como si le adivinara el pensamiento, o la intención, el otro se apartó despacio.

–Queda, pues, aplazado nuestro asunto particular, señor capitán.

Alatriste se acarició con dos dedos el mostacho. Sabía que la palabra *aplazamiento* no garantizaba nada, y que a él iba a to-

carle andar cierto tiempo con la barbilla sobre el hombro, si
quería seguir vivo. Para Gualterio Malatesta, una cuchillada
por la espalda era compatible con cualquier tipo de compromiso.

–Aplazaos con la putana que os parió, no conmigo –dijo,
muy firme y sereno–. Sois un traidor y un bellaco.

Ladeó el otro un poco la cabeza, con sorna. Remedando
no oír bien. Luego le estudió las botas, cual si adivinara –tal
vez recordaba– lo que escondía dentro. Al cabo miró a uno
y otro lado, las paredes desnudas y la estufa de hierro, como
si no estuvieran solos.

–Vamos, capitán Alatriste. Más de una vez os dije que no
va largo trecho de vuestra merced a mí... De todas formas,
tendréis ocasión de repetirme esos requiebros en las circunstancias adecuadas... Como digo, ahora no soy maestro de lo
que tengo sobre los hombros. Pero juro que, cuando resol-
vamos el negocio, nos haremos pedazos como es vuestro
deseo y el mío. Tengamos tregua.

Tendió la diestra de manera cauta, conciliadora. Diego
Alatriste la miró un momento antes de ignorarla deliberada-
mente. El desaire arrancó otra sonrisa al sicario.

–¿Qué tal ese rapaz, Íñigo Balboa? –se miraba la mano
rechazada con ojo crítico, intentando establecer qué veía
su interlocutor de malo en ella–. Me contaron que anda
por Nápoles. Y debe de ser un mocetón, a estas alturas...
Bravo y de buena mano. Recuerdo cómo se batió en La Fres-
neda, y cómo os contuvo cuando vuestra merced me tenía
el filo en la gorja, con ojos de matar... *¡Minchia di Cristo!*...

Ni rey ni roque. De no ser por él, me habríais despachado allí mismo.

Ahora le tocó a Alatriste el turno de sonreír, amargo. A sus expensas.

—No lo dudéis, voto al turco. Como a un verraco.

—Nunca lo dudé. Aunque, si considero este año y medio, no sé si debo agradecérselo al rapaz, o no —se pasó un dedo por la garganta—... Un buen tajo me habría ahorrado muchas molestias.

Dicho eso lo estuvo mirando con aire paciente, como si todavía esperase una respuesta. Al cabo, Alatriste encogió los hombros.

—Íñigo viaja con nosotros. Forma parte del grupo.

—Vaya... Por mi vida que es conmovedor —crujía de nuevo la risa del sicario—. ¡Reunidos otra vez tantos viejos amigos!

Aquella misma noche, con una buena cena en una hostería del campo dei Fiore —cazuela de peje tiberino y lebrada con fideos sicilianos—, el capitán Alatriste y yo nos despedimos de don Francisco de Quevedo. Había cumplido éste a plena satisfacción, según nos dijo, el encargo del conde-duque de Olivares. La relación completa de sus contactos y amistades de antaño, las claves sobre la correspondencia cifrada que en otro tiempo mantuvo con los agentes del duque de Osuna en Venecia, todo cuanto sabía de sus tiempos junto al antiguo virrey de Nápoles, estaba ya, negro sobre blanco, en manos de los embajadores de España y de los espías encargados de llevar a buen término el negocio. Así que regresaba a Madrid. Cumplida su doble deuda con Osuna, muerto, y con Olivares, vivo, nada le quedaba por hacer en Italia; de manera que tornaba a la patria para ocuparse de sus propios negocios, sus trabajos, sus versos y sus libros. Aprovechando, de paso, las ventajas que a su posición en la Corte podía reportar el papel diligente que había desempeñado en todo aquello.

–Nunca sabe uno cuánto puede durar el favor –concluyó–. Así que debo darme prisa en mojar pan en la salsa, antes de que cambie la conjunción propicia de los astros... En España, amigos míos, llegar al colmo de la fortuna es, siempre, estar a punto de perderla:

Para, si subes; si has llegado, baja;
que ascender a rodar es desatino.
Mas si subiste, logra tu camino,
pues quien desciende de la cumbre, ataja.

Dijo eso en el tono senequista y un tanto afectado que solía dar a esta clase de recitados filosóficos. Luego apuró la garrafa de malvasía candiota, pagó la cuenta con julios de plata –esa noche invitaba de lo más caro, por ser la última–, y envueltos en nuestras capas salimos a la ancha explanada, bajo la luz de una luna redonda y romana que recortaba en argento la esbelta torre de la Aparcata, tan clara que iluminaba hasta el reloj. A esas horas, se felicitó don Francisco, el lugar estaba tranquilo, despoblado de los ociosos, sacamuelas y gastapotras que durante el día menudeaban en torno a los puestos de grano y cebada. Pese a lo entrado de la estación, la noche resultaba agradable; así que caminamos dc charla y sin prisas, despejándonos. La cojera habitual del poeta no parecía molestarle apenas, como si el placer de estar en Roma se la disimulase; y el vino bebido, haciéndole cargar delantero, equilibrara el balanceo. Pesaba más de lo corriente haberle entrado al de Candía, que se iba con facilidad al campanario; pero, en opinión de don Francisco, el romanesco no era bueno sino del año, y ni en las mazmorras de Tetuán podía beberse una vez pasado septiembre. Por su parte, pese a haber embuchado él solo un azumbre sin pestañear, el capitán Alatriste caminaba tan seco y firme como solía, sin que el trasegar se le trasluciera en el pulso, el paso o el semblante. Yo, que entre sólido y líquido me había puesto como lechón de viuda, era el más achispado de los tres.

–¡Bela chitá! –exclamó don Francisco, complacido.

Antes de tomar a la izquierda, hacia la plaza llamada del Paradiso por su posada famosa, se volvió a mí, haciéndome notar que allí mismo, junto a la fuente que ocupaba el centro del campo dei Fiori, había muerto hacía veintisiete años, quemado en la hoguera, el dominico Giordano Bruno, entregado al papa por la Inquisición veneciana: turbio personaje aquél, a juicio de don Francisco, de cuya muerte no debía dolerse ningún español, pues en vida había sido enemigo contumaz de la fe católica y de la monarquía, y durante un tiempo espía a sueldo de Inglaterra, infiltrado como capellán en la embajada francesa de Londres. Pese a tales razones, la historia no pudo menos que estremecerme, pues yo mismo, pocos años atrás y en Madrid, había estado cerca de convertirme en carne asada a manos del siniestro inquisidor Bocanegra. Aventura peligrosa de la que me libraron, por cierto, los buenos oficios y afecto del propio don Francisco.

–Vuestras mercedes ya no me necesitan –concluyó mientras nos alejábamos de allí–. Todo discurre como estaba previsto: el carruaje con pasavantes y dinero que os llevará a Milán espera mañana a la hora del ángelus en la puerta del Pópulo. Con el coche estarán un cochero y un supuesto criado. Del primero me garantizan la confianza, y el segundo es agente de nuestra embajada... Una vez en la capital lombarda, tras recibir las instrucciones adecuadas, pasaréis a Venecia.

–¿Por qué no vamos directamente? –pregunté, todavía algo trabada la lengua.

–Milán, que es nuestra principal plaza militar en Italia, está cerca de Venecia. Por ello es don Gonzalo Fernández de Córdoba, su gobernador, quien dirige el golpe. Allí conoceréis vuestra misión concreta. La parte asignada a cada cual.

–¿Y qué hay de Gualterio Malatesta?

Observé que don Francisco miraba de soslayo al capitán Alatriste. Fiel a su estilo, mi antiguo amo había hablado poco durante la cena. Ahora seguía caminando en silencio, firme como dije a pesar del vino, envuelto en su pelosa de paño pardo y con el ala ancha del chapeo haciéndole sombra de luna en la cara.

—No estoy al corriente de los detalles –dijo el poeta–. Sólo sé que es parte clave de la trama, y que estará en Venecia. Pero ignoro por qué medios se encamina allí.

Cruzábamos la plaza del Paradiso, donde dos antorchas de pez iluminaban la entrada de la notoria posada. Al extremo de una calle corta podía verse, en el contraluz nocturno y plateado, una enorme cúpula de iglesia que don Francisco nombró como San Andrés del Valle. La mayor de Roma, explicó, después de la de San Pedro. Yo la admiré, embobado. Había visto la capital de la Cristiandad el año anterior, como dije, durante la invernada de las galeras; pero no era lo mismo que pasear por ella alegre de cáramo y con don Francisco, que había leído tantos libros y conocía cada arco y cada piedra. Aquella ciudad milenaria y hermosa seguía superando cuanto era posible imaginar. Por todas partes alcanzaba a leer, en lengua latina: *Fulano fecit me.* Tal emperador o papa me construyó, me hizo. Conscientes de sí mismos y de lo que representaban, quienes allí gobernaron durante siglos se habían propuesto legar su grandeza y memoria a las generaciones futuras. Me pregunté con envidia qué iba a quedar de nosotros, los españoles, con el oro y la plata de las Indias yéndose en guerras exteriores, en toros y cañas, en festejos y cacerías de reyes y nobles. Con nuestro vasto imperio disuelto en orgullo, latrocinio y miseria. Pensé en la ciudad de Madrid, mezquina y sin apenas nada notable, que con su sola plaza Mayor, el Buen Retiro, el palacio real inconcluso y cuatro fuentes, algunos de mis compatriotas, ciegos de soberbia, proclamaban como la más hermosa y saludable del orbe. Y concluí con amargura que ciertas fanfarronadas se esfuman viajando, y que cada cual tiene las ciudades y la memoria que se merece.

–Lo de la embajada –dijo de pronto el capitán Alatriste– fue deliberado, naturalmente.

No había vuelto a abrir la boca. Lo hizo cuando llegábamos a la plaza Navona, frente a Santiago de los Españoles. Merced a la claridad que bañaba los edificios próximos vi a don Francisco sonreír.

–No es casual que vuestra merced y él estuviesen desarmados en el primer encuentro –explicó–. Alerté sobre vuestras antiguas querellas, y el embajador quiso tomar precauciones... Era preciso saber en qué términos estaban ese sujeto y vuestra merced. Averiguar si había posibilidad de conciliación, aunque fuese temporal, o si la enemistad pondría en peligro el negocio.

–¿Escuchasteis nuestra parla?

–De cabo a rabo. La estufa de la habitación es un ingenioso mecanismo de espionaje conectado con el piso superior... Estábamos arriba el conde de Oñate, yo mismo y el caballero que visteis con nosotros un poco antes, cuando se abrió la puerta.

–¿Quién era ése?

No sin una mueca de disgusto, el poeta nos puso al corriente. El que acompañaba al embajador, explicó, era un hombre de confianza del cardenal Borja llamado Diego de Saavedra Fajardo, bien introducido en el Vaticano y en los asuntos de Italia: murciano, cuarenta años, ordenado de menores, secretario de documentos confidenciales, cifra y claves secretas en Roma. Hombre, en suma, útil para el servicio del rey. A fin de cuentas, la ciudad de los papas no sólo era cuartel general del universo y la diplomacia católicos, sino también bullir de cardenales sensibles al oro español, y cabeza rectora de las órdenes religiosas que informaban por carta a sus superiores de los sucesos del mundo. Todas las claves del concierto universal se tocaban allí.

—Es él quien coordina los aspectos no militares del asunto veneciano. La parte diplomática, por así decirlo, corre de su cuenta... Confieso que no me resulta simpático, pues se portó con mucha desconsideración en Nápoles cuando cayó en desgracia el duque de Osuna. Pero es competente y eficaz... Volveréis a verlo.

—¿Es gente de mucho peso?

—De muchísimo... Tiene elocuencia y arte de ingenio, esmalte de letras y condimento de lenguas: habla con soltura, que yo sepa, latín, italiano, tudesco y francés... Digamos que, a su manera, es soldado secreto de esas prolijas guerras de despacho y cancillería que trabajan los ejes y polos de las monarquías.

—Espía, queréis decir. Con jubón de buen paño y lagarto de Santiago al pecho.

—No sólo eso. Pero a menudo, sí. Ejerce.

Yo andaba dándoles vueltas a otras cosas.

—Es un disparate —dije al fin.

Se volvió don Francisco a mirarme con curiosidad.

—¿Qué es un disparate, en tu moza opinión?

—Lo de Malatesta. Esa serpiente criminal... Imposible fiarse de él.

Rió el poeta en tono quedo, mostrándose de acuerdo. Luego se encogió de hombros bajo su capa negra, miró al capitán, que de nuevo caminaba en silencio como si no nos prestara atención, y se volvió hacia mí.

—Un asunto como el que nos ocupa requiere concursos diferentes. Extraños compañeros de cama.

—¿Cómo pudo salvarse, después de querer matar al rey?

Una ronda de porquerones papales, seis hombres con chuzos y un farol, pasó por nuestro lado echándonos una ojeada, pero sin molestarnos: aquélla era una ciudad acostumbrada a los forasteros. Caminábamos cerca de la iglesia de San Luis de los Franceses, embocando una calle larga. Tras señalarme el edificio, don Francisco respondió que no conocía bien esa parte del asunto Malatesta. Por lo que él sabía, y tras delatar a sus cómplices, el sicario había comprado su vida a cambio de informaciones confirmadas por los espías del conde-duque. Algo relacionado con cierto pariente suyo: uno de los capitanes de la tropa al servicio de Venecia, descontento y mal pagado. También había en danza un par de senadores venales y una cortesana con buenas relaciones.

—Algunos de esos elementos —concluyó— podrían ser decisivos en el golpe que se planea; así que Olivares, que lo lleva todo con su habitual mano de hierro, pero siempre es pragmático en razones de Estado, consideró que el italiano iba a ser más oportuno vivo que muerto, y más útil en Venecia que en una mazmorra... Y aquí está él, y aquí vuestras mercedes.

—Pucde traicionarnos a todos —opusc.

—Sus motivos tendrá para no hacerlo. Dudo que siguiera vivo de no tener Olivares la certeza de que se mantendrá en el lado correcto.

—¿Y cuando todo acabe? —preguntó el capitán Alatriste.

Habíamos llegado a la plaza Redonda, junto a la fuente que hay delante del templo antiguo, convertido en iglesia, que los romanos llamaron Panteón. Bajo la luz de la luna, el espectáculo era de una belleza majestuosa, nunca vista. Mi antiguo amo se había parado y vuelto hacia don Francisco, ajeno al paisaje. Tenía la mano izquierda apoyada en la empuñadura de la toledana y ésta en gavia, alzándole por detrás la capa.

—¿Si todo sale bien, queréis decir? —preguntó el poeta.

—O si sale mal.

Don Francisco parecía estudiar nuestras tres sombras nocturnas, perfectamente dibujadas en el suelo.

—Que yo sepa, habrá dejado de ser útil a las empresas del rey nuestro señor... Eso significa que tanto ese matachín como vuestras mercedes tendrán ocasión de poner al día sus querellas. Será cuestión, entonces, de madrugar y puto el último.

Dicho lo cual, con tono sibilino, recitó en su perfecto italiano:

Questa vita terrena è quasi un prato
che'l serpente tra fiori e l'erba giace.

Insensible a Petrarca, o a quien fuese, el capitán seguía mirándolo a la cara, sin moverse.

—¿Quedará desprovisto entonces de la protección del conde-duque?

Hizo el poeta un ademán ambiguo. Se supone, dijo, que en lo que a mí se refiere he terminado con este asunto. Que no sé nada ni lo supe nunca. Pero puedo deciros una cosa, amigo mío. Acabe como acabe para vuestra merced, confío en que luego tengáis tiempo y oportunidad de ajustar cuentas con ese Malatesta. Y no os engaño al confiaros mi certeza de que tampoco Olivares iba a incomodarse lo más mínimo.

—No sería más que justicia aplazada —concluyó—. Hecha en nombre del rey, o casi... ¿Me seguís la huella?

—¿Eso os lo dijo el conde-duque en persona?

Un silencio. Pensativo, don Francisco parecía buscar con mucho cuidado las palabras. Se había quitado el capelo y la luna iluminaba ahora sus cabellos largos y grasientos, el cristal de sus espejuelos, el bigote erizado, coqueto y gallardo. Paseó la vista por la plaza, y al cabo la posó en mí, guiñando un ojo cómplice. O me lo pareció.

—¿Quiere vuestra merced que utilice sus mismos términos? —inquirió al fin.

—Lo agradecería mucho.

Sonrió esquinado el poeta, vuelto ahora hacia él. Imitaba
el tono grave, solemne, del conde-duque de Olivares:
—Si llega el momento, no dudéis. Concluido
el negocio, a la primera ocasión,
matadlo como a un perro.

III. LA CIUDAD DE HIERRO

omo la primera vez, cuando siendo imberbe mochilero de catorce años había ido a Breda siguiendo el Camino Español con el tercio viejo de Cartagena, Milán me impresionó en extremo. En esta ocasión el capitán Alatriste y yo entramos en la ciudad un día lluvioso y gris, por el puente levadizo de la puerta Vercellina. El cielo estaba preñado de tormenta, con relámpagos en el horizonte; y en aquella luz indecisa, funesta, el doble círculo de muros altos y negros que circundaba la ciudad, estrechándola como un cinturón de hierro, infundía un respeto que fue mayor al dejar atrás la iglesia de San Nicolás y llegar ante la mole del castillo, fortaleza enorme que en otro tiempo albergó la corte espléndida de Ludovico el Moro. Durante años, la ingeniería bélica había puesto allí

lo mejor de su inteligencia: todo eran muros, torres, fosos
y baluartes. Y si en mi larga y azarosa vida sentí a menudo
el orgullo insolente de saberme español, soldado de una monarquía dueña de medio mundo y temida del otro medio,
aquella ciudad, monumento al poder militar, cima de nuestra fuerza y nuestra soberbia, me espoleaba como ninguna
el sentimiento.

Lombardía era parte de la monarquía del rey católico,
como Nápoles, Cerdeña y Sicilia. Once tercios teníamos allí
entre españoles, italianos, tudescos y valones. La revuelta de
Flandes había convertido ese estado en llave de los pasos
de los Alpes. Las rutas marítimas hacia el norte de Europa
se tornaban inseguras, por lo que Milán era punto de reunión
para nuestra infantería; que, desembarcada en Génova y reforzada por soldados italianos –gente brava, a la que yo había visto pelear muy bien en torno a Breda–, iba a combatir
en las provincias rebeldes y a reunirse con los ejércitos del
emperador de Austria, familiar y aliado de nuestro monarca. Era éste un itinerario largo, difícil, acreedor del esfuerzo
continuo que dejó en el habla castellana, como ejemplo de
dificultad, lo de poner un soldado –una pica– en Flandes.
Desde Milán, plaza de armas principal del norte de Italia y
aun de toda Europa, nuestras tropas controlaban los pasos
de los valles suizos y la estratégica Valtelina, de población
católica y aliada nuestra. Ese carácter militar había llenado
la llanura lombarda de fortalezas españolas, lo que incluía
territorios adyacentes: nuestros soldados ocupaban Sabbio-
neta, Correggio, Mónaco y el fuerte de Fuentes junto al lago

de Como, aparte las guarniciones mantenidas en Pontremo-
li, Finale y los presidios de Toscana. Tales precauciones res-
pondían a la permanente hostilidad del vecino duque de
Saboya y a las añejas ambiciones de Francia sobre el territorio —todavía no estábamos en guerra con Luis XIII y Richelieu, pero se anunciaba en el horizonte—, pues Milán había
sido campo de batalla desde finales del siglo XV, al comien-
zo de las guerras del Gran Capitán, y sus iglesias estaban
tapizadas con banderas cogidas a los franceses. Tras larga y
dura lucha, con la victoria de Pavía y la prisión de Francisco I, nuestros tercios los habían barrido de la península; pero
soñaban con regresar. El cerrojo de hierro milanés les cor-
taba el paso, asegurando la tranquilidad de Nápoles y Sicilia,
así como la docilidad de Génova, su puerto y sus banqueros.
A la larga, cuando ya no pudimos más y la lucha contra el
orbe entero nos puso de rodillas, Francia, después de setenta años fuera de Italia, lograría clavar allí una cuña con la
ocupación de la fortaleza de Pignerolo. Serían ésos los tiempos tristes de derrotas y desastres, con el final de nuestro
señorío en Europa. Cuando Flandes, la guerra con los franceses, la sublevación de Cataluña y la rebelión portuguesa
nos consumieron el oro y la sangre; y al fin, en Rocroi y otros
lugares de triste memoria, de pocos y cansados, dimos la
vida al filo de la espada.

Pero en aquel año veintisiete de mi siglo, cuando ocurrió
la presente aventura, ese último cuadro de infantería donde
yo mismo habría de mantener en alto la vieja bandera con la
cruz de San Andrés, rodeado de cadáveres fieles, aún queda-

ba lejos. Milán, oficina de Vulcano que competía con las fraguas de Toledo en la fabricación de aceros, era una espléndida plaza fuerte; y nuestros tercios, todavía, la zozobra de Europa. Así, el poderío del impresionante castillo milanés resultaba todo un símbolo. En esa ciudad, como en otros lugares, los soldados españoles vivíamos mirando con desprecio a Italia y al resto del mundo. Altivos en nuestra pobreza, orgullosos del temor que inspirábamos, creyentes y supersticiosos entre escapularios, rosarios y estampas de santos, hacíamos rancho aparte de todos, y en nuestra soberbia nos decíamos hidalgos y aun superiores a los monarcas extranjeros y al mismo papa. Eso nos hizo aún más aborrecidos, temidos y malquistos de las demás naciones; pues, al contrario de otras gentes, que al verse en tierra extraña se apocan y someten a las costumbres locales, nosotros nos crecíamos en jactancia, fanfarronadas y desordenada vida de retaguardia, diciendo con Calderón aquello de:

> *Pendencia que a mí me llame,*
> *comoquiera que yo esté,*
> *me ha de hallar dispuesto siempre*
> *salga mal o salga bien.*

El caso es que en Milán, apenas llegamos al castillo cargados con nuestros petates y portamanteos, el capitán Alatriste y yo tuvimos una grata sorpresa. Acabábamos de despedirnos del cochero y del agente de nuestra embajada que nos había acompañado desde Roma. Después de identificarnos en la garita exterior, cruzamos la pasarela que salva el foso junto al baluarte frontero que llaman de Santiago, entre las dos torres. Y allí, desde el cuerpo de guardia, se adelantó a recibirnos un alférez joven y sonriente: lucía bigote poco espeso, aunque bastaba para dar cierta gravedad a su rostro, y venía aderezado con espada, sombrero, botas altas con vueltas de campana y la banda roja cruzada al pecho sobre un coleto de cuero. El capitán y yo lo miramos acercarse, suspicaces. No era usual que un oficial malgastara sonrisas con dos simples soldados salpicados de agua y barro; pero éste lo hacía, al tiempo de abrir los brazos para recibirnos en ellos, acogedor.

—Llegan vuestras mercedes a tiempo. Tocan fajina dentro de media hora.

Al fin, a cuatro pasos, reconocimos a Lopito de Vega. Mucho me holgué con su vista, pero más con sus palabras: ni el capitán Alatriste ni yo habíamos probado bocado desde el cambio de caballos del carruaje en la posta de Pavía, la noche anterior. En ésas nos abrazaba nuestro querido alférez con mucho afecto, pese a los estragos que el viaje desde Roma, la lluvia y los malos caminos habían dejado en nuestras ropas. Con mucho regalo nos condujo por la plaza de armas hasta los alojamientos; donde por orden superior, dijo, se nos había reservado un cuarto aparte, junto a la capilla. Sin ventanas y un poco húmedo por estar cerca del foso, añadió, pero más que razonable. Lopito se quedó con nosotros mientras desliábamos petates, atento a cuanto necesitásemos, e hizo traer dos buenos jergones y mantas. También, de paso, nos

informó que otros de nuestro grupo habían llegado tres días
atrás, desde Génova: Sebastián Copons, el vizcaíno Zenarruzabeitia, los andaluces Pimienta y Jaqueta, el catalán Quartanet y el moro Gurriato. Todos se alojaban cerca de nosotros,
pero con orden de mantenerse aparte de la guarnición. Esa
orden nos incluía también, aunque a Lopito le habían encomendado velar por que nada faltase. Y a fe que nuestro alférez cumplió como los buenos: apenas sonó el cornetín, hizo
traer de las cocinas una damajuana de vino más turco que
cristiano, media hogaza de pan blanco y un puchero de alu-
bias con tocino y oreja de cerdo, distraído sin rebozo del
rancho de los señores oficiales, que a mí me hizo derramar
lágrimas de gratitud, cuchara en mano, y al capitán Alatriste
mover el mostacho con mucho tesón y mucho silencio.

Mientras embaulaba a dos carrillos como esos canes que
por tragar no mascan, observé a Lopito, considerando lo
mucho que el hijo del gran Lope de Vega había cambiado
desde aquel lejano día de su duelo con mi antiguo amo en la
cuesta de la Vega, poco antes de que, trocados los aceros en
sincera amistad, colaborásemos el capitán y yo mismo, con
el concurso de don Francisco de Quevedo y el capitán Contreras, en sacar de su casa a Laura Moscatel y facilitar su boda
con el entonces todavía pretendiente a alférez. La prematura
viudez y los avatares de la milicia habían dado más sosiego
al joven militar, que por aquellos días milaneses cumplía un
lustro de servicio al rey, después de haberse alistado con sólo
quince años.

–¿Cómo van las cosas por aquí?

Nuestro amigo, que también se acompañaba con un vidrio de vino, hizo un gesto vago, de soldado paciente. Las cosas iban como siempre, dijo. Pendientes de lo que pasaba al otro lado de los Alpes. Las armas del emperador Fernando seguían venciendo en el norte de Alemania, lo que no era poco, merced al eficaz concurso de las tropas españolas. Después de los triunfos de Tilly y Wallenstein, el rey de Dinamarca estaba en pésima situación; por Milán se rumoreaba que no tardaría en firmar la paz con Austria. Entonces los tercios podrían dedicarse, por fin, a aplastar a los rebeldes holandeses.

—¿Y los suecos? —quise saber—. ¿Se mueven?

—Se moverán. Nadie duda de su entrada en la guerra, un día u otro, en apoyo de los protestantes. Y el rey Gustavo Adolfo es un enemigo formidable.

—Feo panorama —opinó el capitán—. Poco arroz para tanto pollo.

Rió Lopito con la metáfora. Luego se encogió de hombros.

—Más pollos picotearán si Richelieu consigue tomar La Rochela a los hugonotes y se ve con las manos libres... Acabamos de saber que el sitio en regla de la ciudad ha empezado ya; y aunque puede durar meses, no se duda del resultado... Los franceses siguen con un ojo puesto en Lombardía y otro en la Valtelina.

—Pues hace veinte años —objeté—, nuestros tercios llegaron a las puertas de París.

—Ha llovido mucho desde esos tercios —apuntó el capitán, entre dos cucharadas.

Lo sabía mejor que nadie, pues él mismo había estado allí, peleando en el asalto de Calais y en la encamisada y saqueo de Amiens, en tiempos del archiduque Carlos y del entonces rey de Francia Enrique IV, llamado el Bearnés. Por su parte, Lopito se mostró de acuerdo en lo del llover. Y me temo, añadió, que de aquí a poco se nos van a multiplicar los enemigos.

—España contra todos, como siempre –concluyó–. Ni a vuestras mercedes ni a mí nos faltará trabajo.

Solté una risa escarmentada, veterana, cuajada en Flandes y las galeras de Nápoles.

—Lo que faltará, también como siempre, es dinero para las pagas.

Lopito nos miraba inquisitivo. Estaba claro que la curiosidad le roía los adentros; pero, como gentil amigo que era, evitaba ser descomedido.

—No estoy al corriente de vuestra misión –comentó al fin–. Y me han prohibido interrogaros sobre ella... En vista de los preparativos y la cautela, debe de ser trazo grueso.

No quiso ir más allá, acabando con una sonrisa prudente. La mirada tranquila del capitán Alatriste se cruzó un momento con la mía. Después volvió a posarse en el joven alférez.

—¿Qué os han dicho?

Alzó el otro las palmas de las manos, evasivo.

—Sólo que sois un grupo escogido de matarifes... Y que habrá golpe de mano.

—¿Alguna hablilla sobre nuestro destino?

—Se dice de Mantua y el Monferrato.

Me tranquilicé en los adentros. Ni una palabra sobre Venecia. El capitán miraba inexpresivo a Lopito, como si nada acabara de escuchar.

—¿Y por qué Mantua? –pregunté.

Porque ese pastel, respondió nuestro amigo, estaba pidiendo que se lo comieran. El duque Vincenzo andaba muy quebrantado de salud, no tenía hijos, y el partido francés –apoyado bajo cuerda por el papa– movía en aquel estado sus piezas con descaro.

—Por aquí se dice que podríamos jugar la partida por adelantado, madrugándoles a todos... Un lindo acto de fuerza, a la española –Lopito hizo el gesto de degollar, pasándose un dedo por la gorja–. Ris, ras. Visto y no visto.

Dicho todo eso, el joven se quedó mirando al capitán Alatriste, esperando que de algún modo, sin abdicar de la reserva oportuna, confirmara sus palabras. Pero mi antiguo amo permaneció impenetrable, sosteniéndole la mirada. Al cabo el capitán contempló su vaso, lo llevó a los labios, mojó el mostacho con mucha parsimonia y volvió a mirar a Lopito sin cambiar el semblante.

—Somos mudos, señor alférez –dijo con mucha suavidad.

Hizo el otro un ademán resignado, cual si en realidad no hubiera esperado otra cosa.

—Claro –alzó el vino en un brindis sincero–. Lo comprendo.

Bebimos el resto de la damajuana, y mientras rebañábamos el fondo del puchero derivó la conversación hacia asuntos familiares, como la buena salud del padre de nuestro amigo, de quien éste acababa de recibir carta. Como ya conté en otra ocasión a vuestras mercedes, Lope Félix de Vega Carpio y Luján era fruto legalmente reconocido de los amores de su padre con la comedianta Micaela Luján: esa a la que el Fénix de los Ingenios se refirió siempre en sus versos como Camila Lucinda. No fueron buenas en los primeros tiempos las relaciones entre padre e hijo, por salir éste díscolo y poco amigo del estudio. «*Con los disgustos de Lopito* —escribió Lope de Vega en cierta ocasión— *no he podido acabar el trabajo. A causa de sus desatinos y necedades, apenas le conozco cuando acaso lo veo*». Al cabo, los roces y desacuerdos resolvieron al mozo a buscar la vida en la milicia, alistándose en las galeras del tercio de Sicilia bajo la protección del marqués de Santa Cruz, amigo de su padre e hijo del legendario almirante don Álvaro de Bazán. La precoz vida de soldado de Lopito habría de inspirar al gran Lope, ya reconciliado con su vástago en el tiempo que narro, aquellos afectuosos versos de la *Gatomaquia*, obra burlesca que más tarde dedicó precisamente a Lopito:

> *Armado y niño, en forma de Cupido,*
> *con el marqués famoso*
> *de mejor apellido,*
> *como su padre, por la mar dichoso.*

Orgullosa dedicatoria, ésta —«*A don Lope Félix del Carpio, soldado en la Armada de Su Majestad*»—, que el hijo nunca llegaría a leer, pues en el mismo año de su publicación, que fue el de mil seiscientos treinta y cuatro, mientras el capitán y yo nos batíamos en Nördlingen contra los suecos, el joven y desventurado alférez encontraría la muerte durante el naufragio de su barco, en el curso de una aventurera expedición en busca de perlas a la isla Margarita. Tristísimo hecho que también habría de inspirar al desolado padre aquellos otros versos que concluyen:

Pues muere quien tan tierna edad vivía
y vivo yo cuando morir debía.

Pero muy lejos estábamos, en los tiempos de Milán, de imaginar lo que el destino depararía a nuestro querido Lopito, ni lo que nos reservaba a nosotros. Que de conocerse tales cosas, desmayaría temprano el hombre de toda lucha y todo trabajo, y mano sobre mano se dedicaría a esperar el final sin otro empeño, a la manera de los filósofos antiguos. Pero nosotros no éramos filósofos, sino hombres moviéndose por el territorio incierto y hostil de la vida, sin otra ambición última que asegurarnos el modo de comer caliente y dormir bajo techo, a ser posible en buena y blanda compañía; sin otro patrimonio que nuestra exigua paga de soldados, el acero que nos daba de comer y los seis pies de tierra que, como sepultura, nos aguardaban en alguna parte, caso de no acabar pasto de los peces. Pues cual españoles que éramos, propios de nuestra áspera condición y nuestro siglo, el único día que podía considerarse fácil y sin inquietud era el que dejábamos atrás por ya vivido.

–Los cuatro grupos actuarán concertados, mientras se celebra la misa de gallo en San Marcos –explicó el hombre del cabello largo–. Uno se encargará del Arsenal, otro del palacio ducal, otro de la aljama judía y otro de quienes están en misa... A la misma hora, con el cambio de guardia, se sublevarán los mercenarios dálmatas que guarnecen el castillo Olívolo, los tudescos del palacio ducal y los suecos y valones de los fuertes que protegen la boca del Lido, asegurándonos la comunicación con el Adriático... Para entonces estarán por la parte de afuera diez galeras españolas con tropas, por si es necesario un desembarco. Pero ése sería el último recurso. Todo debe aparentarse hechura de los propios venecianos, descontentos con el gobierno del dogo Giovanni Cornari, que como mucho habrán pedido a España que se mantenga a la expectativa.

Diego Alatriste apartó un momento los ojos del plano de Venecia extendido sobre la mesa y miró alrededor. La sucia claridad gris que entraba por los vidrios emplomados de la ventana no bastaba para la estancia, y dos candelabros con gruesas velas encendidas aportaban la luz necesaria. Las llamas de cera iluminaban los rostros de los otros tres hombres sentados en torno a la mesa, inclinados sobre el plano mientras el individuo de bigote, mosca y cabello largo –se llamaba Diego de Saavedra Fajardo, y era el mismo al que Alatriste vio junto a Quevedo y el conde de Oñate en la embajada de Roma– detallaba la función de cada cual. Aunque a ninguno de los otros lo había conocido antes Alatriste, el aspecto le era familiar por común a su oficio: jubones o coletos de ante o cuero, rasgos duros con algunas cicatrices, mostachos tupidos, piel curtida por la intemperie y los rigores de la guerra. Sus armas, desceñidas al llegar, se amontonaban en un sillón, junto a la entrada: recias vizcaínas y buenas espadas de Toledo, Sahagún, Bilbao, Milán o Solingen. No era necesario mirar dos veces a sus propietarios para reconocer a soldados veteranos. Gente cruda y escogida.

–Nadie creerá lo de la inocencia española, por supuesto –seguía diciendo Saavedra Fajardo–. Pero ése es problema ajeno. Para entonces, si todo ha salido bien, Venecia tendrá un nuevo gobierno. Un dogo alejado de Francia, Inglaterra y el santo padre... Más amigo del rey católico y del emperador Fernando.

El secretario de la embajada de Roma hablaba con desembarazo de hombre hecho en negocios de Estado, aunque su tono era algo distante, un punto desdeñoso: el de alguien a quien incomoda explicar asuntos graves a gente no versada en alta política. Hizo una pausa para mirar a los presentes, asegurándose de que todos habían penetrado el sentido último de sus palabras, y se volvió ligeramente hacia un sexto personaje, sentado en un sillón más alto y lujoso que las comunes sillas de los otros, en la cabecera de la mesa aunque un poco retirado de ésta. Lo hizo con extrema deferencia, cual si pidiera licencia para proseguir; y el otro pareció otorgársela con un movimiento casi imperceptible de la cabeza.

–Hay tropas venecianas implicadas –continuó Saavedra Fajardo–. Varios capitanes descontentos, pagados en parte con oro y en parte con promesas, secundarán el golpe...

Eso era lo admirable de los poderosos, reflexionó Diego Alatriste sin apartar sus ojos del hombre sentado en el sillón. Ni siquiera tenían que esforzarse en despegar los labios para dar órdenes: se las solicitaban de oficio, y bastaba un parpadeo para que fuesen obedecidas en el acto. Por lo demás, aquél era de los que sabían hacerse obedecer: Gonzalo Fernández de Córdoba, gobernador de Milán. A pesar del abismo de calidad entre ambos, Alatriste pudo reconocerlo apenas el otro entró en la habitación sin protocolo ni presentaciones, con todos de pie, y tomó asiento en silencio, como al margen, mientras Saavedra Fajardo empezaba sus explicaciones. Nunca antes lo había visto Alatriste tan de cerca, ni siquiera cuando sus caminos se cruzaban en los mismos campos de batalla, revestido de arnés el entonces maestre de campo, a caballo y rodeado de su gente de estado mayor. Descendiente del Gran Capitán, encargado de los asuntos milaneses desde la marcha de su cuñado el duque de Feria, el ilustre militar aún no había cumplido los cuarenta años. Esta vez no se cubría con peto de acero ni llevaba botas altas, espuelas y sombrero de airosa pluma, sino zapatos de tafilete, medias de seda negra, calzón de terciopelo azul oscuro y jubón de lo mismo con valona de Flandes. Tenía la mano diestra enguantada de fina gamuza, sosteniendo el otro guante; y la desnuda zurda, tan fina y aristocrática como su rostro melancólico –patillas con rizos y bigote de puntas finas y engomadas–, no empuñaba la bengala de mando sino que descansaba, lánguida, en el brazo del sillón, luciendo un anillo con una piedra preciosa que, de ser auténtica, bastaría para emborrachar a una compañía de tudescos durante un mes.

–También hay personajes señalados de la República que apoyan todo esto –continuó diciendo Saavedra Fajardo–. Serán quienes, una vez logrados los objetivos, asuman la dignidad del gobierno. Pero eso ya es política, y en nada interesa a vuestras mercedes.

Uno de los militares sentados a la mesa dio una palmada sobre ésta y se echó a reír, suave.

–Lo nuestro es el degüello –murmuró–. Y punto.

Sonrieron los otros, Alatriste incluido, mirándose unos a otros. Repentinamente solidarios entre sí. El que había hablado –fuerte de hombros, de rostro redondo y cerrada barba negra– rió un poco más y luego ojeó de soslayo al gobernador, intentando averiguar si su impertinencia había sido mal recibida. Pero Gonzalo Fernández de Córdoba se mantuvo impasible. Por su parte, Saavedra Fajardo miró al que había hablado, con aire de censura. Saltaba a la vista que la palabra *degüello* le parecía improcedente. Un pistoletazo en mitad de su calibrado discurso diplomático.

–Es un modo de decirlo –admitió, molesto.

–Y algo de galima, de paso –aventuró otro militar de acento portugués, rostro enjuto con grandes entradas en el pelo y mostacho pajizo.

–¿Galima?

–Saqueo.

Más sonrisas alrededor de la mesa. Esta vez el gobernador creyó oportuno enarcar una ceja y golpetear con el guante en el brazo del sillón. Incluso entre soldados, y en esas especiales circunstancias, todo tenía un límite. Fin de las chanzas. Cada sonrisa se borró como si alguien hubiese abierto una ventana y el aire se la llevara. Respaldada su gravedad, Saavedra Fajardo alzó un dedo admonitorio.

–Esto debe quedar muy claro: habrá botín, pero en sitios puntuales. Casas de propietarios concretos cuya lista tenemos establecida, y que para ese momento estarán muertos o apresados. En cualquier caso, nadie se detendrá a embolsar un cequí hasta que no estén asegurados los propósitos... En eso hay pena de vida.

Hizo una pausa lo bastante larga para que sus palabras, sobre todo las últimas, calasen en los espíritus. Luego, con sequedad, precisó que matar y apresar a los senadores principales sería tarea de los propios venecianos. Un capitán de los conjurados locales se ocuparía de ello. En lo que a los españoles se refería, iba a ser suficiente que cada cual se aplicase a su cometido estricto. En este punto indicó al militar de la barba negra: don Roque Paredes, que tal era su nombre, con otros cuatro españoles, tenía encomendado incendiar el barrio judío. Ésta era precaución conveniente, pues el fuego distraería la atención. Al mismo tiempo, Paredes y su gente correrían la voz de que los hebreos estaban en el móvil de la conjura y se armaban contra sus vecinos. Eso iba a suscitar tumultos oportunos en la ciudad, volcando contra esa gente lo que en otros lugares sería resistencia al verdadero intento.

—A otros siete españoles mandados por don Diego Alatriste —continuó Saavedra Fajardo—, socorridos por cinco artificieros succos y por los mercenarios dálmatas del castillo vecino, corresponde el incendio del Arsenal... Quemarán una docena de naves que están en las atarazanas, haciendo cuanto daño sea posible; de manera que la flota veneciana, aunque en el futuro no sea enemiga, quede mermada en su fuerza.

—Con esos pantalones comedores de hígado encebollado nunca se sabe —apuntó Roque Paredes, guiñándole un ojo a Diego Alatriste.

—Exacto —apostilló Saavedra Fajardo, el aire censor—. Y más vale precaverse de amigos que lamentarse luego de enemigos.

No hizo comentarios Alatriste, pues estaba concentrado en calcular las dimensiones de la encamisada que le tocaba en suerte. El Arsenal, nada menos. Reducir a cenizas la que era principal factoría naval del Mediterráneo después de las atarazanas de Constantinopla, con sólo doce hombres y una tropa de mercenarios. Aquello era encamarse con la más fea del compás.

—Del palacio ducal se encargará don Manuel Martinho de Arcada —Saavedra Fajardo indicaba ahora al militar flaco del mostacho pajizo—. El golpe lo dará secundado por ocho soldados españoles de su confianza... Serán favorablemente recibidos por la guardia, que a esa hora habrá sido relevada por una compañía de tudescos ganados para nuestra causa. Don Manuel se mantendrá en el palacio a toda costa. Tanto él como los otros cabos deben atenerse estrictamente a las órdenes que allí les imparta el jefe de toda la operación... Que será, naturalmente, don Baltasar Toledo.

Todos miraron al gentilhombre sentado con ellos al otro extremo de la mesa: menos de cuarenta años, cabello muy corto, prematuramente gris, y bigote soldadesco. Su aire era tranquilo y melancólico. A Diego Alatriste le sonaba el nombre. Hijo natural aunque reconocido del marqués de Rodero, casado con una sobrina pobre del duque de Feria, Baltasar Toledo se había hecho una reputación como sargento mayor, primero en Flandes y luego durante la reconquista de la bahía de Todos los Santos a los holandeses, un par de años atrás.

–Yo estaré en Venecia en misión diplomática oficial –prosiguió Saavedra Fajardo–. Pero es don Baltasar el jefe militar sobre el terreno. Después de coordinar las acciones y velar por su ejecución, se reunirá con el señor Martinho de Arcada en el palacio. A partir de ese momento, sus instrucciones son liberar a determinados presos de los calabozos y recibir al nuevo dogo.

–¿Quién será el afortunado? –preguntó Roque Paredes.

–No es asunto de vuestras mercedes.

–¿Y quién nos apoyará cuando demos la encamisada al palacio? –quiso saber Martinho de Arcada, con suave arrastrar de eses lusitanas.

–La compañía que a medianoche relevará a la que esté de guardia la manda un capitán veneciano llamado Lorenzo Faliero... Tanto él como su teniente, que es tudesco, están ganados para nuestra causa.

Dio otra palmada en la mesa el risueño Roque Paredes.

–Pardiez. Esto habrá costado un Perú... ¡Y pensar que a mí me deben tres pagas, y la ventaja!

Todas las miradas convergieron de nuevo en el gobernador, que también ahora se mantuvo impasible. Pese a los veinticuatro mil ducados castellanos de plata que recibía cada año como estipendio oficial –aparte coimas, gastos bajo mano y otros gajes–, Gonzalo Fernández de Córdoba era hombre hecho al trato con soldados, y sabía como nadie distinguir una bernardina de una insolencia. También había vivido los motines de Flandes, y no caía en el error de confundir a un tornillero maltrapillo con un soldado de los que, por mucho que gruñesen faltos de pagas y vituallas, nunca se amotinaban antes del combate sino después, por aquello de que nadie creyese lo hacían por excusar el peligro. Por su parte, Diego Alatriste mantuvo su acostumbrado silencio. Sabía por Francisco de Quevedo que lo de Venecia iba a costar treinta mil escudos en oro, aportados por banqueros y hombres de negocios de Milán y Génova, sin contar los fondos secretos que emplearían el gobernador de Milán y el embajador de España en Venecia. La mayor parte de esas sumas, como de costumbre, acabaría en bolsillos particulares, bien lejos de quienes realmente iban a jugarse la gorja y la vida en el golpe de mano.

–Si lo del palacio ducal es importante –seguía explicando Saavedra Fajardo–, la parte delicada corresponde a la misa de gallo en San Marcos. Ahí es donde se juega la baza principal... Porque en cuanto empiece el oficio religioso, con el dogo arrodillado en su reclinatorio junto al altar mayor, dos hombres cruzarán la nave y lo degollarán con la mayor rapidez y eficacia posibles.

Se miraron unos a otros. Incluso entre hombres de armas como eran todos, aquellas palabras iban más allá de lo imaginable. Asesinar al dogo de Venecia en plena misa de Navidad. La audacia era inaudita.

—¿Españoles? –preguntó Paredes, admirado.

—No. Gente idónea para el menester, en cualquier caso –Saavedra Fajardo dirigió una breve mirada a Diego Alatriste y luego indicó a Baltasar Toledo–. Yo por mi parte, y don Baltasar por la suya, estaremos allí atentos a todo, pero al margen de ese golpe en particular. De los ejecutores materiales, uno es un cura de nación uscoque, fanático antiveneciano y ganado a nuestra causa... El otro es italiano. De Sicilia –nueva ojeada casi furtiva a Alatriste–. Hombre peligroso y diestro en su oficio, que además tiene lazos de familia con el capitán Faliero... Ellos dos se han comprometido a despachar al dogo.

—No saldrán vivos de la iglesia –opinó Martinho de Arcada.

—La propia audacia del golpe puede darles amparo. En todo caso, salir o no salir después, es cosa suya.

Había hablado con la indiferencia del funcionario. Miró ahora a Diego Alatriste, inquisitivo.

—Este señor soldado conoce a uno de ellos, me parece. Quizá tenga formada una opinión.

Así que era eso. Alatriste contemplaba la llama de las velas que ardían sobre la mesa. Venecia, la complicidad del capitán Faliero y la cabeza del dogo eran el precio con que Gualterio

... Y lo degollarán con la mayor rapidez y eficacia posibles...

Malatesta había comprado la libertad y la vida. Un plan irresistible para el conde-duque de Olivares, que dejaba en segundo término el asunto de El Escorial, por el que ya habían pagado otros.

–No tengo opinión –dijo, tras un silencio–. Y cuando la tengo, me la guardo.

–Pero os la estoy pidiendo –insistió Saavedra Fajardo–. Y estos señores parecen interesados... Haced un esfuerzo.

Se pasó Alatriste dos dedos por el mostacho, dubitativo. Sentía fijas en él las miradas de todos.

–Si es quien imagino, sabe matar –concedió.

–¿Y cree vuestra merced que a ese individuo le preocuparía mucho salir vivo de la iglesia, o no salir?

–Si está dispuesto a entrar, es que sabe cómo salir –Alatriste se encogió de hombros–. De eso estoy seguro.

–¿Entonces, señor soldado?

–Entonces, señor funcionario, no me cambiaría por el dogo en Nochebuena.

Rieron Paredes y Martinho de Arcada, y sonrió Baltasar Toledo. Por su parte, el gobernador seguía imperturbable en el sillón, sin perderse palabra. Sólo Saavedra Fajardo parecía insatisfecho con la respuesta. Estudiaba a Alatriste como buscando algo que echarle en cara. Al fin pareció pensarlo mejor.

–Bien –dijo, enfriando aún más el tono–. Está previsto que entre los días dieciocho y veinticuatro de diciembre, los veintisiete españoles que participan en la encamisada entren en la ciudad por diversos medios y en pequeños grupos, para no llamar la atención... Serán vuestras mercedes, como cabos de cada grupo, los que concierten cada movimiento y mantengan discretos a sus hombres, según instrucciones que se les darán luego. A ninguno contarán el asunto de la misa de gallo. Todos emprenden viaje mañana, disfrazados a conveniencia y siguiendo diferentes caminos... Y creo que por el momento eso es todo.

No lo es en absoluto, pensó Alatriste. Por vida del rey que no.

—¿Y si sale mal?

La pregunta pareció coger a contrapié a Saavedra Fajardo. Miró a Alatriste, miró al gobernador y volvió a mirar a Alatriste.

—¿Perdón?

—Si algo falla. Si todo se va al diablo... ¿Han previsto el modo de sacarnos?

—Nada fallará, estoy seguro.

—Lástima que eso no pueda dármelo vuestra merced por escrito.

—Corro tanto riesgo como vos.

—Lo dudo. Sois diplomático y viviréis en la embajada. Lo nuestro es otra cosa... Más a la intemperie.

Se espesó el silencio. Mucho. A Alatriste le pareció sorprender una discreta aprobación por parte de Baltasar Toledo. Menos comedidos, Paredes y Martinho de Arcada asentían vigorosamente con la cabeza.

—Estoy atónito, señor soldado –comentó Saavedra Fajardo con mucha frialdad–. Os recomendaron como hombre de buen temple.

–¿Y qué tiene eso que ver con lo que digo?

–Que no admite probabilidades la cordura... ¿Cómo puede salir bien una empresa que, aún no iniciada, la sentencia la desconfianza?

–La frase es linda. Pero metidos en lindezas, se me ocurre otra: en asuntos de guerra es peligroso vivir de la fe ajena.

Palideció el otro como si aquello fuese un insulto. Y tal vez lo era.

–Condenáis...

Alzó Alatriste una mano, la izquierda, surcada por la larga cicatriz –portillo de las Ánimas, año veintitrés– que le cruzaba el dorso.

–Aquí nadie condena nada, que yo sepa –dijo con mucha calma–. Sirvo al rey desde los trece años. Y pocas veces metí la cabeza en nada sin meditar cómo sacarla. Otra cosa es que luego se pueda o no... Pero resulta saludable, y muy de soldados viejos, saber por dónde retirarse si mandan plegar banderas.

Seguían haciendo gestos de aprobación los otros. Entonces Alatriste se volvió hacia don Gonzalo Fernández de Córdoba. El gobernador permanecía en su sillón, sin despegar los labios. Atento a cuanto se decía.

–Vuecelencia, que también es soldado, y no de los malos, comprende seguramente a qué me refiero.

Aquel *no de los malos* arrancó una sonrisa a casi todos. La insolencia iba templada por el debido respeto. Vuecelencia es uno de los nuestros, venía a significar. Aquello, a fin de cuentas, era un elogio entre hombres de chapa como los allí presentes, y dejaba fuera sólo a Saavedra Fajardo. Apelando a su condición de veterano soldado de una España cuya hidalguía seguía remitiendo a ceñir o no ceñir espada, la de Diego Alatriste podía considerarse como libertad venial de militar a militar: una apelación última al antiguo código del oficio común. Por supuesto, aquello era del todo impropio con el gobernador de Milán; pero estaba justificado por las libertades que un soldado veterano podía tener con su maestre de campo en cualquier campo de batalla. La sonrisa leve que cruzó bajo el bigote engomado de Gonzalo Fernández de Córdoba indicó que la apelación había dado en el blanco.

No hizo falta más. Como buen funcionario y hombre de despacho, Saavedra Fajardo sabía leer de lejos la música. Hay una posibilidad, dijo al fin. Prevenir alguna embarcación que, en caso necesario, permita retirarse a alguna isla cerca del mar abierto –señaló los lugares posibles en el mapa desplegado sobre la mesa–, desde donde podrían recogerlos las galeras con tropa que para entonces estarán cerca, en el Adriático.

–Podrá establecerse un lugar de recogida, en caso necesario –concluyó–. Según las mareas y todo lo demás.

En ese punto, Saavedra Fajardo se detuvo a mirarlos uno por uno, significativamente.

–Pero algo –prosiguió al momento– se sobreentiende en todo este negocio: si se torciera el buen logro, España lo negará todo. El embajador tiene órdenes a ese respecto, y ninguna ayuda pueden esperar vuestras mercedes en caso de escándalo... Han sido elegidos porque tienen reputación de hombres enteros, incapaces de dejarse coger vivos... Ni ser de los que, si por azar los cogen, hablan.

—Eso va de oficio —dijo Roque Paredes, y miró a todos con aire amostazado, como desafiando a darle un mentís.

Nadie lo hizo, y se dio por terminada la conferencia con las últimas instrucciones. Los señores cabos tenían el resto de la jornada para disponer a su gente, sin que los grupos se mezclaran entre ellos, y al día siguiente emprenderían viaje por las rutas previstas. Al terminar, Saavedra Fajardo se volvió hacia el gobernador para comprobar si deseaba decir algo. Gonzalo Fernández de Córdoba hizo un gesto negativo con la cabeza y se puso en pie, imitándolo todos; pero antes de abandonar la habitación se detuvo un momento.

—Alatriste, ¿no?

Lo miraba con atención, como si intentara vanamente reconocer su rostro.

—Así es, Excelencia.

—Dicen que fuisteis soldado mío en Fleurus, el año veintidós.

Asintió Alatriste con la misma sencillez que si le hubieran hablado de un bureo por la orilla del Manzanares.

—Y en Wimpfen y en Hoechst, Excelencia.

—Vaya —con la mano derecha, calzada de fina gamuza, el gobernador sacudía el otro guante en la palma desnuda de la zurda—. En algún momento debimos de estar cerca uno de otro, imagino.

–Así es –Alatriste miraba a su antiguo maestre de campo a los ojos, sin pestañear–. En Wimpfen estuvo vuecelencia un buen rato junto a mi compañía, entre el bosque y la orilla del río, aguantando como nosotros el fuego de artillería antes de que nos ordenasen atacar... Y en Fleurus, donde serví con don Francisco de Ibarra y lo que quedaba del tercio de Cartagena, vuecelencia nos hizo el honor de acogerse entre nosotros mientras la caballería luterana cargaba una y otra vez, cerca de la granja de Chassart.

Lo de *acogerse* no debió de traerle gratos recuerdos a Gonzalo Fernández de Córdoba, pues enarcó una ceja, contrariado. No fue un momento fácil, recordaba Alatriste. Los alemanes y la caballería valona habían cedido ante los protestantes, con sangrientas pérdidas, y las tropas de Brunswick y Mansfeld apretaban sobre la infantería española e italiana, que se mantenía firme en el campo de batalla. A causa de las continuas cargas de los jinetes enemigos, el entonces maestre de campo se había visto obligado a situarse entre los veteranos españoles que peleaban impávidos y en orden, aguantando con la habitual sangre fría de la infantería vieja.

–¿Fuisteis uno de aquellos arcabuceros que aguantaron allí como fieras, a cuchilladas y culatazos?

–Esos mismos. Vuecelencia nos acompañó cuando tuvimos que abandonar los carros y nos retirábamos como podíamos hacia los setos.

–Cierto –se despejó el ceño elegante del gobernador–. Y lo recuerdo muy bien. A fe mía que pasamos un mal rato... Allí murió el pobre Ibarra. Y quedaron muchos hombres.

–Yo tampoco llegué a los setos, Excelencia.

–¿Herido?

–Abrazado a un protestante tras apuñalarnos uno al otro.

–Diantre... ¿Cosa grave?

Un silencio. Saavedra Fajardo y los otros asistían asombrados a aquel diálogo soldadesco. Sin apenas darse cuenta, Diego Alatriste se tocó el costado izquierdo. Un ademán sobrio y resignado, por completo desprovisto de jactancia. Luego se encogió de hombros.

–Pudo ser peor.

Entonces, para sorpresa de todos, su excelencia don Gonzalo Fernández de Córdoba, gobernador de Milán, se quitó el otro guante y estrechó la mano del capitán Alatriste.

Alguien dijo, o escribió, que en aquellos tiempos famosos y terribles los españoles peleamos todos, desde nobles hasta labriegos. Y era cierto. Unos lo hicimos por hambre de gloria y dinero, y otros por hambre de verdad: por sacudirnos de encima la miseria y llevar un trozo de pan a la boca. En los campos de batalla de medio mundo, desde las Indias a las Filipinas, el Mediterráneo, el norte de África y Europa entera, contra toda clase de naciones bárbaras o civilizadas, peleamos hidalgos y campesinos, bachilleres y pastores, caballeros y pícaros, amos y criados, soldados y poetas. Pelearon Cervantes, Garcilaso, Lope de Vega, Calderón, Ercilla. Peleamos sin descanso en los Andes y en los Alpes, en las llanuras de Italia, en la altiplanicie mexicana, en la selva del Darién, a orillas del Elba, el Amazonas, el Danubio, el Escalda, el Orinoco, en las costas de Inglaterra, en Irlanda, Lepanto, las Terceras, Argel, Orán, Bahía, Otumba, Pavía, La Goleta, el canal de Constantinopla, el Egeo, Francia, Italia, Flandes, Alemania. En todas las tierras y climas próximos o lejanos, bajo nieve, sol, lluvia o viento, huestes de españoles pequeños y recios, barbudos, fanfarrones, valerosos y crueles, hechos a la miseria, el sufrir y las fatigas, con todo por ganar y sin otra cosa que perder salvo la gorja, unos musitando una oración, otros con los labios mudos y los dientes apretados, y otros renegando a cada paso de Cristo, de los oficiales, de los trabajos y de la misma vida en todas las lenguas de España, amotinados a trechos y con las pagas atrasadas o sin ellas, seguimos a nuestros capitanes bajo las rotas banderas, haciendo temblar al mundo entero. Como esos a los que describió el poeta y soldado Andrés Rey de Artieda; que tras mucho protestar de la milicia, de todo y de todos, jurando solemnes que no volverían a combatir jamás:

> *Ha seis días, cobradas cuatro pagas*
> *y conforme razón, puestos a gesto,*
> *con solas sus espadas y sus dagas,*
> *pasando a nado un foso hicieron cosas*
> *que plegue a Dios que en ocasión las hagas.*

Rumiaba yo todo eso nuestra última noche en el castillo de Milán, observando a mis compañeros de aventura. Nos

habíamos reunido a la hora de la cena; y tras los abrazos de
rigor con Sebastián Copons, el moro Gurriato y los demás,
el capitán Alatriste refirió lo que nos tocaba hacer en Venecia;
a donde emprenderíamos viaje, por parejas para no llamar la
atención, al rayar el alba –el capitán y yo iríamos por Brescia,
Verona y Padua, él disfrazado de comerciante y yo de su
criado–. Hasta entonces se mantenía la prohibición de salir
afuera o comunicarnos con gente ajena a lo nuestro; de modo
que no tuvimos otra que matar el tiempo y esperar. Y en eso
estábamos, los ocho junto a una chimenea grande en la que
ardía buen fuego, despachando sin titubeos, insaciables como
alcuza de santero, una enorme damajuana de treviano y otra
de montefrascón. Lopito de Vega, que no pudo acompañar-
nos por hallarse de facción en el baluarte de Padilla, había
tenido la gentileza de procurárnoslas a sus expensas, a fin de
que remojásemos como era debido medio carnero asado con
manteca y unas codornices escabechadas que, a la atención
de Diego Alatriste, habían sido remitidas por su excelencia
el gobernador en persona. De todo lo cual no quedaban sino
los huesos mondos y las garrafas diezmadas.

Cada uno de nosotros, observé, esperaba según era. Ignorantes de lo que nos deparaba el destino, seguros por lo que
había contado el capitán de que la encamisada sería de las de
echarlo todo a doce, pasábamos el rato a vueltas con el vino
y nuestros pensamientos. A nadie escapaba que caer en manos de los venecianos, antes o después de incendiar el Arsenal, podría suponer uno de esos malos trances en los que,
por un sí o por un no, reniegas de la madre que te puso en el

mundo. Y en ésas, aunque entre nosotros no faltaba la charla mesurada, con las inquietudes lógicas del destino que nos aguardaba bajo el mítico nombre de Venecia, lo que predominaba eran los silencios.

Callaba el moro Gurriato, como solía. Sin probar el cáramo, cerca del fuego que le hacía danzar sombras y reflejos en el cráneo rapado, los aros de plata de las orejas y el brazalete de la muñeca, engrasaba el cuero de su talabarte con la rutina del soldado profesional en que se había convertido. La luz rojiza acentuaba lo bermejo de su barba y permitía apreciar la extraña cruz, con rombos en las puntas, tatuada en su mejilla izquierda. Era la primera vez que el mogataz visitaba el septentrión italiano, o ponía los pies en una plaza tan espesamente fortificada como lo era el Milán de la monarquía católica, y estaba impresionado. No era nuestro amigo hombre de muchos verbos, aunque sí de ésos observadores y sentenciosos que, a manera de viejos campesinos, son capaces de resumir complejos pensamientos en breves dichos, fruto de una experiencia que no está en los libros sino en la vida, el paisaje y el corazón del hombre. Como guerrero profesional que era, Aixa Ben Gurriat admiraba en Milán, más todavía que en Orán o Nápoles, el poderoso ejército de la nación a la que servía, nuestra puntual disciplina y los enormes respaldos de toda clase, desde intendencia a postas y correos, que mantenían aceitada la vasta máquina militar.

Sentado junto al moro Gurriato, sorbía su vino toscano mirando el fuego Sebastián Copons, a quien de antiguo co-

nocen vuestras mercedes: pequeño, flaco, sufrido, duro como
un ladrillo, sobrio de pensamiento y maneras, fiable y leal
hasta el sacrificio. Era el más viejo camarada del capitán
Alatriste, con quien su vida soldadesca venía cruzándose
casi treinta años, desde el coletazo final del siglo viejo en
Flandes, cuando el asedio y combate de Bomel, la defensa
del fortín de Durango, los motines de las tropas mal pagadas
y la impasible retirada del tercio de Cartagena entre las du-
nas de Nieuport. Quizá calculaba, pensé observándolo, cuánto la empresa veneciana podría significarle al fin, tras una
larga vida de trabajos, peligros y zozobras. La única ambición confesa que conservaba el aragonés, perdidas todas las
demás en campos de batalla de Europa y el Mediterráneo,
era un talego de oro con el que conseguir una casa, una mujer y una silla confortable desde la que ver ponerse el sol en
las peñas altas de los mallos de Riglos, en su tierra de Hues-
ca, envejeciendo sin que el redoble del tambor, las órdenes,
el resonar del acero, el polvo del interminable caminar de la
infantería, fuesen más que recuerdos lejanos. Sin preguntar-
se cada día a quién iba a degollar o por quién podría ser degollado.

Aquella noche en el castillo milanés procuré asimismo
estudiar a los otros camaradas, pues con ellos iba a compar-
tir peligros, y de su temple o sus flaquezas dependería mi
suerte. El único al que conocía, y me dejaba más que tranquilo por ese lado, era Juan Zenarruzabeitia, que había sido
caporal con la infantería embarcada a bordo de la *Caridad
Negra*, y uno de los pocos vizcaínos de la compañía del

capitán Machín de Gorostiola que habían sobrevivido al sangriento combate de las bocas de Escanderlu. Aunque en la milicia, como en el resto de España, a todos los vascongados, incluso a los que como yo éramos nacidos en Guipúzcoa, nos daban el nombre común de vizcaínos, Zenarruzabeitia era de verdad de Vizcaya, alumbrado en Durango, y su apariencia no desmentía la patria del apellido: nariz fuerte, una sola ceja negra de sien a sien, barba cerrada, manos grandes, aire taciturno y un habla castellana que, si en lo reposado era casi tan correcta como la mía, cuando la usaba en caliente y espada en mano salía recortada a tijeretazos, con el orden de las palabras puesto como Dios daba a entender:

–Turcos de hembra son, o así de puta, como lo cuentas tú, vizcaíno –le habíamos oído decir en Escanderlu cuando saltó a la *Mulata* de los últimos y trayéndose la bandera del rey, sin resuello, con la espada partida por la mitad, roja de sangre, y su galera hundiéndose detrás.

Manuel Pimienta y Pedro Jaqueta mataban el tiempo escurriendo lo que quedaba en las garrafas y sobando una baraja que, de tan usada, no tenían sus naipes esquinas. Eran lo contrario de Copons y el capitán Alatriste: locuaces, alegres, bienhumorados, campechanos, con apariencia de soldadotes de amontonada valentía, muy desgarrados a lo Cristo me lleve. Manejaban la descuadernada como tahúres, haciéndose trampas el uno al otro con absoluta desvergüenza, sin recato ninguno.

–A mí, pardiez, que las vendo.

–Serán flores. Así que menos lobos conmigo, señor soldado.

–¿No os lo dije? Écomi, compaño... Alzo por el as y envido las veintiuna... Pagad.

–¡Cuerpo del mundo y de la putana!... Por mi fe de cordobés, que antes me vuelvo moro.

–Ya estáis a medio camino.

–¡Voto al dío y a las barbas de su padre!

Los dos eran morochos de aspecto, rizados de pelo grasiento y negro, patilludos, con aretes de oro en las orejas y mostachos fieros de los que se mordían las puntas. Llevaban las espadas en anchos tahalíes de cuero repujado, solían vestir de buen paño, cada uno con su escapulario, su crucifijo de oro y su agnusdéi de plata colgados al cuello, y se persignaban con la misma soltura que blasfemaban. Por las facciones parecían hermanos, aunque no lo eran –de leche de daifa, decían ellos–. Pimienta era cordobés, joya natural del barrio del Potro, y Jaqueta pregonaba la fama del no menos ilustre Perchel de Málaga; aunque ninguno habría hecho mala estampa en las almadrabas del duque de Medina Sidonia, en la cárcel de Sevilla o al remo de una galera. Sonrientes, bromistas, rápidos, peligrosos y acuchilladizos, ceceaban igual que bellacos y tenían maneras de bravos de contaduría, de los que salen más diestros de lengua que de temeraria; pero infeliz quien así lo creyera. Eran liberales, de bolsa escotada. Sus hojas de servicio resultaban impresionantes y los situaban en las antípodas de esos fanfarrones que arrastraban la espada y hablaban alto en garitos y mancebías, tornilleando al

granizar sobre los arneses. Habían estado en las tomas de
Larache y La Mámora, en las galeras de España y de Sicilia,
en la guerra de la Valtelina y en las batallas de Hoechst y
Fleurus, antes de pasar a Nápoles.

—¿Echa voacé una manita, señor Quartanet?

—Otro día. Mersi.

El sexto miembro del grupo era el catalán Jorge Quartanet,
tirando a rubio, treintañero largo, educado de parola, seco
de trato, hombre de cuajo y fiar en malos trances, a quien el
capitán Alatriste había elegido por conocerlo también de
antiguo. Juntos habían estado en la batalla de la Montaña
Blanca y el sitio de Berg-op-Zoom. Procedía de una familia
de campesinos de las montañas de Lérida, de donde salió de
muchacho para seguir las banderas del rey. Era escueto y
sufrido al uso de su tierra, y hecho a batirse. De los que
asientan los pies en el suelo, desenvainan, cierran la boca,
y no los mueves del sitio sino cuando ha terminado todo; y
eso para darles sepultura pocos pasos más allá. Caso insólito
entre los soldados españoles, Quartanet no gastaba en quí-
nolas, hembras ni colar ermitas, y era de los pocos que en mi
vida conocí con ahorrillos en el petate. En la Montaña Blanca, donde siete años atrás había peleado, como el capitán
Alatriste, en la compañía del capitán Bragado y bajo las órdenes de los señores Bucquoi y Verdugo, fue él quien apresó
al joven príncipe de Anhalt después de que la caballería católica cogiese de flanco a sus caballos corazas y los arrojara
en desorden sobre la infantería bohemia, que vacilaba desam-
parada y a punto de retirarse. Fue en ese momento, vien-

do herido en mitad del combate al mozo Anhalt, por tierra y apresada una pierna en el flanco del caballo, cuando Quartanet se abrió paso hasta él y le puso la espada en la canal maestra, intimándolo en lengua catalana, que el otro comprendió de maravilla –no hay mejor trujimán que un acero desnudo–, a entregársele a discreción o verse despachado como un cochino.

–O et rendeixas –le dijo por lo claro– o et tallo els ous.

Aquel lance de la Montaña Blanca, o Bila Hora, como la llaman los de allí, valió al leridano una gentil recompensa: aparte el despojo de cuanto llevaba encima su prisionero, que no iba ligero de balumba, obtuvo un bolsillo de escudos de oro del señor de Bucquoi, amén de otro premio –menos escudos y más lindas palabras, con mucho señor soldado por aquí y por allá, que entre españoles todo se lleva con más economía– del señor maestre de campo, coronel Verdugo. Y a diferencia de la mayor parte de nosotros, que llevábamos lo que teníamos cosido en el cinto o el forro del jubón, y lo gastábamos apenas nos daban tregua, Jorge Quartanet conservaba su oro de la Montaña Blanca intacto y precavidamente puesto en cobro, al cuidado de un banquero genovés con oficina en Barcelona.

–Ferse vell es molt fotut –solía comentar, precavido y filosófico–. Si s'arriva, está clar.

Callaba aquella noche, sobre todo, el capitán Alatriste; mientras, fiel a sus maneras, atacaba de firme y con recios asaltos lo que aún quedaba en el revellín de las garrafas. Sentado sobre su capa doblada en un poyo de piedra, la espalda contra la pared, mi antiguo amo tenía el rostro inclinado y miraba el vino como si interrogase en él nuestro futuro. El fuego de la chimenea iluminaba la mitad izquierda de su rostro, recortando el perfil aguileño, el espeso mostacho y el clarear –algo mortecino ya, con tanto remojar la gola– de sus ojos absortos en imágenes o pensamientos que sólo él podía penetrar. Las llamas acentuaban la cicatriz de la mano con que sostenía el vino y los otros dos chinfarrazos que le surcaban la frente: Ostende en el mil seiscientos tres y el corral del Príncipe veinte años después. Pero yo, que lo había visto desnudo, conocía la existencia de otras siete cicatrices, sin contar la quemadura que él mismo se había infligido en un brazo durante el interrogatorio al italiano Garaffa, en Sevilla, cuando la aventura del oro del rey: una herida, en el pecho, de la Montaña Blanca; otra vieja y larga, de espada, en el antebrazo izquierdo; una en cada pierna –canal de Constantinopla y emboscada en las Minillas–; el tiro de arcabuz en la espalda –Ostende, un año antes de la marca de la frente–, y las dos del costado izquierdo: la del callejón de la plaza Mayor hecha por la vizcaína de Gualterio Malatesta y el tajo recibido en la batalla de Fleurus, que a pique había estado de desabrigarle el ánima. Remendado como perro de cazar jabalíes, iba el capitán Alatriste. Y no pude menos que adivinar, mientras lo miraba beber callado y veía enturbiarse despacio la escarcha glauca de sus ojos, que algún día yo haría míos tales silencios, y que mi cuerpo llegaría a estar tan descosido y recosido como el suyo.

Lo cierto es que camino iba, por esas fechas, de superar en señales a mi maestro. Aún no cumplidos los dieciocho, tres bocas de tarasca lucía ya en el cuerpo: la del asalto al *Niklaasbergen*, el cobarrazo de saeta que me pasó un muslo cuando lo de Escanderlu y la marca en la espalda del puñal de Angélica de Alquézar –«*Me alegro de no haberte matado todavía*»–. Más adelante, con el tiempo, los años y los lances de la milicia y la Corte habrían de dejarme impresas otras señales en la piel y el corazón, Angélica incluida. Todas vinieron al hilo de la vida, y de ninguna estoy especialmente orgulloso: viví, como pude, lo que mi tiempo quiso que viviera; y ningún camino es malo excepto el que te lleva a la horca. Pero ahora que miro el azogue y no veo más que pasado y sombras que se fueron, hay una marca en mi cuerpo por la que no puedo pasar los dedos sin un estremecimiento de orgullo: la herida que recibí sobre las diez de la mañana del diecinueve de mayo de mil seiscientos cuarenta y tres, en Rocroi, cuando tudescos, borgoñones, italianos y valones se desbandaron ante la caballería francesa, y enfrente sólo quedó en campo abierto, inmóvil e impasible, la masa cerrada de la fiel infantería española: seis tercios –murallas humanas nos llamó el francés Bossuet– a los que sólo hubo manera de hacer pedazos con la artillería que mandó traer el duque de Enghien, como para batir plazas fortificadas, abriendo a quemarropa brechas sangrientas que cerrábamos una y otra vez, hasta que ya no hubo con quién.

A menudo recuerdo Rocroi. Muchas veces, cuando escribo en la soledad de mi cuarto mientras cuento lo que fuimos, creo ver moverse a mi alrededor, serenos como aquel día, los rostros queridos que para siempre quedaron en esa jornada. Celosos de nuestra reputación y nuestra gloria, arrogantes incluso en la derrota, con todo el ejército francés encima, los pobres soldados de la nación que había hecho temblar al mundo durante siglo y medio vendimos cara la vida. Poco a poco, uno por uno, los tercios españoles fueron exterminados por aquel fuego implacable, formados en cuadro, con los hombres manteniéndose impávidos en las filas, peleando serenos y disciplinados hasta el final en torno a las viejas banderas, atentos a los pocos oficiales que aún quedaban en pie, pidiendo pólvora y balas sin descomponer el gesto ni la voz, acogidos los supervivientes al tercio más cercano cuando el suyo quedaba aniquilado. Siempre firmes, siempre silenciosos, sin otra esperanza que morir respetados y matando. Fue en una de las breves pausas cuando el duque de Enghien, admirado de tanta resistencia, ofreció rendición honorable al tercio de Cartagena –lo que aún quedaba de él– mediante un parlamentario. Nuestro maestre de campo estaba muerto, el sargento mayor don Tomás Peralta malherido en la gorja y sin habla, y yo, alférez abanderado, sostenía la enseña en el centro del cuadro formado por los despojos de nuestra gente. No había oficiales que nos mandaran; y al atender el capitán Alatriste, como más veterano cabo superviviente –ya tenía el mostacho cano y numerosas arrugas en torno a los ojos fatigados–, la propuesta de abatir armas y salir honrosamente de las filas, encogió los hombros antes de responder con palabras que recogió la Historia, y que todavía erizan hoy mi vieja y zurcida piel de soldado:

–Decid al señor duque de Enghien que agradecemos su oferta... Pero éste es un tercio español.

Tornaron a dispararnos con metralla los cañones y atacó luego la caballería francesa, dándonos su tercera carga; llegaron al fin los jinetes hasta mí, y tuve tiempo de ver de lejos al capitán, que caía matando como un diablo, anegado de franceses, antes de verme envuelto a mi vez, arrebatada la bandera y la espada, desnudar la daga y caer dando cuchilladas.

Sobreviví a la matanza, rodeado de seis mil cadáveres españoles. «Contad los muertos», dije después al oficial francés que, atendiéndome al verme casi agonizante con mi banda roja sobre el coselete de alférez, preguntó cuántos habíamos sido. Nunca llegué a ver el cuerpo del capitán Alatriste; pero me dijeron que allí quedó insepulto, rodeado de enemigos muertos, en el mismo sitio donde peleó sin descanso desde las cinco hasta las diez de la mañana. Después, con el tiempo, la suerte me llevó de un lado a otro sin mostrarse nunca más esquiva, como si la desaparición de mi antiguo amo me hubiese librado de un hado funesto que lo acompañase a él: fui capitán de una bandera, teniente y luego capitán de la guardia española del rey Felipe IV. Incluso hice matrimonio conveniente con mujer hermosa, rica y amiga de la reina –Inés Álvarez de Toledo, marquesa viuda de Alguazas–. Fui en suma, para mi siglo, un hombre afortunado. Alcancé grados militares y obtuve mercedes cortesanas. Pero durante toda mi vida, en cuanto papel pasó por mis manos, firmé siempre, incluso siendo jefe de la guardia real, como *alférez Balboa*. La graduación que tuve en Rocroi el día que vi morir al capitán Alatriste.

IV. LA CIUDAD DEL MAR

l viento noroeste traía de los Alpes cercanos un aire despiadado, atroz, que mordía con saña de lobo. Encogido de frío pese a la capa de paño grueso y el sombrero forrado de piel de castor, Diego Alatriste salió del edificio y embarcó en una de las góndolas que, por dos bagatines de cobre, llevaban pasajeros a San Marcos desde la punta de la Aduana. Para pasar del Dorsoduro a la otra parte de la ciudad no había más puente que el de Rialto, y éste quedaba a media hora de camino, siguiendo la curva del ancho canal grande, tras las pintorescas chimeneas y altanas, los tejados emplomados de los palacios y los campanarios de las iglesias.

Mientras el gondolero, apoyado con desgana el remo en la fórcola, bogaba entre las innumerables embarcaciones fon-

deadas borda con borda en la boca del canal –había de todo
el Mediterráneo y aun más lejos, desde pesados galeones de
comercio a míseros esquifes de los que allí llamaban sándalos–, Alatriste miró alrededor con ojos de soldado: la cúpula del campanile exento de San Marcos se elevaba contra el
cielo gris por encima de los edificios, más allá de las dos columnas de la plaza principal. La ciudad y su ribera por ese
lado izquierdo, con la embocadura del canal de la Giudecca
y la isla de San Giorgio a la derecha, encuadraban la lámina
de agua plomiza que llevaba al Lido y el mar abierto: pasos
estrechos e inseguros, arenosos, llenos de bancos traicioneros,
difíciles de navegar sin un piloto experto. Alatriste sólo llevaba cuatro días en Venecia; pero, con el instinto natural del
militar hecho a moverse por el terreno donde se juega la piel,
había procurado familiarizarse con los principales puntos de
referencia en aquella ciudad pasmosa, intrincada, laberinto
de islas, canales y callejones suspendidos entre mar y cielo.

Echó un último vistazo al edificio que dejaba atrás, con sus
grandes naves para mercancías y la torre de piedra blanca sobre
la punta misma. Como en los días anteriores, había ido a reclamar la entrega de las mercancías consignadas a nombre de
Pedro Tovar, espadero toledano y comerciante de armas blancas, que era su falsa identidad en Venecia. Para dar crédito al
embuste se le habían enviado, embarcados en Ancona, cuatro
cajones con buenas hojas de espadas, dagas y puñales, así como
algunas muestras damasquinadas de cierto precio. Como era
de esperar, todo estaba retenido en la Aduana veneciana, a la
espera de que se fijaran los derechos de almojarifazgo. Los

trámites solían llevar su tiempo, y era parte del personaje ficticio de Alatriste, para mayor seguridad y disimulo, acudir dos veces al día para reclamar con las naturales muestras de impaciencia, repartiendo con generosidad pero sin exageraciones –ni disponía de fondos ilimitados ni le convenía llamar en exceso la atención– algún cequí de oro en las manos apropiadas, con la esperanza oficial de aligerar los trámites.

Saltó a tierra en el puente de la Zeca, se envolvió mejor en la capa –no llevaba otra arma que una buena daga cruzada sobre los riñones, bajo la ropa– y caminó sin prisa entre los vendedores y la gente, junto a las columnas y el palacio de los Dogos. Luego, pasando bajo el arco del Reloj, se internó en la Mercería por una calle larga y estrecha, pavimentada como todas las de la ciudad; la única de la que estaba seguro lo llevaría a Rialto sin engolfarlo en el dédalo de pasajes que morían en plazas, soportales o canales silenciosos. Había estudiado aquella vía, como otras rutas principales que le permitían orientarse en la ciudad, sobre un mapa adquirido el primer día en una tienda de libros y estampas: un buen grabado, caro, grande de seis palmos, que mostraba una vista de Venecia a vista de pájaro con mucho detalle útil.

Un par de veces se detuvo, el aire casual, con pretexto de mirar una tienda o a una mujer con la que se cruzaba, para comprobar como al descuido si alguien le seguía la huella. Todo parecía en orden a su espalda, pero Alatriste sabía que eso no garantizaba nada. Entre otras cosas, Francisco de Quevedo le había contado que los servicios secretos venecianos eran los mejores del mundo, y que la Inquisición local, estrechamente vinculada al gobierno de la Serenísima —de los tres inquisidores máximos, dos formaban parte del Consejo de los Diez—, movía los hilos de su enjambre de espías y confidentes mediante un depurado sistema de sobornos, recompensas y delaciones. Rodeada de enemigos por todas partes, insidiosa ella misma por encima de todo, endogámica en el uso del poder, dominada por familias patricias según estrictas reglas internas, Venecia era una araña hecha a tejer su tela con prudente inteligencia y sin escrúpulos. Allí, a cualquier noble o plebeyo, ciudadano o extranjero, le bastaba ser marcado como enemigo de la República para desaparecer estrangulado, tras confesar bajo tormento culpas reales o imaginarias.

Llegado a Rialto, Diego Alatriste cruzó el puente sorteando a mendigos, ganapanes, vendedores y ociosos. Construido, según contaban, hacía cuarenta años para sustituir al anterior —la mayor parte de los puentes venecianos eran de madera alquitranada, la humedad los minaba y se venían abajo tarde o temprano—, su fábrica resultaba admirable con el arco grande, la balaustrada exterior y los puestos de oro y plata situados en su ancha vía de piedra blanca. No era Alatriste, sin embargo, hombre inclinado a admirar curiosidades ni asombros. Ni siquiera Venecia con sus palacios, mármoles y riquezas a la vista, lo impresionaba un cuatrín. El mundo era un lugar por el que se movía de un campo de batalla a otro, de un lance al siguiente. La belleza de los monumentos, la delicadeza del arte, el mármol y los lienzos pintados no le daban frío ni calor. Ni siquiera a la música resultaba sensible. Sólo el teatro, al que como español era aficionado, y los libros, que ayudaban a sufrir con paciencia los malos trances, movían su interés y le proporcionaban ciertas blanduras al espíritu. El resto de las cosas las ordenaba en función de su utilidad práctica, elemental. Casi espartana. Educado a sí mismo en el despojo de la guerra y los desastres, se aderezaba con poco: cama si la había, una mujer en ella cuando era posible, y una espada con la que labrar el sustento. Lo demás, si llegaba, lo era por añadidura, sin ansias, ambición ni esperanzas. Hijo de su siglo y de su bronca biografía, eso bastaba a Diego Alatriste y Tenorio para matar el tiempo y la vida, en espera de rendir el ánima cuando tocase.

Dejando atrás el puente, pasó entre las tiendas de paños finos de la Drapería y torció a la izquierda, por una calle que salía de nuevo al canal grande y al muelle que llamaban del Vino. Allí, frente a una hostería con una Virgen puesta en su correspondiente hornacina, había un soportal que conducía, a modo de túnel oscuro, a una placita de las que abundaban en la ciudad, con brocal de aljibe en el centro y una casa buena de tres plantas y balcón de ojiva que daba espaldas al canal y el muelle. La elección de ese alojamiento era de lo más oportuna —se había encargado gente de la embajada de España—, pues la cercana hostería de la Madonna era lugar transitado y próximo al trajín de Rialto, donde ningún forastero llamaba la atención. Además, el acceso en forma de túnel y la placita resultaban imposibles de vigilar desde fuera sin que eventuales espías fuesen avistados a su vez desde la casa. Que, para colmo de felicidad, tenía una puerta trasera de góndolas, abierta a un canal estrecho que discurría por un lado del edificio. La pertinencia de esta última, que servía para entrar y salir con disimulo, estaba justificada de sobra por la naturaleza de la casa y la persona de su propietaria.

–Bentornato, miser Pedro. La mía siñora aspeta sú.

–Gracias, Luzietta.

Diego Alatriste dejó capa y sombrero en manos de una sirvienta que era joven, graciosa, descarada y nada fea. Luego subió despacio por la escalera, pasó un momento por su habitación para lavarse la cara en una jofaina con agua, dejó la daga sobre la cama y se encaminó al salón principal de esa misma planta, por un pasillo de tarima encerada que crujía bajo sus pasos. Al otro lado de la puerta doble, abierta en una de sus hojas, había una hermosa alfombra persa puesta en el suelo, una araña de cristal con las velas apagadas y una chimenea de mármol donde ardía un fuego generoso.

–Staga cómodo –dijo una voz femenina.

La luz grisácea que entraba por la ventana ojival iluminaba, en medio escorzo, a una mujer sentada en un sillón tapizado con brocado de plata alejandrina. Vestía una bata doméstica cortada a modo de dolmán oriental, chinelas afelpadas que permitían ver sus tobillos desnudos, y se cubría los hombros con un peinador ribeteado de randas. La cofia, que también era de encaje, recogía un cabello abundante, demasiado negro para ser natural.

–Buenos días –dijo Alatriste, no del todo a sus anchas.

Asintió la mujer, volviéndose mientras indicaba un escabel situado cerca, pero él declinó con una seca sonrisa. Prefería quedarse de pie junto al fuego, calentando sus miembros ateridos.

Salió vuesiñoría de buon'ora –dijo ella.

Se aplicaba a la parla castellana con desparpajo y fuerte acento véneto. Un detalle gentil, pensó Alatriste mientras se acercaba más al calor de la chimenea. De mujer acostumbrada a complacer a los hombres.

–Sí. Unos fardos retenidos en la Aduana.

–¿Cosa grave?

–No.

La observó con detenimiento. Donna Livia Tagliapiera era una de las más asentadas meretrices de Venecia. Morena y de buena cara, hermosa todavía, con maneras y educación útiles a su oficio, tenía origen español –los Tajapiedra eran judíos expulsados más de un siglo atrás–. De pie, sin chapines de tacón, era tan alta como él. Podían calculársele cuarenta años donosamente llevados, en un talle que, según era universal, en otro tiempo nunca desabrigaba ante un marqués por menos de cincuenta ducados. Retirada hacía tiempo del ejercicio propio, oficiaba de tercera en su casa, frecuentada tardes y noches por pupilas selectas y por clientes de calidad y bolsa escotada. En ocasiones alojaba a viajeros de mucha recomendación, que preferían las ventajas de esa casa a una simple posada desprovista de otros alicientes. Tal era el caso de Alatriste, instalado allí por indicación del secretario de embajada Saavedra Fajardo, que había llegado a Venecia un día antes desde Milán y se

alojaba en la legación española. A pocos sorprendería que un
comerciante acomodado, de espadas toledanas o de lo que
fuera, morase donde la Tagliapiera. Mujer segura y de toda
confianza, había añadido el funcionario con el aire hermético
de quien calla mucho más de lo que dice. Pese, acabó rema-
tando tras una corta pausa, a su sangre hebrea.

–Vostro doméstico ha uscito. Dejó recado que tornaría a
la hora del pranzo.

–¿Algún otro mensaje para mí?

La mujer le sostuvo la mirada un instante. Alatriste ignoraba de cuánto estaba al tanto. Su grado de implicación en la
conjura. Pero era mejor que, sobre ese particular, todos su-
pieran lo menos posible de los demás. Ni siquiera en las ansias del potro, estirado de cuerdas como guitarra, uno podía
contar lo que ignoraba.

–Aspetan a vuesiñoría en la embajada, a las cuatro.

Asintió Alatriste. El resto de la gente estaba alojado en otros
lugares discretos de la ciudad, con instrucciones para verse en
un punto y hora determinados, dar novedades y recibir instrucciones. En lo que a su casera se refería, él ignoraba las
razones por las que se había implicado en el golpe de mano,
arriesgando cuanto arriesgaba. La linde entre dinero, lealtades
y oscuros motivos personales era siempre difícil de establecer,
sobre todo en la tornadiza Italia. Saavedra Fajardo la había
descrito como probada en otras ocasiones con servicios a la
causa del rey católico. Bien situada, hecha al trato de clientes
de calidad y relacionada con miembros destacados de la so-
ciedad veneciana, de la que dominaba no pocos secretos, don-

na Livia era una buena fuente de información y una eficaz cómplice en la conjura.

–¿Ha colazionado vuesiñoría?

–Sí. Gracias.

–Poco, me han dcto.

Era cierto. Frugal como acostumbraba, Alatriste había tomado un vaso de vino y un trozo de pan antes de ir a la Aduana del mar, dejando intacto el resto del desayuno que le fue ofrecido por la criada jovencita. Ahora advirtió que la Tagliapiera lo observaba con curiosidad. Acostumbrada al trato y conversación de los hombres, era obvio que llevaba un par de días intentando situarlo en alguna categoría de éstos. No debía de parecerle común a la antigua meretriz que quienes se alojaban en su casa declinaran las ventajas disponibles: buenos manjares sobre manteles limpios y placeres carnales de pregonada fama. Sin embargo, aquel taciturno español no limitaba su frugalidad a los desayunos. La noche anterior, sin otra excusa que un movimiento negativo de cabeza y una sonrisa cortés bajo el mostacho, había rechazado los servicios de una mujer de linda cara y mejor talle que la patrona había enviado a su cuarto con el mensaje expreso, verbal, de que cuanto había debajo del camisón, el cordón de cuyo escote venía prometedoramente suelto, era gentil cortesía de la casa.

–Pecato. Me dicen que Gasparina no satisfizo a vuesiñoría. Forse vostro gosto...

Dejó la última palabra en el aire, dando a su interlocutor ocasión de expresar sus gustos, fueran cuales fueren. Alatriste, que

seguía calentándose junto a la chimenea –el húmedo frío veneciano se resistía atrincherado en su ropa–, compuso una sonrisa
idéntica a la de la noche anterior: cortés, un punto fatigada.

–Tengo la cabeza en otras cosas, señora. Aunque agradez-
co el detalle.

Decía la verdad. No era de quienes hacían ascos a una mujer
hermosa, y la de la noche anterior entraba en esa categoría.
Pero Venecia era peligrosa, y la tensión lo volvía desconfiado y
cauto. Bajar allí la guardia, incluso entre unos muslos cálidos,
disminuía las probabilidades de supervivencia para alguien
obligado a dormir con un ojo abierto y la daga bajo la almohada. Él mismo había matado a un hombre en Madrid, tiempo
atrás, sorprendiéndolo en la cama con una mujer: trabajo pagado según tarifa al uso, por encargo de un marido cornudo. Había sido absurdamente fácil entrar en la casa señalada, abrir la
puerta de la alcoba, sorprender al infeliz desnudo en plena faena, y darle justo el tiempo de volverse y alargar la mano hacia la
espada antes de clavarlo en el colchón de una estocada en el
pecho, con la mujer chillando como si se la llevara el diablo.

–Quizá en otra ocasión –añadió.

Lo miró la cortesana con mucha fijeza. Un destello de
rápida curiosidad. Después hizo una mueca fría, que sólo a la
ligera podía tomarse por sonrisa.

–Purqué no –la boca, generosa, descubría dientes regulares
y blancos–... Alora chercaremos a vuesiñoría cosa más contundente.

Hablando de contundencias, pensó Alatriste observándo-
la a su vez con detenimiento, la de Livia Tagliapiera no era

–Tengo la cabeza en otras cosas, señora.

desdeñable en absoluto, pese a que sus mejores años hubiesen quedado atrás. Grande de cuerpo pero bien proporcionada, su rostro sin apenas afeites era todavía atractivo, con ojos castaños grandes, almendrados. La nariz larga, atrevida, le daba una arrogancia especial. Por lo demás, bata y peinador dejaban adivinar formas rotundas y firmes, y sus tobillos eran blancos hasta el empeine de los pies. Sin duda había sido mujer muy hermosa. Lo seguía siendo: a punto de madurez, aunque todavía en sazón.

–¿Bisoña algo dipiú, don Pedro?

Seguía mirándolo cual si le penetrase el pensamiento. O lo intentara. Él negó suavemente con la cabeza. Tras estudiarlo un poco más, la cortesana giró de nuevo el rostro hacia la ventana, de vuelta al escorzo de luz grisácea. Considerándolo por lo menudo, se dijo Alatriste con melancolía, si en otras circunstancias hubiera podido elegir a una mujer, la habría tomado a ella. Siempre y cuando aún ejerciera de su cuerpo, que no era el caso. Saavedra Fajardo había dicho que la Tagliapiera ya no se ocupaba con clientes, por selectos que fueran. Se limitaba a suministrar la carne fresca de sus pupilas.

–Duro de roer –dijo entre dientes Sebastián Copons, lacónico.

No pude menos que estar de acuerdo, aunque procuré no abrir la boca. A mí también me parecía impresionante el Arsenal, con sus altos muros de ladrillo, torres y fosos recortándose en el cielo plomizo. Había ido con el aragonés y el moro Gurriato a reconocer el terreno, aprovechando que a esa hora hormigueaba mucha gente entre la que pasar inadvertidos. La entrada a las famosas atarazanas de Venecia estaba al extremo de un canal ancho que venía desde los muelles fronteros a la laguna, llenos de embarcaciones abarloadas unas a otras. Dos torres altas y cuadradas flanqueaban una enorme verja doble de bronce y madera que daba paso acuático al recinto —al otro lado se distinguían galeras amarradas o puestas en seco—, y a la izquierda se hallaba la entrada terrestre, en un edificio sobre el que campeaba, enorme y arrogante, un relieve de mármol con el león de San Marcos. Todo mostraba una apariencia sólida, de poder y firmeza, y los soldados que estaban de guardia tenían aspecto disciplinado y alerta.

—Mercenarios dálmatas —murmuró Copons en el mismo tono que antes.

Se pasó una mano por la barba, pensativo, y luego escupió a sus pies, en el agua verdegrís del canal. Entornaba los párpados circundados de arrugas con una expresión muy de soldado viejo, hecho a combatir primero con los ojos y luego con las manos, semejante a la del capitán Alatriste cuando se ponía a calcular riesgos y posibilidades. Seguí la dirección de su mirada, esforzándome por ver lo que él era capaz de ver, mientras recordaba algo que años atrás me había dicho mi antiguo amo con una sonrisa irónica, como respuesta a alguna bravata infantil que yo ya había olvidado:

Sólo el necio veo ser
en quien remedio no cabe,
porque pensando que sabe
no cuida de más saber.

Los centinelas me parecieron gente fornida, de más que regular estatura, como solía ser la gente de su tierra. Seguramente eran parte de la tropa que guarnecía el castillo cercano, y se relevaban para el servicio en torno al tarazanal. Algo me consoló pensar que, de cumplirse lo previsto, la noche de la encamisada estarían de nuestra parte. Imposible forzar de otra forma, por las bravas, cuatro gatos como éramos, aquella impresionante entrada para hacer dentro el mucho estrago que se maquinaba. Miré al moro Gurriato, que a mi lado lo observaba todo en silencio, y en su rostro atezado e indiferente fui incapaz de adivinar si admiraba el majestuoso poderío de aquella ciudad anfibia, representado en su obra y símbolo principal, o calculaba los peligros de nuestra empresa. Estábamos los tres acodados en la barandilla del puente levadizo de madera que comunicaba ambos lados del canal, envueltos en capas, con el amparo y disimulo, como dije, de la mucha gente que iba allí de un lado para otro.

–¿Qué piensas, moro?

Aixa Ben Gurriat movió apenas la cabeza, como si sus pensamientos no valieran un cobre. A esas alturas de nuestro conocimiento yo no era capaz de adivinarlos; pero había tratado al mogataz lo bastante para saber que era la suya una fe ingenua en nosotros, en nuestras banderas, en las posibilidades de cuanto acometíamos. A fin de cuentas, si Venecia era una ciudad soberbia, él servía a una nación que era maestra del orbe. Para alguien de su casta, soldado perdido con una cruz tatuada en la cara, que había pasado la vida buscando una causa que diera sentido a su lealtad, el poderío de España y la fe en hombres como el capitán Alatriste lo habían llevado a unir su suerte a la nuestra. En guerrero como él, de la tribu azuaga de los Beni Barrani –hijos de extranjero, significaba el nombre–, cristianos desde el tiempo en que los godos habitaban el norte de África, ése sólo era camino de ida, sin vuelta atrás. Tomado el paso, dada su palabra, nos seguía ciegamente hasta el final, como había hecho en las bocas de Escanderlu, y lo haría en Venecia y allí donde el oficio y el azar de las armas nos condujesen. Sin plantearse preguntas ni esperar otra cosa que ser fiel a su destino, junto a compañeros de vida y muerte que él mismo, libremente, había elegido.

–De aquí salen todas –dije–. Esas galeras que nos disputan el Adriático... ¿Qué te parece el sitio?

–*Mekran* –se condensaba el aliento en su boca–. Grande.

Me reí.

–Y que lo digas.

–Dejaos de parla –dijo Copons.

Miré alrededor, sobre las cabezas de la gente que llenaba los muelles a uno y otro lado del canal: barcarolos y marineros, vecinos de las casas próximas, vendedores de las embarcaciones cargadas con frutas y hortalizas que amarraban en la orilla izquierda, pescadores con cestas de ondulantes anguilas, y mendigos –había más que en Madrid o Nápoles– que pedían sentados en los escalones húmedos del puente. Inesperadamente, entre el gentío, distinguí una figura familiar: un hombre inmóvil, con sombrero y capa negros, situado entre el mástil con la gran bandera roja de Venecia que colgaba fláccida ante el cuerpo de guardia y un bodegón marinero de los que, a partir de la esquina, se daban en torno a la iglesia de San Martín. Parecía observarnos de lejos. Estaba a más de cincuenta pasos, pero lo habría reconocido entre la muchedumbre de condenados en el mismo infierno. Así que dije a mis camaradas que aguardasen, palpé con disimulo el puñal que llevaba bajo la capa, y fui a su encuentro.

–Ha pasado mucho tiempo, rapaz.

Estaba mayor, comprobé. Más seco y gastado, con algunas canas en el bigote y en el pelo ensortijado que asomaba bajo las alas del chapeo. La cicatriz sobre el ojo derecho parecía entornarle un poco más el párpado que la última vez, en El Escorial, cuando se lo llevaban los arqueros de la guardia real a lomos de una mula, con grilletes en las manos y en los pies, bajo la lluvia.

–Y has crecido... *Giuraddío.* Ya eres tan alto como yo.

Me contemplaba con fijeza, sardónico. La sonrisa suficiente, cruel, era la de siempre. Me irritó reconocerla.

–¿Qué hace aquí vuestra merced?

–¿En Venecia? Sabes muy bien lo que hago.

–Aquí, en el Arsenal.

Alzó levemente una mano, la palma vuelta hacia arriba, como para mostrar que estaba vacía. Miré su costado izquierdo. Él sí llevaba espada bajo el paño negro, largo hasta las botas.

–En realidad no hago nada... Paseaba, tan sólo. Y te vi de lejos. No estaba seguro de que fueras tú, pero al momento salí de dudas.

Indicó el puente de madera con un movimiento del mentón. La sonrisa le descubría ahora dos incisivos rotos, partidos casi por la mitad. Yo no recordaba aquello. Un golpe, deduje, recibido durante el tiempo que pasó en un calabozo. Por don Francisco de Quevedo sabía que lo habían torturado mucho.

–Esos camaradas tuyos huelen a soldado a media legua... Deberías recomendarles que fuesen discretos. Que se queden en sus tabernas y posadas hasta que sea la hora.

–Ése no es asunto vuestro.

–No lo es, cierto –acentuó la sonrisa siniestra–. Cada cual tiene los propios que atender. Y de sobra tengo con lo mío.

Se volvió a mirar el local que estaba a su espalda, cual si dudara. Era lo que allí llamaban *fritoin*: un sitio pequeño, barato, parecido a nuestros bodegones de puntapié, donde se freía carne y pescado en aceite. Luego hizo un ademán de invitación. Negué con la cabeza. Asintió cual si se hiciera cargo de mis escrúpulos, y se limitó a quitarse los guantes

y dar unos pasos hasta el fuego que ardía en un hornete de
hojalata bajo el toldo del bodegoncillo. Se quedó allí, calentándose las manos, hasta que me reuní con él.

—Tienes buen aspecto, chico —dijo de pronto—. Seguro que
rajas los broqueles de dos en dos, y que más de una se ena-
mora... ¿De verdad no te apetecen unas sardinas y un vaso
de vino? A fin de cuentas, estamos en tregua. Tú, yo y tu
amigo el capitán.

Se acercaban Copons y el moro Gurriato, inquietos por
mí. Gualterio Malatesta les era desconocido, aunque habrían
estado más inquietos sabiendo quién era. Les hice señal de
que estuvieran aparte, y permanecieron junto a una de las
barcazas, observándonos de lejos.

—Sabrás que tu amigo el capitán y yo tuvimos conversación
en Roma...

Seguía frotándose las manos flacas y nudosas cerca del
fuego. Había en ellas viejas marcas y pequeñas cicatrices de
aceros, como en las de mi antiguo amo. Observé que le faltaban dos uñas en la zurda.

—Lástima tener que dejar para más tarde cuanto hay pendiente, que no es poco —dijo pensativo—. Pero todo llegará.

Siguió un silencio largo. Hice ademán de irme, pero me
retuvo con la mirada.

—Todavía no te he dado las gracias por no dejar que Alatriste me degollara en las Minillas, cuando pudo hacerlo.

—Os necesitábamos vivo —dije, seco—. Para exculparnos nosotros.

—Aun así, chico. Si no llegas a sujetarle la mano...

Entornó los párpados, y el de la cicatriz pareció temblar ligeramente, sin llegar a cerrarse del todo.

—Aunque me habría ahorrado algunos malos ratos, te lo aseguro.

Estiraba ahora los brazos, como si aún le dolieran de las cuerdas del potro, y la sonrisa venenosa descubrió sus dientes desportillados. Sentí rencor. Lo habría apuñalado allí mismo, de tener ocasión. Los dedos me hormigueaban junto al agujón oculto bajo la capa.

—Espero —dije— que os jodieran bien.

—No te quepa duda —repuso con mucha naturalidad—. Lo hicieron. Tuve ocasión de pensar mucho en ti y en el capitán. En la forma de corresponderos... Pero al fin todo se remedia. Por ahora, aquí estamos. En esta bonita ciudad.

Miró alrededor como si lo que veía lo hiciese feliz. Al cabo, antes de volverse a mí, sonrió de nuevo.

—Tengo entendido que te has vuelto muy diestro con la espada... Pero ya apuntabas maneras. ¿Te acuerdas de aquella noche en Madrid, cuando asaltasteis el convento de las Adoratrices Benitas, antes de que te llevara a la Inquisición de Toledo?... ¿O la Alameda de Hércules, en Sevilla, cuando me hiciste rostro como un jabato?

Se dio una palmada en el costado, sobre la temeraria. Parecía que alguien acabara de referirle un buen chascarrillo. Después se echó a reír. Yo recordaba muy bien aquel crujido chirriante, seco. Los que no reían eran sus ojos, fijos en mí.

—*Dio cane*. La verdad es que tenemos buenos recuerdos en común.

–Mentís por la gola. En común no tenemos nada.

–Vaya, chico –seguía mirándome fijo, sin alterarse–. Te has vuelto muy rasgado de verbos.

–Con lengua para soltarlos y bríos para sostenerlos.

–Si tú lo dices...

Con mucha desvergüenza se frotó de nuevo las manos junto al fuego, sacó los guantes del cinto y se los puso.

–Bueno, eso es todo. Sólo quería echarte un vistazo. Ha sido una venturosa casualidad.

Miré en dirección a Copons y el moro Gurriato. Seguían junto a la barcaza, observándonos con mal disimulada impaciencia. Hacían visibles esfuerzos por contenerse y no venir a curiosear. El sicario advirtió mi preocupación.

–Debo irme. Saluda de mi parte al capitán Alatriste –hizo ademán de seguir su camino–. Nos veremos uno de estos días, supongo.

–Malatesta –lo interpelé.

Se detuvo a estudiarme, sorprendido, cual si de pronto advirtiese algo de lo que no se había percatado hasta entonces. Yo nunca lo llamé antes por su nombre ni apellido; pero aquélla era la primera vez que veía a nuestro viejo enemigo con ojos adultos, como a un hombre corriente. Tan al alcance de su espada como él de la mía, si la llevara.

–¿Sí, chico?

–Vuestra merced ha envejecido.

Otra vez la sonrisa cruel. Sólo un apunte, esta vez. Se tocaba, con aire distraído, el rostro picado de antiguas marcas de viruela.

–Es cierto –concedió con cínica melancolía–. Los últimos tiempos no fueron buenos para mi salud.

–Aun así, supongo que seguís siendo una culebra peligrosa.

Tardó en responder tres o cuatro segundos, mientras sus pupilas negras y frías intentaban establecer a dónde quería yo llegar.

–Me defiendo, rapaz –dijo al fin–. Me defiendo... Uno hace lo que puede. Pero no me lo reproches. En lo que a ti se refiere, recuerda que más aprovechan al sabio sus enemigos, que al necio sus amigos... O eso dicen.

Negué con la cabeza, resuelto. Día del Juicio habrá, pensé, que todo saldrá en la colada.

–Estáis equivocado respecto al capitán. Seré yo quien os mate.

Otra mueca sardónica.

–¡*Minchia!*... Recordaré eso.

–No hace falta. Estaré yo pendiente.

No era una bravata, ni sonó como tal. Yo lo había dicho en tono quedo, casi en un susurro. Y aún bajé más la voz.

–Lo juro.

La mueca se desvaneció lentamente. Los ojos de serpiente seguían clavados en mí. Serios como nunca los había visto. Inmóviles.

–Sí –dijo al fin–. Supongo que sí.

Poniendo atención en no resbalar sobre el verdín húmedo que cubría los peldaños de la entrada, Diego Alatriste
bajó de la góndola ante la puerta de la embajada de España
y cruzó el patio ajardinado de la entrada principal. Nada
tenía de particular que un comerciante español acudiese a
resolver asuntos particulares; así que apartó la pesada cortina de terciopelo rojo, se identificó como Pedro Tovar ante
el portero, recorrió un largo pasillo de vigas altas y paredes
cubiertas de tapices que supuso flamencos, y un momento
después, puestos capa y sombrero sobre una silla, estaba
sentado con un vaso de vino caliente en la mano, junto a una
mesa cubierta de papeles y provista de plumas cortadas, tintero y salvadera, y un brasero de cobre donde humeaban
carbones encendidos con matas de espliego. Lo acompañaban el secretario de embajada Saavedra Fajardo y don Baltasar Toledo, el militar que tenía el mando general de la
encamisada, y que había llegado la noche anterior, disfrazado de fraile dominico, en barca por el río Brenta. Toledo,
rasurado el bigote para no desmentir el hábito, traía para los
gastos de Alatriste y su grupo una letra de novecientos cincuenta reales, que el diligente Saavedra Fajardo ya había trans-
formado en un taleguillo de cequíes de oro y otro de medios
cequíes viejos de plata. Y Alatriste, tras contarlos despacio
–cada cual era profesional de lo suyo, y quien bien cuenta
poco yerra–, guardó un taleguillo en cada bolso de los calzones, apuró el vino caliente, aceptó un segundo vaso, esti-
ró las piernas cerca del brasero y se dispuso a escuchar las
últimas novedades.

—El golpe de mano se dará de forma general dentro de tres días —informó Baltasar Toledo—. Hay diez galeras con infantería española bogando hacia Venecia por el Adriático, y la gente que falta llegará entre hoy y mañana; pero todos los cabos están aquí, como vuestra merced, familiarizándose con lo suyo.

Diego Alatriste lo observaba, tomándole las costuras. Del hombre que tenía delante iban a depender, en cierto modo, su vida y la de su gente. El hijo natural del marqués de Rodero tenía buena planta. El rostro era moreno, agraciado, y el pelo prematuramente cano reforzaba su aire distinguido. Todo en él delataba al soldado de familia con agarres, que tras empezar como joven aventurero con seis escudos de ventaja junto a algún maestre de campo con prestigio, había escalado con rapidez los puestos de la milicia. Por un instante, Alatriste no pudo menos que comparar aquella carrera con la suya: paje tambor y mochilero a los trece años, y tres décadas tras las banderas del rey pisando barro y mierda.

—El embajador, don Cristóbal de Benavente, queda al margen —prosiguió Toledo—. Ni siquiera yo me veo con él. Eso debe quedar claro si alguno de los nuestros cae donde no debe... La última experiencia, cuando la conjura atribuida a los españoles en tiempos de Bedmar y el duque de Osuna, hizo demasiado ruido. Oficialmente, Su Excelencia no sabe nada.

Saavedra Fajardo escuchaba en silencio, fruncido el ceño como un maestro de escuela que siguiese el recitado de una lección difícil por parte de un alumno. Su aspecto de hurón de despacho recordaba un poco el del procurador Olmedilla, que Alatriste había conocido en Sevilla antes de verlo morir

honradamente en la boca del Guadalquivir, cuando cumplía
con su deber de velar por el oro del rey que contrabandeaba
el *Niklaasbergen*. En cuanto a la honradez del hombre que
ahora tenía delante, Alatriste carecía de datos. Con su ropa
negra de buena calidad, el hábito de Santiago y la golilla al-
midonada, Saavedra Fajardo encarnaba a la perfección la
imagen del alto funcionario de la monarquía hispana: el hombre que, desde las oficinas, rodeado de ayudantes pero sin
desdeñar mancharse él mismo los dedos de tinta, ordenaba
legajos y tenía en sus manos, con más mando que aristócra-
tas y generales, los nudos del mando y la fama de los reyes
y ministros a quienes servía. Que no terminaban siendo otra
cosa que la compleja aritmética de sumas y restas entre lealtades y vilezas.

—Pero vuestra merced y yo —objetó Alatriste tras un sorbo
de vino— sabemos que el embajador sabe.

Lo miraron los dos hombres. Curioso el funcionario, un
punto arrogante el militar. A Baltasar Toledo parecía no gus-
tarle que se dudara de su firmeza en el potro.

—Dicen que sois mudo.

No se incluía él, y eso irritó un poco a Alatriste. Era perro
viejo, bregado. En las ansias del sepan cuántos, un arrebato
de lengua suelta podía ser achaque de cualquiera. La única
diferencia era que unos hombres tardaban menos en con-
traerlo, y otros más. Y que a veces, con testarudez y mucha
suerte —por llamarla de alguna manera—, los últimos expiraban
el ánima antes de alijar el navío.

—Hay muchos modos de bailar. Todo es según la música.

Todavía con arruga en el ceño y aire displicente, Baltasar
Toledo señaló a Saavedra Fajardo. En tal caso, explicó, lo
mismo con certezas que con sospechas, todo se atribuiría a
ingenio y traza del señor secretario de la embajada de Roma,
de paso en Venecia amparado por toda clase de pasavantes,
salvoconductos y otras inmunidades de cancillería. Nadie iba
a creer realmente que todo se redujera a su persona, pero
sería lo mismo. Se limitarían a expulsarlo bajo fuerte escolta,
tras hacerle pasar algún mal rato. Punto. Los usos diplomá-
ticos tenían sus códigos a la hora de aceptar cabezas de turco.

Saavedra Fajardo escuchaba con una media sonrisa, entre
astuta y resignada.

—Lo que nos lleva a algo importante —dijo cuando acabó
el otro—. Vuestras mercedes deben recordar a su gente, como
los otros cabos a sus respectivos grupos, que nadie buscará
refugio aquí, en la embajada... Para eso se ha atendido la
demanda que hicisteis en Milán. Dos embarcaciones estarán
prevenidas en lugares distintos, con una isla de la laguna como
punto de reunión.

—¿Qué isla?

Desplegó Saavedra Fajardo un mapa sobre la mesa. Era
grande, dibujado a mano con mucho detalle, mejor que el
que Alatriste había comprado en la Mercería. Señaló el otro
un lugar situado una legua al nordeste, más allá de unas islas
rotuladas con los nombres de Torcello y Burano.

—Se llama San Ariano. Pequeña y discreta, no lejos del
canal de Treporti. De allí serían recogidos por una embarcación mayor.

Dejó el mapa abierto el tiempo suficiente para que los dos militares se grabaran sus detalles en la memoria. Luego lo enrolló de nuevo.

–Y permitan vuestras mercedes que insista –añadió–. De buscar refugio en esta casa, nada... Habrá puesta guardia en la puerta, con orden expresa de rechazar a quien se acerque.

Había hablado en plural, pero se dirigía a Alatriste. A éste le costó imaginar al embajador Benavente negando asilo a don Baltasar Toledo. Otra cosa era que se lo negase a él, como al resto de la carne de cañón.

–¿Quién será el nuevo dogo? –preguntó.

Un silencio incómodo. Saavedra Fajardo cambió una ojeada rápida con Baltasar Toledo.

–No es de vuestra incumbencia –dijo el militar, seco.

Con deliberada flema, Diego Alatriste puso su vaso vacío sobre la mesa.

–Depende –opuso–. A estas alturas, conviene saberlo. No quisiera matarlo por error.

La bravata, o impertinencia, hizo fruncir el ceño a Baltasar Toledo.

–No estoy dispuesto...

Alzó una mano Saavedra Fajardo para atajar, mundano.

–Quizá tenga razón el señor Alatriste. A estas alturas, como dice... Y con su responsabilidad.

Seguía poniendo Toledo cara de duda. No parecía convencido de la oportunidad. Pero el secretario de embajada zanjó el asunto. Quizá fuese adecuado, convino, que el señor Alatriste estuviese al tanto, por si había necesidad.

–Se llama Riniero Zeno y es miembro del Consejo de los Diez.

Después añadió pormenores. Enemigo mortal del dogo Giovanni Cornari, Riniero Zeno lo acusaba, con toda razón, de haber creado con su familia y allegados una red de corrupción nunca vista, en una ciudad que ya era corrupta por su propia esencia: injusticia, asesinato, soborno y depravación de costumbres. Antiguo embajador en Turín y Roma, Riniero Zeno era hombre honrado, o al menos todo lo honrado que podía ser un veneciano. Intransigente, portavoz de la aristocracia local menos favorecida, hacía sólo unas semanas había conseguido anular la elección desvergonzada de dos hijos de Cornari, a los que su padre nombró senadores en mayo saltándose todas las reglas del decoro y la decencia. Por otra parte, Riniero Zeno simpatizaba con España y detestaba a los franceses y a los cortesanos del papa. En el pasado había hecho ruido su enfrentamiento con el cardenal Dolfin, pariente del anterior dogo, a quien acusó públicamente de estar a sueldo de Richelieu, gracias –dicho fuera de paso– a pruebas documentales que le proporcionó la embajada de España.

–En caso de desaparición del dogo –concluyó Saavedra Fajardo–, lo que incluye ciertas medidas con su familia que no son cuidado nuestro sino de los propios venecianos, todo está dispuesto para que sea Riniero Zeno el elegido para sucederle. Calcule vuestra merced lo que España ganaría con ese cambio. El golpe mortal a luteranos y flamencos... Por no hablar de Francia y su buen amigo el papa Urbano.

Asintió Alatriste. No eran difíciles de calcular las consecuencias. Hasta él mismo, carne de cañón en todo aquello, podía hacerse idea de las ventajas del tal Zeno en el sillón ducal.

–Gentil faena –se limitó a decir.

Baltasar Toledo se pasaba una mano por el rostro afeitado, como si echara de menos el bigote desaparecido. En todo caso, añadió a lo expuesto por el secretario de embajada, cuanto decidiera luego el senador Zeno, convertido en dogo, ya no era asunto de Alatriste ni suyo: gente cualificada se ocuparía de ello.

–Nosotros tenemos otras preocupaciones inmediatas –añadió–. Por ejemplo, los dos principales capitanes implicados en la conjura quieren vernos las caras a vuestra merced y a mí.

Acercó una mano a la frasca de vino puesta cerca del brasero, ofreciéndole más a Alatriste. Parecía que pretendiera borrar así los restos de su anterior sequedad; pero éste negó con la cabeza. Le apetecía un tercer vaso y los que hicieran falta, pero no era momento. Necesitaba la cabeza serena para digerir todo aquello.

–¿Por qué nuestras caras? –inquirió.

–Uno es Lorenzo Faliero, que estará de guardia con su compañía tudesca en el palacio del dogo... El otro es un tal Maffio Sagodino, que manda a los dálmatas del castillo Olívolo. Él debe facilitaros entrada y respaldo en el Arsenal.

Aquello pareció lógico a Alatriste.

–Es natural que procuren conocernos... Se la juegan más que nosotros.

–No es tan simple –opuso Toledo–. En primer lugar, quieren que entreguemos por adelantado una cantidad de dinero que no estaba prevista. Tienen muchos gastos, dicen.

–Eso también parece razonable. Ni los ciegos cantan gratis.

–No en este caso –apuntó Saavedra Fajardo–. Ya se les han adelantado fondos para comprar media Venecia... Y piden más.

–Lo inquietante –dijo Toledo– es que nos han dado cita para entregar el dinero en un lugar que no me gusta... Eché un vistazo esta mañana, y es perfecto para una trampa.

Calló un momento, dejando que la última palabra calase en el espíritu de Alatriste. Luego hizo un movimiento de impotencia, cual si pretendiera aprisionar algo en el vacío.

–Esto lleva tiempo cociéndose –añadió–. Y los espías de la Serenísima son eficaces. A medida que se acerca el día, hay más gente al corriente... Existe la posibilidad de que la conjura haya sido descubierta.

Diego Alatriste le sostenía la mirada, impasible.

–¿En tal caso?

–Bueno –el otro le dirigió un vistazo a Saavedra Fajardo y encogió los hombros–... Puestos en lo peor, podría ser un intento de sacarnos más dinero antes de entregarnos al verdugo.

–Hay que tener cuidado con eso –dijo el secretario de embajada–. Aquí se traiciona como se respira.

–¿Cuál es el sitio?

–Una taberna de las que llaman bacaros. Ésta es de mala nota, cerca del campo de San Ángelo: putas, rufianes y vino malo bajo un soportal, junto al puente de los Asesinos.

–Bonito nombre.

Baltasar Toledo cogió de la mesa una cuartilla de papel y una pluma que mojó en el tintero. Con breves trazos dibujó un plano elemental: un canal, un puente, un pasaje estrecho.

–Está al extremo de una calle que se llama igual. Allí solían contratarse sicarios, a la manera de nuestro patio de los Naranjos sevillano, o el arco de San Ginés de Madrid... En otro tiempo abundaba en matachines paseándose a la espera de trabajo. Ahora hay menos, pero todavía pasean.

Alatriste se había levantado a ver el dibujo.

–¿Iremos solos? –preguntó.

–Con escolta llamaríamos la atención. Y si nos la juegan, tampoco iba a servir de gran cosa. Encajonado entre el puente y una calle estrecha, el sitio es una ratonera.

–Toda esta isla lo es... Una ratonera dentro de otra.

Baltasar Toledo lo observaba desde su silla con vaga impaciencia, jugueteando con la pluma entre los dedos.

–¿Eso significa que me acompaña vuestra merced, o que no?

La pregunta no gustó a Alatriste. Y mucho menos el tono. Traslucía el pique condescendiente, superior, de quien estima ha dado excesivas explicaciones. Así que se limitó a mirar al otro sin decir palabra.

–Disculpad –dijo Toledo con un despego que desmentía la excusa–. Pero no os conozco lo suficiente.

–Tampoco yo a vuestra merced –puntualizó Alatriste.

Mal camino llevas, pensaba. Llevamos. Con un mohín de disgusto, Toledo acusó la ironía. Luego dejó la pluma, alargó una mano y se puso más vino.

—En Milán, don Gonzalo Fernández de Córdoba os elogió mucho... Por lo de Fleurus.

Lo dijo mirando a Alatriste por encima del vidrio, con mucha intención.

—Eso iba de oficio —respondió éste—. Pero don Gonzalo no se acordaba un carajo de mí, como es natural.

—Sois hombre singular... ¿Es cierto que os hacéis llamar capitán, sin serlo?

Aquel *os hacéis llamar* tampoco gustó a Alatriste. Maquinalmente, muy despacio, alzó una mano y se pasó dos dedos por el mostacho. Luego, a medio mogate, miró hacia la ventana emplomada que daba al jardín.

—Lo que sí es cierto, señor Toledo, es que una estocada en ese patio la da igual un capitán que un soldado.

Se levantó el otro, casi de un salto. El vino se derramó en el suelo antes de que dejara el vaso sobre la mesa, manchando los papeles.

—A fe mía —dijo.

—O del Dios que nos menea.

Miraba a Baltasar Toledo muy fijo y sereno, desde la escarcha glauca de sus ojos, consciente del peso de la daga que llevaba al cinto, sobre los riñones. Ninguno de los dos cargaba espada —fraile uno, comerciante el otro—, pero aquello podía arreglarse. No faltarían aceros en aquella casa.

—Por caridad, señores —terció Saavedra Fajardo, levantándose a su vez—. No es momento... Sosiéguense vuestras mercedes.

Hubo un silencio espeso y muy largo. Al cabo, Baltasar Toledo asintió levemente, como al término de un largo razonamiento interior. A poco, Alatriste le dio la satisfacción de hacer lo mismo.

–¿Llevaréis el dinero? –preguntó Saavedra Fajardo, práctico como el funcionario eficiente que era.

–No queda otra –confirmó Toledo–. A estas alturas dependemos de Faliero y de Sagodino... Si sus soldados se echan atrás, será un desastre.

Contemplaba con preocupación el mapa enrollado sobre la mesa. Cuando alzó los ojos hacia Alatriste, la hostilidad parecía haberse atemperado en ellos.

–No habrá tiempo ni de llegar a esa maldita isla.

V. CONFIDENCIAS DE LOBOS VIEJOS

uien tiene la cocina cerca, come la sopa caliente. Eso dice un proverbio veneciano, y nada más cierto. Al tercer día de estar con el capitán Alatriste en casa de Livia Tagliapiera, que como sabe el avisado lector era casa de todo rumbo, lance y manejo, yo había intimado con la criada Luzietta. No lo cuento por vanagloriarme —sirvienta de casa de conversación no es empresa difícil para un mozo de buena planta—, sino por ciertas consecuencias que esto acabó trayendo. Ella era bonita y descarada, sin los afeites y bellaquerías que otras mujeres usaban: de esas hembras en las que a lo natural se ve la manufactura de Dios. Aunque era muy joven, su virtud se perdía en las tinieblas de un pasado remoto, y el tiempo que llevaba allí la había apicarado lo suficiente

para inclinarla a congeniar conmigo; que a fin de cuentas era español, aseado, no mal parecido y con la sangre fogosa y en sazón, como a mi edad cuadraba. También me suponían criado del comerciante Pedro Tovar, al que calculaban, y a mí de rebote o migajas, buenos escudos en la faltriquera. Que si lo primero que hace el hombre es mirarle el escote a una mujer, no es menos cierto que los ojos de algunas suelen ir derechos al bulto de la bolsa. Así, no necesité que donna Livia me enviase, como a mi postizo amo, alguna de sus pupilas –tampoco correspondían esas delicadezas a un supuesto criado como yo–, ni tampoco tuve que procurarme compañía mercenaria; que en aquel lugar, por bien surtido, afamado y discreto, no era precisamente barata. Supe ingeniármelas por mi cuenta, como digo, sin otro gasto que las sonrisas adecuadas, la parla oportuna –muy salpimentada de español e italiano– y el ardor casi militar que puse en el desempeño de mis funciones, ternuras y acometimientos. De manera que las noches se me iban en centinela perdida, y las tardes, cuando Luzietta podía desembarazarse un rato de sus obligaciones, en rebato general, dando a sus encantos saco. Como en aquella vieja copla castellana:

> *Tiempo, lugar y ventura,*
> *muchos hay que lo han tenido;*
> *pero pocos han sabido*
> *gozar de la coyuntura.*

Diré en este punto que el mundo conoce putas de toda suerte: hay putas de celosía, putas de ventana, putas de cantón, putas de natura, putas con virgo, putas antes de su madre, putas reputas y putas de toda laya, lo mismo que hay putas que de ningún modo parece que lo fueran, hasta que se desnudan y lo son. Mi gentil Luzietta era de estas últimas, y pasados los primeros pudores, que nunca eran muchos ni largos, la lengua se le soltaba con los arrebatos, muy desenvuelta y a lo pícaro. De manera que, para que no alborotase la casa toda, a veces tenía yo que taparle la boca con una mano, que ella mordía sin curarse de mí, mientras publicaba sus sentimientos. Que, aun dichos en dialecto véneto, tenían traducción universal: pasico, quedico, ahincad ahora, valiente, sabéis el camino y que no se os olvide, tened firme que por ahí seréis maestro, moved garrocha que no se quiebra, agarraos a las crines, jinete mío, galopad firme que el coso aguanta, allá va mi honra y quitaos la camisa, que sudáis. Etcétera.

Menguaba la luz cuando, roto de la cabalgada e hidalgo como gavilán, salía yo de mi cuarto para reponer fuerzas con algo que Luzietta, que se había ido descalza y de puntillas, prometía prepararme en la cocina. Y en el pasillo, donde ya habían puesto un candil de garabato encendido, encontré al capitán Alatriste. Me sorprendió verlo con espada: una de Solingen corta, con guarnición de lazo y buenos filos, que traía en el equipaje –las nuestras habían quedado en Milán– y que nunca hasta ese momento se había ceñido para ir por la calle en Venecia. La llevaba bajo la capa de paño pardo, todavía abierta, de la que también asomaba el mango de su daga y la culata de una pistola. No vestía su viejo coleto de piel de búfalo –habría llamado la atención por lo demasiado militar–, pero observé que, oculto por el jubón que se abrochaba en ese momento, llevaba puesto un jaco de los que llamábamos once mil: una fina cota de malla de acero, algo pesada e incómoda –sobre todo en verano, aunque no era el caso–, pero buena para repararse el torso de cuchilladas inoportunas por delante y por detrás. Tanto fue mi asombro al ver así precavido a mi antiguo amo, que me quedé inmóvil contra la pared, mirándolo con la boca abierta y un escalofrío de incertidumbre corriéndome por el espinazo.

–Pardiez –comenté–. ¿Baja el turco?

La pregunta lo hizo sonreír bajo el mostacho, aunque su continente era grave. Tenían una cita, dijo sin alzar la voz. Él y Baltasar Toledo, en lugar incómodo y de concurrencia dudosa. Precisamente venía a buscarme. El plan era que yo mirase de lejos, sin intervenir. Por si acaso.

–Lleva esto y tu puñal –dijo, pasándome la pistola–. Me seguirás a veinte pasos... Si todo va bien, bebes un trago, o lo aparentas, y te quedas al margen. Si hay complicaciones y encuentras manera, echa una mano. Pero no te arriesgues. En mal trance, y si no hay remedio, avisa a la embajada.

Cogí la pistola, sopesándola en la mano. Era una buena *puffer* corta y de rueda, de las alemanas que usaban nuestros ferreruelos de caballería. Con pólvora de calidad y una bala de onza y media de plomo, podía perforar un peto de acero a quince pasos. Me la puse al cinto, entré en mi cuarto y me lavé un poco la cara en la jofaina para atenuar el olor a hembra. Luego cogí la daga, el sombrero y la capa, y sin hacer más preguntas salí tras el capitán.

Cuando pisamos la calle anochecía con rapidez, pero la ciudad aún estaba entre dos luces, con la oscuridad reptando desde los soportales y callejones más estrechos. Alumbrados por antorchas de pez y resina, que la humedad rodeaba de halos de luz difusa, los plateros del puente cerraban sus tiendas, y algunas góndolas y embarcaciones que se movían a remo por el canal grande encendían ya sus fanales. Después de cruzar Rialto torcimos a la derecha, tomando una de las calles por las que mayor multitud deambulaba. Yo sabía que el capitán Alatriste buscaba el gentío a fin de desorientar a eventuales espías que le fueran a la huella, de modo que procuré prever sus movimientos sin perderlo nunca de vista. Lo seguía como me había ordenado, vivo como un hurón: veinte pasos detrás, sorteando a la gente y empinándome en ocasiones sobre las puntas de los zapatos para distinguirlo a lo lejos. La calle, como digo, hervía de gente como piojos en cabeza de soldado, y una vez más me pareció pasmoso el bullicio y la intensa vida que lo llenaban todo, la gente a pie y la extraña ausencia de coches, carrozas y caballerías. Como español, yo tenía perfecto conocimiento de que aquella república corrupta, hecha en el agua por gente embustera de la que huyó la tierra, era nariz de las naciones y albañal de las monarquías: un mal tolerado por los turcos por hacer daño a los cristianos, y por los cristianos para hacer daño a los turcos; con los venecianos, que no eran turcos ni cristianos sino de la estirpe de Pilatos, tolerados por la Providencia para castigar a unos y otros con su entremetimiento y sus vilezas. Sabía todo eso, como digo; y también que si Dios hubiese amanecido cuerdo una mañana, habría borrado esa isla de la faz del mar y de la tierra. Pero no podía menos que fascinarme, a mi pesar, aquel portento de riqueza infinita, contornos alegres y mucha abundancia, donde todo podía encontrarse; pues lo mismo te cruzabas con un corpulento dálmata que con un esclavo etíope o un severo embajador oriental de capa y turbante. Iba así por la calle, como digo, aunque atento al capitán Alatriste, sin dejar de admirar las tiendas que cerraban o encendían luces dentro, los vidrios de magníficos colores, las especias y olores penetrantes pese al frío, la multitud que a esa hora discurría por los puentes, los señores que paseaban arrogantes con sombreros guarnecidos de piel, cadenas de oro de herradura y capas venecianas sobre los hombros, precedidos por criados con antorchas listas para ser encendidas en cuanto hiciese noche del todo. Y las damas de buena familia, o que lo aparentaban, forradas de martas bajo los zendaletos de seda blanca con que se cubrían la cabeza; pues la mantelina negra se dejaba esos días para mujeres de menos respeto, de ésas a las que se refería Lope de Vega:

Pues honradas no las hallas,
sé de algunas, porque cuadre,
que se arriman a una madre
que busca a quién arrimallas.

O aquellas otras, en realidad las mismas, a las que don Francisco de Quevedo había retratado así de bien:

Dije que una señora era absoluta,
y siendo más honesta que Lucrecia,
por rimar el cuarteto la hice puta.

La admiración por Venecia, sin embargo, no me quitaba el frío; y éste encogía mis miembros bajo la capa. Que, pese a ser vascongado y de Oñate –donde no puede decirse que el sol favorezca más de lo justo–, en aquella humedad y cielo fosco, casi negro a esas horas, el paño nunca llegaba a abrigar del todo. Anduve así embozándome cuanto podía, siempre a prudente distancia del capitán, y comprobé que nadie le iba detrás, o que quien lo hiciese era tan sutil como invisible. Recorrimos desde Rialto, como dije, la calle que los venecianos llaman de la Mandola, muy larga y animada; y antes de llegar al campo de San Ángelo y a la muestra de una hostería llamada del Acqua Pazza, que le hace esquina, tuve que apresurar el paso, pues el capitán torció a la izquierda y por un instante lo perdí de vista. Alcancé a verlo de nuevo en un cruce de calles más estrechas, sumiéndose en las sombras

que allí eran espesas, pues la última claridad sobre los aleros
de los tejados había dado paso a la negrura de la noche, y
sólo una antorcha que ardía con humo de resina sobre un
puente de piedra me permitió situarlo. Vi su silueta cruzar
el puente y desaparecer al otro lado, bajo un soportal que
cubría la calle toda, y en cuya embocadura la luz rojiza iluminaba, sobre una puerta en forma de arco, una barbuda
y siniestra cabeza esculpida en mármol. Sentí mis músculos
crisparse con el aroma familiar del peligro, y por instinto
desembaracé la capa lo suficiente para tocar el mango de hueso de mi puñal, que era una almarada con tres aristas de las
llamadas desmalladores, sin corte pero afilada como aguja,
larga de un palmo, capaz de perforar un coleto de cuero o
una cota que no tuviese los anillos demasiado juntos, si el
golpe lo aplicabas recio. La pistola la llevaba detrás, metida
en el cinto, más rebozada; y su peso confortaba un tanto.
Había unas pocas sombras inmóviles en el contraluz de la
calle, antes de llegar al puente: negras siluetas masculinas y
femeninas. Sonaban susurros, risas contenidas, murmullos
de conversación. Anduve rápido entre medio, escudriñán-
dolo todo con suspicacia, sin que nadie me dirigiera la palabra. Crucé el puente a mi vez –el de los Asesinos no tenía
pretil y franqueaba un canal estrecho, de agua negra e inmóvil como aceite–, y al otro lado, al resplandor de una segunda antorcha puesta en la pared, me di de cara con dos senos
desnudos de mujer.

En Venecia, las mujeres públicas –once mil se decía cen-
sadas aquel año veintisiete– exhibían sus encantos con más

desvergüenza que las españolas o las del resto de Italia. Mostrarse con los pechos descubiertos era seña de identidad local, incluso en invierno, tanto en las ventanas desde las que acechaban a los clientes como en las calles donde ejercían su oficio. La de los Asesinos, con el puente al que daba nombre y la taberna que algo más allá se cobijaba en el soportal, era terreno más que favorable. Tras la primera impresión –imaginen vuestras mercedes lo que supone cruzar un puente y toparte con dos voluminosos pechos a un palmo de tus narices–, comprobé que el lugar abundaba en esa suerte de reclamos: los peldaños descendían estrechándose en una calle donde la luz de la antorcha mostraba en penumbra a una docena de mujeres recostadas en los muros; de manera que el transeúnte circulaba por una especie de corredor de carne descubierta, rozándola aunque no lo pretendiera, mientras sus propietarias apuntaban toda clase de sugerencias y obscenidades, con mucho vieni quá, galatuomo, mucho meti qui quese danaro y mucho ti faró feliche come nesuna. Yo había perdido de vista al capitán Alatriste, pero me tranquilizó comprobar que el bacaro donde estaba concertada la cita se hallaba a pocos pasos. Así que sorteé los enhiestos pezones –el frío, sin duda– de una última acechona, y crucé el umbral de la bayunca.

El cabildo que la llenaba era de alivio, y en el acto comprendí por qué habían elegido ese lugar para reunirse. Era fácil pasar inadvertido en semejante sitio. La taberna era una nave grande, con vigas negras en el techo y tinajas al fondo, provista de mesas largas y bancos sin respaldo. Menudeaban allí, mujeres aparte, los *bravi*, que es como en Italia se conocía a los que alquilaban sus servicios a tanto la cuchillada, así como rufianes de putas, tahúres, buscavidas, barcarolos y soldados libres de servicio. Y al ser estos últimos, cual casi todos los que a Venecia servían, de diversas naciones y parlas, el sitio era un pentecostés de conversaciones en todas las lenguas imaginables. Añádase a eso la luz resinosa de las antorchas que ahumaban el techo y enrarecían el aire, las pieles grasientas y sudadas, el hedor de vino rancio, vómitos y orines que llegaba del patio posterior –que daba a un canal en cuya margen se aliviaban con igual impudicia hombres que mujeres–, el serrín sucio del suelo, las voces, las risotadas y el humo de las pipas de madera y barro que muchos fumaban.

Pedí vino –me lo trajeron en una jarra sucia y desbocada, pero no era momento de hacer ascos–, eché un vistazo al capitán Alatriste, que se había reunido con don Baltasar Toledo y otros dos hombres, y tras asegurarme de que nadie parecía especialmente atento a ellos, fui a sentarme a una mesa cuajada de braveza, como casi todas, donde los gayones que allí remojaban la obra me hicieron sitio. Me instalé en el banco de madera pringosa con la jarra en las manos, la espalda contra la pared, el agujón y la pistola –su cañón largo y la rueda me incomodaban la rabadilla– disimulados en los pliegues de la capa, y observando la parroquia con ojo de halcón: tanto a la gente que estaba con el capitán como a la que entraba de la calle. Probé apenas el vino, que era un raboso local, infame hasta para dárselo a beber al mal ladrón que crucificaron con Cristo; así que puse la jarra sobre la mesa y me olvidé de ella. Miraba a un lado y a otro, atento a los rostros y las actitudes, negando con la cabeza y una sonrisa exageradamente cortés cada vez que un churrián se arrimaba a ofrecerme los servicios de su coima, o un fullero me enseñaba un catecismo de cuarenta y ocho, que son tantos naipes como años tuvo Mahoma. Y concluí que, si por algún casual teníamos refriega en aquella zahúrda, ni el capitán ni yo alcanzaríamos a salir vivos.

—Estamos de acuerdo, entonces —dijo Baltasar Toledo.

Diego Alatriste, que no despegaba los labios, estudiaba a los otros dos hombres. La vida y sus lances le habían enseñado a situar a las personas por lo que callaban, en vez de por lo que decían. Puestos a juzgar palabras, gestos o intenciones, los oídos solían mentir más que los ojos.

—¿Portan vuesiñorías el dinero?

El capitán Lorenzo Faliero se manejaba con regular destreza en la parla castellana, que había aprendido muy joven, contaba, en Nápoles y Sicilia. Andaba por los treinta y cinco años, y tenía buena planta: alto, rubio de tez y pelo —lo peinaba largo, hasta los hombros— y de barba. Según había contado Saavedra Fajardo, el capitán de la compañía tudesca al servicio de la Serenísima era veneciano de nacimiento, vástago de la rama pobre de una familia ilustre, algunos de cuyos miembros ocupaban cargos públicos en la ciudad. Gente partidaria del opositor al dogo, Riniero Zeno.

—Lo hemos traído —respondió Baltasar Toledo.

Alatriste vio que éste hacía un movimiento discreto bajo la mesa, al amparo de su capa, y que el veneciano se inclinaba un poco. Al incorporarse Faliero con aire satisfecho, los dos hombres cambiaron una mirada de inteligencia.

—El peso mi pare adecuado —comentó Faliero.

—Celebro que satisfaga a vuestra merced, porque ya no habrá más hasta que todo acabe.

El veneciano pareció pasar por alto el tono severo del comentario.

—Non será argento, imagino. ¿Come sidiche?... Plata.

Negó Toledo con la cabeza.

—Son ducados de ciento veinticuatro sueldos, de Santa Giustina.

Se volvió a medias Faliero hacia su acompañante. Éste asintió brevemente con la cabeza. Al llegar, el otro lo había presentado como capitano Maffio. Era tosco de rostro y maneras, fornido de cuerpo, y tenía las manos anchas igual que partesanas. Diego Alatriste, que lo estudiaba aún con más atención que a Faliero, sabía que Maffio Sagodino era un renegado raguseo que mandaba la compañía de mercenarios dálmatas que estaría de guardia en el Arsenal la noche de la encamisada. De ahí que su interés por él fuese mayor, a causa de la parte que le tocaba. Soldado profesional hasta el tuétano, dedujo. Unos cuarenta largos, curtido, marcas en la piel, maneras de milicia. Se preguntó qué lo llevaría a la traición, aunque en Venecia, república desleal a todo y sinuosa por naturaleza, esa palabra adquiría contornos imprecisos. Lo del capitán Faliero parecía más evidente: su simpatía, posiblemente familiar, por la causa de Riniero Zeno, aguijada por una buena cantidad de oro como el que acababa de cambiar de manos bajo la mesa. En lo que a Maffio Sagodino se refería, Alatriste no veía las cosas tan claras. Quizá se trataba, en su caso, de un ascenso no logrado, o del resquemor de una vieja ofensa. Tal vez el hambre de riquezas, el cansancio de un trabajo, la ambición de una mujer. Había fronteras, concluyó, que todo hombre era capaz de cruzar en cualquier momento de la vida. Por un instante se preguntó dónde estaría la suya.

—Bebamos —dijo Faliero—. Per la felichitá del negocio.

Alzaron jarras y cubiletes. Alatriste, tras despachar lo suyo de un trago, observó que Baltasar Toledo apenas probaba el vino. Estaba pálido, tenía ojeras grises, y la luz grasienta de la taberna no contribuía a mejorar su aspecto. Demasiada tensión, quizás. Demasiada responsabilidad. Caminar por tales calles con un talego de oro encima no debía de haber sido plato de gusto.

Diego Alatriste sintió la mirada de Lorenzo Faliero. El veneciano lo observaba con curiosidad, puesto un codo sobre la mesa, acariciándose la barbita rubia con aire pensativo.

—¿Don Pedro Tovar, vero? —dijo al fin.

—Vero —respondió Alatriste.

Se volvió el otro a medias hacia su camarada, aunque sin apartar los ojos de Alatriste.

—El capitano Sagodino non parla la lingua de Castilla. Pero me encarga os diga que tuto e' aposto, por su parte... Lugar y hora previstos.

—Me iría bien algún plano o croquis del sitio.

Faliero y Sagodino cambiaron unas palabras en dialecto veneciano.

—Vuesiñoría tendrá eso —confirmó el primero—... Y diche anque il capitano Sagodino que os convendría una visita al lugar.

—Eso parece difícil.

—No tanto. E' sólito, en víspera de Natale, abrir las puertas al público... La oportunitá le pare perfeta.

—¿No es demasiado riesgo tanto ir y venir? —aventuró Baltasar Toledo.

Seguía pálido, ceniciento de ojeras, y a Diego Alatriste le pareció adivinar un leve temblor en las manos que mantenía en el regazo, bajo la mesa. Espero, pensó desazonado, que estos dos marrajos no se percaten. Y que no sean aprensiones de última hora. Puede estar enfermo, o en puertas; pero también tratarse de flojera de ánimo. Eso cuadraba poco con lo que de Baltasar Toledo contaban; pero Alatriste sabía, por experiencia, que hasta los mejores hombres estaban sujetos a humores diversos. En cualquier caso, concluyó, sería desastroso que, a tres días de la encamisada, el responsable militar de los españoles perdiera su sangre fría. Su temple.

—Questo e' Venecia —estaba diciendo Faliero–. Cualunque va y viene... Nosotros corremos nostro perícolo y vuesiñorías il suo.

Seguía mirando a Alatriste con media sonrisa pensativa, y a éste no le gustaron la sonrisa ni la mirada.

—¿Hay algo que llame la atención de vuestra merced? —inquirió sereno, pasándose dos dedos por el mostacho.

Asintió el otro, que ensanchaba el gesto.

—Un amico común parló de vuesiñoría, pocofá.

Alatriste lo miró sorprendido.

—Amigo, ¿de cuándo?

—De cuando ancora no os llamabais Pedro Tovar.

El mundo era un pañizuelo, pensó Alatriste. Y Venecia, más. Gualterio Malatesta silbaba su *tirurí-ta-ta* mediante la sonrisa del capitán Lorenzo Faliero. Se diría que todos, incluido él mismo, hubieran guardado puercos en la misma cochinera.

—Más que amico —aclaró Faliero– e' parente mío. Familiar lontano, cuchino de un cuchino... Y presto a cosas notables.

—Como asistir a misa de gallo. Dicen.

Lo apuntó en voz muy baja, inclinándose hacia Faliero sobre la mesa sin dejar de mirarlo con sus ojos helados y glaucos. Por primera vez, el veneciano pareció incómodo. Miró a Baltasar Toledo antes de dirigir una ojeada recelosa alrededor.

—Mi pariente no tiene desiderio de acabar allí —susurró–. Hay asuntos que arreglar dopo. Piú tarde.

Era fácil pasar inadvertido en semejante sitio...

Todavía observó Faliero un poco más a Alatriste.

–Prima quiere unpó de parla –añadió–. ¿Tenéis inconve-
niente?

–Ninguno.

–Óptimo. Porque os aspeta en el ponte, ahora.

Vi levantarse al capitán Alatriste. Al hacerlo echó un vistazo alrededor con aire casual hasta posar los ojos en mí,
como al descuido. El gesto que advertí fue casi imperceptible:
quédate donde estás, ordenaba. Luego caminó entre las mesas llenas de gente, hendiendo el humo y el rumor de conversaciones, pasó por mi lado sin prestarme atención y desapareció por la puerta de la calle. Me quedé donde estaba,
obediente, observando. Había identificado a don Baltasar
Toledo por las señas que me había dado el capitán, pero ignoraba quiénes eran los otros dos. Al cabo se levantaron al
mismo tiempo: Toledo se fue por la puerta del canal, donde
posiblemente lo esperase una barca, y la pareja se encaminó
a la principal, como antes había hecho mi antiguo amo.
Ninguno de sus rostros me era familiar, como digo; pero yo
llevaba cinco años junto a mi antiguo amo. Eso me licencia-
ba por Salamanca en conocer al puerco por el gruñido y al
jabalí por el colmillo: hecho a la milicia como a la chanfaina,
era capaz de olfatear como perro de caza a soldados y espadachines. Aquellos dos eran lo uno o lo otro, o ambas cosas
a la vez, tan seguro como que el sol saldría por Levante. De

manera que, por si su marcha tuviese que ver con la salud
del capitán, propensa a resfriarse en Venecia, me puse en
pie, acomodé la capa y les fui detrás a ojo de lince, tentán-
dome con disimulo el mango del puñal y la culata de la pistola.

No tomaron a la derecha, hacia el puente, sino que anduvieron camino por la zurda, alejándose calle adelante
hasta perderse de vista en las tinieblas. Me quedé en la puerta de la taberna viéndolos irse, desconcertado. Al cabo hice
de la necesidad virtud y resolví tomar por la derecha, re-
pasando a la inversa el corredor de pechos desnudos por el
que había desfilado a mi llegada. De nuevo pasé crujía, y eso
me hizo acreedor a otra sucesión de chasquidos de lengua,
susurros y variopintas sugerencias carnales que dejé atrás
con cuanta presteza pude; pues no tenía el ánimo para requiebros de cantonera, ni estaba el horno para pasteles de a
cuatro.

Era noche cerrada. Oscura. A esa hora debía de haber
salido ya la luna, pero el cielo cubierto y espeso velaba su
claridad sobre los tejados. Reconocí la silueta del capitán Alatriste a la luz resinosa de la antorcha que se consumía en la
embocadura de la calleja. Estaba parado sobre el puente, en
compañía de otro hombre embozado como él. Hablaban
en voz muy baja, hasta el punto de que apenas pude escuchar
el murmullo de conversación cuando pasé por su lado, anduve una veintena de pasos y me detuve más allá, previnien-
do la pistola al resguardo de un portal. Observaba inquieto
el contraluz de las dos siluetas sobre el puente. Sobre todo,

porque en la otra creí reconocer la sombra de Gualterio Malatesta.

—Tres días —dijo el sicario—. Después podremos volver a nuestros asuntos.

Parecía la simple expresión en voz alta de un pensamiento. O quizá la intención de una amenaza, más que la amenaza misma. La apariencia de Malatesta era tan siniestra como de costumbre: la luz moribunda de la antorcha cercana silueteaba en negro rojizo la capa sobre los hombros y el ala ancha del sombrero, dejando sus facciones en la oscuridad.

—Os veo muy seguro de salir con bien de esa misa de gallo —dijo Diego Alatriste.

Sonó la risa chirriante del italiano. El viejo crujido seco, gutural.

—No es tan difícil... En realidad es asombrosamente fácil. De esas cosas que, por simples, a nadie se le ocurre que puedan hacerse. Hasta que llega alguien y las hace.

Calló un instante, moviéndose un poco. Inclinaba ahora la cabeza, y la luz bermeja resbaló hacia su rostro iluminando la parte inferior, el bigote recortado y el trazo blanco de la boca, que seguía sonriendo.

—¿Conocéis San Marcos?... Bello sitio.

—Eché un vistazo ayer por la tarde —admitió Alatriste.

—Curiosidad de oficio, imagino... Os preguntabais cómo pienso hacerlo, ¿no es cierto?

–Algo así.

Rechinó de nuevo la risa de Malatesta: parecía complacido por el interés profesional de su interlocutor. Luego se lo contó todo en voz baja y pocas palabras, sin énfasis ninguno, cual si charlase de lo más natural del mundo. Estaba arreglado, dijo, el acceso desde la calle a la sacristía. Él y su cómplice, el cura uscoque, entrarían desde la puerta lateral que daba a la Canónica, junto a los dos leones de piedra: el cura vestido de lo suyo, y él con uniforme de la guardia ducal. Una vez dentro estarían a veinte pasos del dogo Giovanni Cornari, en ese momento arrodillado en su reclinatorio, a un lado del altar mayor; y, por razón del protocolo, alejado de todos los demás.

–La idea es entrar por una capilla lateral –prosiguió–. Allí sólo sitúan un guardia ante la puerta que comunica con el altar, cerrada durante la misa. Yo degüello al guardia, abro la puerta, y el uscoque, que se llama Pulo Bijela, llega hasta el altar y apuñala al viejo Cornari... Con setenta años largos que tiene, no creo que se resista mucho.

Calló bruscamente, pues pasaban cerca tres hombres camino de la taberna. El puente no tenía protección a los lados, como la mayor parte de los que había en Venecia, y Alatriste se alegró de llevar cota de malla bajo el jubón. Sería muy fácil para Malatesta darle una cuchillada y hacerlo caer de un empujón al canal que tenían debajo. Aunque también podía ocurrir a la inversa. Que la cuchillada y el empujón los diese él.

–¿Y qué pasará con el tal Bijela? –preguntó.

—Yo cumplo con lo de la puerta, y el resto será cosa suya. El fanático es él. Mártir de su pueblo y demás... Para cuando se le echen encima espero estar en la calle, poniéndome en cobro.

Lo dijo con mucha frialdad. Indiferente. La antorcha del muro chisporroteaba con la última llama y sus facciones quedaban de nuevo en sombras.

—A esa misma hora —continuó—, se supone que nuestros amigos Faliero y Toledo estarán haciéndose con el palacio ducal, vuestra merced ocupándose de lo suyo, y el resto de gente cumpliendo lo que debe.

Hizo una pausa corta. Parecida a un suspiro, advirtió Alatriste.

—Una noche inolvidable, si todo sale bien.

Alatriste miró la franja de agua oleosa, negra, que se extendía a sus pies. Lejos, al extremo del canal, había una ventana iluminada que se reflejaba en la superficie inmóvil. Un cuadrado de luz arriba y otro gemelo, idéntico, abajo. Ni una sola ondulación alteraba el reflejo.

—Tendrá vuestra merced al uscoque a buen recaudo, imagino.

—Imagináis bien.

Era un tipo raro, explicó Malatesta. El tal Pulo Bijela. A esos fanáticos de ojos febriles nunca acababa uno de tomarles la medida. Estaba escondido en una casa segura, sin asomar la cabeza a la calle, y seguiría así hasta que llegase el momento. Concentrándose a base de ayuno y oraciones.

–Sólo discrepamos en un punto. Su idea es matar al dogo durante la consagración, mientras el cura levanta la hostia. En ese momento estarán todos desprevenidos, por lo solemne de la cosa.

–¿Y cuál es la discrepancia?

El sicario pareció dudar un instante.

–Bueno... No soy precisamente un hombre religioso, como sabéis. Todos esos latines de frailes y viejas se me dan una higa. Como a vuestra merced, imagino... Pero cada cual tiene sus... No sé. Sus cosas.

Miró Alatriste la sombra vecina, estupefacto.

–No me diréis –aventuró– que os importa matar con la hostia arriba o abajo.

Malatesta parecía removerse, incómodo.

–No es eso. Aunque precisamente por lo descreído, hay detalles que uno recuerda. Soy siciliano, tenedlo en cuenta.

–¿Vuestra merced con escrúpulos?... Imposible. Eso no me lo creo.

–La palabra *escrúpulos* es excesiva –opuso el sicario, en tono picado–. Y absurda.

Reía ahora Alatriste con mala intención, entre dientes. Sin disimulo. Todo aquello resultaba pintoresca novedad.

–Pues nadie lo diría. Vuestra merced...

Lo interrumpió el otro con un juramento: algo muy cerrado, en dialecto siciliano, que mezclaba a Cristo y a su madre.

–Cada cual –dijo al cabo de un instante– tiene sus... En fin. Sus cosas en la cabeza.

Ahora la pausa fue más larga. Y desconcertante. A su pesar, Alatriste llegó a la conclusión de que empezaba a divertirse de veras con la insólita charla. Que lo lardearan como a un negro si alguna vez había imaginado situación como aquélla: Gualterio Malatesta de confidencias.

–De niño fui un tiempo monaguillo, en Palermo.

–No jodáis.

Ahora el silencio fue brusco y significativo. El sicario volvía a removerse, incómodo. Sin poder contenerse, Alatriste siguió riendo entre dientes.

–Pardiez. ¿Habláis en serio?... ¿Vuestra merced con sotanilla y roquete, vaciando a escondidas las vinajeras?

–*Porca Madonna*. Dejaos de chanzas.

–Os hacéis viejo, Malatesta.

–Sí. Es posible. Quizá me haga viejo, como decís. Igual que vos.

Callaron de nuevo. Se oyó el ruido de un remo al golpear contra un muro, en el canal. A poco se destacó de la oscuridad el perfil del hierro de proa de una góndola, acercándose.

–Qué extrañas coincidencias –murmuró el italiano–. El puente de los Asesinos. Y aquí estamos los dos... Parece que haya una armonía en las cosas, después de todo. Una lectura oculta de lo que somos.

–Se trata de ganarse el pan, supongo.

–Sí. Y algo más, a ser posible.

El contorno de la góndola, parecido al de un ataúd, pasó silencioso bajo el puente. A la luz de un fanalito colgado en la popa se distinguían dos bultos cobijados con mantas bajo el toldo que cubría a los pasajeros, y la figura del gondolero que remaba detrás.

–¿No os sentís cansado a veces, señor capitán?

–Siempre.

La góndola había vuelto a hundirse en la oscuridad. En la superficie negra del canal, el rectángulo de luz de la ventana reflejada fue dejando de ondular poco a poco hasta quedar de nuevo inmóvil.

–Ese chico, Íñigo –dijo Malatesta–. Ha crecido.

–Más de lo que imagináis.

–Dijo que me mataría.

–Guardaos de él, entonces. No es de los que hablan por hablar.

Ahora el silencio fue largo. Diferente.

–Aquella mujer... ¿Os acordáis?... La de la calle de la Primavera.

No precisó hacer memoria Alatriste. Recordaba muy bien la antigua posada del Lansquenete, en Madrid. La casa miserable en la que dos veces había estado a punto de matar a Gualterio Malatesta.

–¿La que vivía allí con vuestra merced?

–Esa misma.

–Por dos veces os salvó la vida... ¿Qué tal se encuentra?

–Murió. Estando yo en la cárcel.

–Lo siento.

–La molestaron bastante –el tono del italiano era otra vez el de siempre: desapasionado y frío–. La Justicia, ya sabéis.

Alguaciles, corchetes y gente así... Quisieron averiguar cuánto sabía de mí.

Alatriste cerró los ojos. Imaginarlo no requería esfuerzo alguno.

—Y sabía poco, naturalmente —apuntó.

—Casi nada. Aun así acabó en la calle, quebrantada de salud y sin recursos... No duró mucho.

Malatesta chasqueó la lengua e inspiró muy hondo y fuerte, como si de pronto faltase aire en el puente de los Asesinos.

—El día de Navidad —dijo tras unos instantes— habrá acabado nuestra tregua.

Asintió Alatriste en la oscuridad. La antorcha se había apagado por completo. Apenas un rescoldo rojo arriba, en el muro.

—Siempre y cuando sigamos vivos —precisó.

Se movió el bulto negro del otro. Precavido en aquel punto de la conversación, Alatriste dio un paso atrás, abrió la capa y rozó con una mano el pomo de la espada que llevaba al costado. Pero la alerta parecía superflua. Malatesta aún estaba con gana de parla:

—¿Sabe vuestra merced lo que pienso?... Parecemos dos lobos viejos, de hocico pelado, haciéndose confidencias antes de matarse a dentelladas. No por comida ni por hembras, sino por...

—¿Reputación? —sugirió Alatriste.

—Puede.

Un silencio. Esta vez fue muy largo.

—Reputación —repitió al fin Malatesta, en tono más bajo.

Miraba Diego Alatriste otra vez el agua del canal. El doble rectángulo de luz quieta. Era difícil establecer cuál era el objeto real y cuál su reflejo. De pronto, desconcertado, pensó que tal vez conociese al hombre que tenía cerca mejor que a nadie en el mundo.

—La gente, ahora...

Se interrumpió, dejándolo a medias, y estuvo inmóvil y callado un poco más, observando el reflejo.

—Son otros tiempos —dijo al fin—. Y otros hombres.

Cuando alzó la vista y miró atrás, Malatesta se había ido.

Había estado yo espiando, oculto en mi portal, que todo transcurriese sin traiciones ni sobresaltos entre el capitán Alatriste y su interlocutor. Cuando al fin se alejó éste, y el capitán, tras un momento inmóvil en el puente, caminó en mi dirección, guardé la pistola bajo la capa, salí de las sombras y me uní a él. Acogió mi presencia con uno de sus habituales silencios, sin demasiados comentarios. Luego anduvo caviloso, conmigo al lado y mirándolo de reojo, sin despegar los labios y pensando en sus cosas. Las calles estaban vacías y oscuras. Canales, puentes y soportales devolvían desde sus oquedades en sombra el eco de nuestras pisadas. No me decidí a hablar hasta que estuvimos cerca de Rialto.

—¿Todo ha ido bien, capitán?

Tardó unos pasos en responder, como estableciéndolo.

—Creo que sí —dijo al fin.

—¿El del puente era Malatesta?

—Lo era.

—¿Y cómo lo encuentra vuestra merced?

—Como tú... Hablador.

No estaba claro si se refería a que nuestro viejo enemigo seguía tan inclinado a la conversación como durante nuestro encuentro junto al Arsenal —que yo le había contado el día anterior—, o a que en ese momento mi charla resultaba inoportuna. En la duda, refrené la maldita. Pasábamos un puente de piedra cercano a una iglesia, sobre un canal que, por la izquierda, desembocaba en la ancha franja oscura del canal grande. El puente estaba iluminado a medias por un farolito que ardía en la puerta de la iglesia, allí donde a deshoras acudían los vecinos a pedir los sacramentos. Al llegar al otro lado del canal, como sin darle importancia, el capitán se volvió a echar un vistazo a nuestra zaga, por si alguien nos husmeaba el rastro.

—Oiríamos los pasos —dije en voz baja, adivinándole la intención—. Hay mucho silencio.

—Nunca se sabe.

Parecía en exceso taciturno, y me pregunté si era a cuenta del cónclave de la taberna o de la conversación con Malatesta en el puente de los Asesinos. De cualquier modo, había algo en su actitud que me inquietaba; y tuve la certeza de que no se debía sólo a los acontecimientos de la jornada. Yo estaba acostumbrado al silencio de mi antiguo amo; pero lo de Venecia era distinto. Desde el principio de la aventura advertía en él una suerte de recelosa resignación. Se diría que su instinto de soldado viejo, hecho a zozobras, reveses y malos tragos, sugería vislumbres funestos de aquella empresa ambiciosa, quizá desmesurada, en la que con gentil riesgo de nuestras gorjas andábamos metidos. Reflexioné sobre eso mientras nos orientábamos en la noche veneciana; y concluí, desazonado, que la fe del capitán Alatriste en nuestro éxito resultaba escasa. Lo prodigioso era que él permanecía impasible, dispuesto a llegar hasta el fin, como acostumbraba: soldado sin fe en territorio hostil, con la mirada puesta, a falta de otra cosa mejor, en la patria ingrata y lejana que le había tocado en suerte, y en el monarca –«Tu rey es tu rey», me dijo una vez con un pescozón, frente a Breda– que la encarnaba. En mi caso, todo era mucho más simple: joven, arrojado hasta casi lo insensato, me limitaba a seguirlo como había hecho durante lo que se me antojaba toda una vida. Esto iba de oficio: desde los trece años no conocía otra cosa, y a su lado había aprendido cuanto de bueno y malo sabía. Pese a los desacuerdos y a la distancia que el paso del tiempo y el ardor de mi sangre moza interponían a veces entre nosotros, yo nunca perdía de vista lo principal: Diego Alatriste era mi familia y mi bandera. A ojos cerrados saltaba tras él una y otra vez, a estocada limpia, hasta las mismas fauces del infierno. Y aquella noche incierta, caminando por la tiniebla de una ciudad hermética y peligrosa que parecía rodearnos como una trampa, me confortó su presencia próxima, inmutable, tan callada y serena como solía. Entonces comprendí por qué muchos

años atrás, a orillas de un río helado en tierras de Flandes, un
pequeño grupo de hombres desesperados, luchando
por sus vidas como perros rabiosos en torno
al jefe de la manada, por primera vez
lo había llamado capitán.

VI. LA PUERTA DE GÓNDOLAS

inguna es fea como tenga bríos, dice el refrán soldadesco. Mi linda Luzietta nada tenía de lo primero, y sobrado de lo segundo; de manera que esa noche a la hora de vísperas, sosegada la casa y con cada mochuelo en su olivo, la joven criada de donna Livia Tagliapiera vino de puntillas a mi cuarto como acostumbraba, a oscuras, descalza y en camisa, para que ella y el abajo firmante intercambiásemos más que palabras.

—¿Dove sestú, cane asasino? —empezó susurrando—. Vieni quá, que non te cato... Métime una manina in la muzeta.

Etcétera. Gocé así, otra vez, lo que allí otros ni siquiera espulgando la bolsa lograban; pues como dije, pese a ser sirvienta de la casa, la moza no era del oficio trotón. Aunque, y de eso pongo a Dios por testigo, nadie lo hubiera sospechado: llegaba con recato de monja, miraba con aplomo de casada y se despojaba con modales de bachillera del abrocho; y una vez la corneta tocaba a degüello, salía harto aficionada, ambladora de caderas, con mucha y sabia aplicación. Que, cual solía decir don Francisco de Quevedo, y no era el único, en cierta clase de mujeres la hermosura sin desvergüenza es vianda sin sal. Por mi parte, y como novillo joven todo lo embiste, me llamo a iglesia de mi entonces vigorosa juventud para, sin entrar en detalles superfluos ni sahumerios de la fama –más propios de charlatanes meridionales que de sobrios vascongados–, resumir el lance diciendo que con Luzietta fui de nuevo y durante buen rato, parafraseando ciertos versos del buen don Miguel de Cervantes, blando de manos; y de lengua, Rodomonte. Y por no salir de poetas, acogiéndome luego al Dante, concluiré diciendo que mi caballo de espadas anduvo tres veces, muy suelto de rienda, hasta la mitad del camino de nuestras vidas. Pues, como escribió otro ilustre bardo:

Para cuanto mal sostengo
no quiero más galardón
que ver a mi corazón
cautivo donde lo tengo.

Aunque en realidad, ternuras aparte –que también la gentil criadita me las inspiraba, pues una cosa no quita la otra, y Angélica de Alquézar estaba más allá de un mar y todo un océano–, mi corazón no tuviera mucho que ver con lo que allí se destilaba. El caso es que de ese modo transcurrió buen espacio, como de una hora y tres tercios, en que eché al parche del tambor hasta el último maravedí. Y al cabo, cuando de natural nos vino sueño, la moza se fue de mi cama a la suya, argumentando que a donna Livia no le gustaría enterarse de que amanecía fuera de su cuarto. Eso me pareció razonable, de manera que la dejé ir sin trabas; pero su ida me desveló hasta el punto de que acabé dando vueltas bajo la manta, entre sábanas arrugadas que conservaban el calor y aroma de mi ardorosa ausente. Era ya noche avanzada. Sentí en eso deseos de orinar, busqué bajo la cama y no pude hallar la bacineta; así que, contrariado, jurando entre dientes a los doctrinales, me puse una camisa y los zapatos, me eché el jubón por encima para abrigarme del frío, y salí al pasillo en busca del patio y del pequeño cuarto que en él había, al que para obras íntimas llamamos retrete, o necesaria. Eso me llevó a pasar cerca de una puerta trasera de la casa, la pequeña de góndolas, que daba al canal estrecho. Y de la manera más inesperada del mundo fui a darme allí, casi de boca, con una escena singular.

Luzietta, toquilla de lana puesta por encima y palmatoria de vela encendida en las manos, conversaba con un hombre en la puerta misma. Susurraban entre ellos; y al aparecer yo callaron de pronto, mirándome espantada la moza, ceñudo su acompañante. Era éste todavía joven, hirsuto de rostro, más fuerte que delgado, y vestía capote abierto, almilla de frisa basta, calzones anchos arrugados y sombrerillo redondo de ala muy corta, propio todo ello de barcarolos, gondoleros y otra gente veneciana del remo. También le colgaba al costado el cuchillo habitual en su oficio, y me fijé especialmente en él porque, apenas me vio, el sujeto echó mano y me tiró un Dios te salve de a cien reales; que, a no andar yo ligero de pies pese a mi asombro, me habría clavado en la pared como a una mariposa en un corcho. Fue mi jubón, que llevaba sobre los hombros, el que al caer y trabarse con la hoja me salvó la vida. Emitió Luzietta un grito sofocado, quiso el bellaco repetir la suerte, y yo, resuelto a estropeárselo –reñir era mi oficio–, recurrí a una vieja treta de garito, amagando por instinto un golpe al brazo armado y soltándole al jayán, acto seguido, una patada en los aparejos que lo hizo encogerse mientras soltaba un bufido. Y como, también por experiencia propia, yo sabía que tales golpes tardan algo en hacerse sentir como deben, aunque luego dejan para el arrastre, doblé el envite con un puñetazo en la cara, tan salvaje que a mí me hizo ver las estrellas nudillos arriba, pero al otro lo hizo tambalearse. Toda mi esperanza era que no me clavara el baldeo, de manera que, cuando calculé que empezaba a hacerle efecto la patada en el címbalo, le fui encima con mucha diligencia, asiéndome al brazo de la mano que lo sostenía, para estorbarle el movimiento.

Pelear en camisa y desnudo por debajo, con los compañones sueltos y colgando, no es agradable; y menos aún si tienes la vejiga llena. Se siente uno endiabladamente vulnerable. Caímos los dos al suelo, tan entrañablemente abrazados como Caín y Abel. Matose entonces la luz, bien porque Luzietta lo hiciera aposta, o porque en el desconcierto tiró la palmatoria –me sorprendió que no gritara, pero estaba demasiado atento a lo mío para establecer motivos–. La puerta que daba al canal había quedado abierta, y de ella al agua mediaban unos pocos peldaños de piedra, contiguos a unas palinas hincadas en el fondo en las que amarraban las embarcaciones. Describo el sitio pues lo había visto antes a la luz del día, no porque en ese momento anduviese a grillos apreciando detalles: estrechados, como dije, el gondolero y yo rodábamos por el suelo a oscuras, en el umbral mismo de la puerta y a cuatro pasos del agua negra, donde entreví la sombra de una góndola –como caiga al canal acuchillado y con este frío, pensé en un relámpago, me quedo tieso–. Gruñía mi enemigo en el esfuerzo, respirando muy fuerte pero con la boca callada, en procura siempre de clavarme el filoso; mientras yo, que pese a Luzietta aún conservaba algún vigor en el cuerpo, porfiaba en impedírselo. Que si para ese momento ya había perdido las dos potencias de entendimiento y memoria, conservaba muy firme la de la voluntad, resumida en que no me mataran. Todo eran empellones y querer destrizarse, tirones de un lado a otro, retorcer de miembros y golpes con las manos libres. Se daba el gondolero cuanta maña podía para situarse encima de mí, inmovilizarme y aliñar un par de mojadas que zanjasen la pendencia; pero yo no era de los que se dejan afufar el ánima por el primero que llega. Pataleaba, empujaba con todo mi cuerpo y no soltaba nunca la mano armada del otro. Al rato, por uno de esos azares que tienen las reyertas, pude situarme encima un momento, en posición favorable para asestarle un buen golpe con el pico del codo en pleno rostro, que lo hizo quejarse. Viendo que acusaba el golpe, le pegué otro –ahí juró en dialecto véneto, el hideputa–, y luego otro más. Con ese último algo crujió en su cara, y al momento aflojó el brazo del cuchillo, desmayando un punto. También yo me quedaba sin fuerzas, pero aquello redobló mi ánimo, al extremo de que me apliqué a tantearle la cabeza, buscando muy ensañado su rostro con los dientes, a cara de perro. Restregando mi boca en su pelo áspero, mojado de sudor, encontré al fin una oreja a tiro de mi dentellada; y con un mordisco rápido y brutal –chac, sonó– le arranqué la mitad.

Ahora sí que gritó, el malandro. Y de qué manera. Aaaaah, hizo. El alarido resonó en mis oídos, ensordeciéndome. Y tanta energía insufló a mi enemigo el repentino dolor, que arqueando el cuerpo logró descabalgarme a un lado. Me revolví cauto, hacia atrás, procurando hurtar el cuerpo a la cuchillada que estaba seguro vendría a continuación; pero, en vez de acometerme, el otro se incorporó a medias, gimiendo, y de un salto franqueó los peldaños para caer en la góndola: un golpe en el fondo y el sonido de un remo. Dudé entre quedarme donde estaba, satisfecho de mi suerte, o irle detrás para impedir su fuga. Pero el dilema lo resolvió el enemigo mismo, que con pasmosa celeridad soltó, o cortó de un tajo, el amarre de la embarcación, y la impulsó en la oscuridad, desapareciendo en ella.

Sentado en el suelo, la espalda contra la jamba de la puerta, escupí el trozo de oreja al canal. Luego recobré como pude el resuello, tranquilizándome mientras el aire de la noche helaba el sudor en mi camisa. El grito del gondolero había removido la casa, y por el pasillo llegaban voces y luz de velas. Con esa primera claridad alcancé a distinguir a Luzietta. Estaba acurrucada en un rincón y temblaba de frío, o de miedo.

Donna Livia Tagliapiera salió del cuarto, cerrando la puerta con llave a su espalda. Se veía hermosa aunque había cumplido los cuarenta, andaba desvelada a las cinco de la madrugada e iba a rostro limpio, sin adobos ni afeites. Llevaba el cabello recogido en una cofia de randas, babuchas de piel fina y una bata de brocado de columbina, abierta por delante sobre la camisa de dormir larga hasta los pies, que moldeaba las formas, todavía rotundas, que en otro tiempo habían labrado su fortuna. El bello rostro veneciano estaba sombrío.

—Diche que e' suo inamorato.

Hice un gesto de ignorancia. Sentía fijos en mí los ojos del capitán Alatriste.

—Es posible —admití—. Peleó como si lo fuera.

—¿Tanta saña por unos simples celos? —inquirió el capitán.

—No tan simples. Luzietta es bonita moza.

–¿Y se lo contó a su novio?... ¿Le dijo que batía el cobre con otro?

Me seguía estudiando con mucho detenimiento. Sostuve su mirada un instante y luego desvié la mía, incómodo.

–El rufián pudo sospecharlo. Quizá vino con la mosca tras la oreja.

–La serva á paura –apuntó Livia Tagliapiera–. Tropo.

La habitación tenía alfombras en el suelo, tapices en las paredes, una mesa taraceada, un diván otomano y una estufa también turca, de porcelana, que estaba apagada. Por la gran ventana ojival se insinuaban las sombras de los tejados y chimeneas que orillaban el canal grande. Aún era noche espesa.

–Hay un antico proverbio de Venecia –añadió la cortesana–. Forse e' un poco sporco: *Non so se è merda, ma l'a cacato il cane*.

Lo dijo con mucha naturalidad. Había cogido una jarra de metal dorado y de ella sirvió vino en dos vasos de vidrio rojo: uno para el capitán y otro para mí. Luego los puso en una bandeja de plata, sobre la mesa.

–Es natural que Luzietta tenga miedo –opuse–. Teme perder su trabajo.

Movía la cabeza el capitán, escéptico. Era mastín viejo.

–Es otra clase de miedo. Lo huelo... Y de oler miedos sé algo.

–¿Qué otra explicación hay?

Me froté el cuello, resentido de la pelea. También dolía horrores la articulación del codo. Me había vestido con dificultad, maltrecho por los golpes y forcejeos recientes: calzón, camisa y jubón. El capitán Alatriste llevaba unos valones desabrochados en las boquillas, sobre las medias, y estaba en mangas de camisa, con la daga que había cogido al rebato metida en el cinturón de cuero. Advertí que miraba a donna Livia, y que ésta, como si le entendiese la intención, asentía levemente. Mi antiguo amo estuvo un momento pensativo y al cabo se volvió despacio a mí.

–Nunca fue novedad que durmiese paje con puta... Pero podías habérmelo dicho.

Miré de reojo a donna Livia y volví a frotarme el codo, menos alterado por el dolor que por el reproche.

–Ni soy paje, ni la moza es lo otro –protesté–. Además, no son cosas de pregonar.

Lo dejé en ese punto. Me estudiaba el capitán con sus ojos fríos, cual si nada hubiera oído.

–Espero que tuvieras la lengua quieta.

Aquello me molestó. Mucho.

–Según para qué –repuse, picado.

–Piénsalo bien –seguía mirándome igual, indiferente a mi irritación–. ¿Le hiciste alguna confidencia?

–No, que yo recuerde.

–¿Te hizo preguntas? ¿Se interesó por algo? ¿Por mí?... ¿Por lo que hacemos aquí?

–No sé. No creo... Lo normal, supongo.

–¿Qué es lo normal?

Lo miré franco, a la cara. Con toda la serenidad que pude manifestar.

–No dije nada.

De nuevo parecía no haberme oído, pues siguió contemplándome sin mudar de expresión. Al fin alzó despacio una mano, me señaló y luego se tocó el pecho.

–Nos va la cabeza –amplió el ademán incluyendo a donna Livia, que se había sentado en el diván y escuchaba en silencio–. También la de ella.

Tanta desconfianza me entristeció de veras. Yo no merecía eso.

–Llevo muchos años –protesté– metido en trabajos con vuestra merced.

Esta vez pareció convencido, pues al cabo hizo un leve movimiento de cabeza. Después miró a la Tagliapiera, solicitándole otros caminos.

–Forse n'era gondolero –dijo ésta–. O non solamente.

El capitán se pasó dos dedos por el mostacho. Había ido hasta la mesa y sostenía un vaso de vino. Reflexivo.

–Puede –concedió tras un instante.

–¿S'a sentito sorvellato vuesiñoría?

–¿Vigilado?... No lo sé –bebió un sorbo, pareció apreciar el contenido del vaso y volvió a beber–. Desconfío de todo, pero no lo sé.

–Ni yo tampoco –admití.

El capitán Alatriste contempló la puerta cerrada con llave. Imaginé a Luzietta al otro lado, bañada en lágrimas, aterrada por su suerte. Muy a mi pesar, la idea de que el gondolero podía no ser un pretendiente celoso fue abriéndose paso.

–Quizá era una vigilancia –opinó el capitán.

Donna Livia estuvo de acuerdo. Entraba en lo posible, dijo. De vigilar a posibles espías en la ciudad, añadió, se encargaba la Inquisición, directamente subordinada al Consejo de los Diez, que manejaba tanto a senadores como a mercaderes, tenderos, criados y pícaros de cocina. Escuchándola, decidí que la antigua cortesana poseía una voz ligeramente ronca, muy agradable, que habría apreciado en otras circunstancias; pero mi imaginación estaba ocupada por los calabozos de San Marcos, junto al puente que llamaban de los Suspiros. La sola idea de acabar allí me erizaba la piel, y yo no era de los pusilánimes. Miré mi vaso de vino en la bandeja, sin tocarlo. El pensamiento me secaba la boca, pero no quería beber delante del capitán. No aquella noche. Ya era él muy capaz de hacerlo por los dos, esa noche y cualquier otra.

—Venecia e' una ísola pícola —concluyó donna Livia—. Un pesche in una rete de confidenti, asasini e delatori.

El capitán apuró el vaso de vino, chasqueando la lengua. Luego se pasó los dedos por el bigote húmedo.

—Si han mordido un hueso, no lo soltarán —opinó.

—Puo'esere sólo rutina... Vuesiñorías son de nazione spañuola. Eso iustifica chertas pesquiciones naturales, adeso.

—Lo que nos lleva de nuevo a Luzietta.

Hubo un silencio mientras mi antiguo amo iba hasta la jarra y se servía más vino.

—Si se trata de la Inquisición de los Diez —dijo después de otro sorbo, mirándome—, ella tiene que saber qué es lo que le han pedido que averigüe... Si se encamó contigo de buen grado o por encargo de otros.

–No parecía de mal grado.

–Habría que interrogarla.

–Ya lo hemos hecho –opuse, incómodo.

–Más a fondo.

Lo dijo con mucha frialdad, y al hacerlo miró a la Tagliapiera. Ella parpadeó un instante, y ese parpadeo me alarmó lo indecible. La serenidad de aquella mujer inquietaba más que el tono del capitán.

–Hay mucho en juego –mi antiguo amo se dirigía a mí, pero continuaba mirándola a ella–. Una empresa y muchas vidas... Incluida la de la señora.

–La serva lavora en casa mezzo año fá.

Donna Livia lo dijo lentamente, al modo de quien hace una reflexión en voz alta. Como asumiendo despacio una idea poco grata.

–¿Hay más gente aquí? –quiso saber el capitán.

–Non. Tuti sono fuora. Todos.

–¿Tiene familia?

–E' órfana. Di Mazorbo.

–¿Nadie la echará en falta?

Hubo otro silencio. Corto, supongo, aunque a mí se me antojó eterno.

–Nesuno.

Estallé, indignado. No daba crédito a lo que oía.

–¿Y luego? Si nos espiaba, ¿qué hacemos después de interrogarla?... No estarán pensando vuestras mercedes en un cuerpo flotando en los canales, ¿verdad?

Comprendí que esa posibilidad había pasado por la cabeza del capitán Alatriste cuando lo vi mirar de nuevo a la Tagliapiera. Bebió un sorbo de vino, luego otro, y la siguió mirando. Como si ella tuviese la última palabra.

–Sólo mancan tré giorni –dijo la mujer con mucha calma–. Potemo tenerla rinquiusa.

–¿Encerrada?

–Eco. En lugar sicuro.

–¿Y después?

–Alora, acada lo que acada, dará eguale.

Dejó el capitán su vaso en la bandeja. Me pregunté si se pondría vino por tercera vez. Movió la mano como de intención, pero no lo hizo.

–Si algo sale mal –dijo pensativo–, delatará a vuestra merced.

Sonrió la cortesana, distante. Había un desdén singular en su todavía hermosa boca.

–Arribado el caso, si non é Luzietta serán altri... Es ormai, ahora, cuando me preocupa que sea una minachia para nostri afari.

Aquel *nuestros asuntos* me dio que pensar. Me pregunté cuánto sabía la Tagliapiera de la conjuración, y por qué motivo se arriesgaba de esa manera. Qué ganaba y qué podía perder con todo ello.

–Bien –murmuró el capitán Alatriste.

Miraba otra vez la puerta del cuarto sin ventanas donde Luzietta estaba encerrada. Alargó la mano y se puso más vino de la jarra.

—Ve a tu cama y espera allí —me dijo.

Apreté dientes y puños, decidido. Tenso.

—Ni hablar. Pienso quedarme... Estar presente, quiero decir.

Los ojos glaucos me estudiaron de arriba abajo. Esta vez el vaso quedó vacío de un solo, lento y largo trago.

—¿Puede excusarnos un momento, donna Livia?

Me puso una mano en el hombro y con la otra señaló el pasillo.

—Ven.

Salimos, y el capitán cerró la puerta. Allí me detuvo, cogiéndome por el jubón. Estaba muy cerca, y aún aproximó más su rostro al mío. Casi me rozaba con el mostacho.

—Escucha... Si nos van a la huella, todo puede irse al diablo. Caeremos como ratas. Un centenar de vidas, entre ellas las de Sebastián, el moro y los camaradas, dependen de esto —abrí la boca para protestar, pero me acalló negando con la cabeza—... No quiero que el barrachel de la Inquisición me caiga encima con veinte corchetes, sin tiempo a defenderme, y acabar comiendo el pan de San Marcos antes de que me estrangule en secreto el verdugo, como acostumbran aquí.

Me dejó un instante de silencio, para que calase la idea. Después miró hacia la puerta del cuarto donde aguardaba donna Livia.

—No tenemos elección —bajó la voz hasta un susurro—. Es la muchacha contra todo lo demás.

Aquello me subió la pólvora al campanario. Con movimiento brusco, le aparté la mano que aferraba mi jubón.

–Me da igual. No pienso consentir...

–¿No piensas, qué?

Me agarró de pronto, empujándome sin miramientos contra la pared. Y cuando me tuvo allí, rápido como un relámpago, desenvainó la daga y me la puso en el cuello.

–Lo tenemos ya. ¿Comprendes?... El filo en la gorja. Tú, yo y los otros.

Su tono era tan frío como el acero que apoyaba en mi garganta. Más desconcertado que furioso, más desmayado de sentimiento que movido de cólera, intenté liberarme. Pero me sujetó con fuerza.

–Aquí ya nadie puede elegir nada, te digo. Sólo ir adelante, hasta el final.

Me miraba muy de cerca. Apretó más la hoja de la daga, como si en ese momento mi vida le fuese por completo indiferente. Su aliento olía fuerte, a vino trasegado con demasiada rapidez.

–Es una orden lo que te estoy dando –casi escupió–. Una orden militar.

La escarcha glauca de sus ojos me helaba los huesos hasta la médula. Y por el Dios que me crió, tuve miedo.

–Así que quítate de en medio, o te mato.

Diego Alatriste había torturado antes: burgueses flamencos o tudescos, durante saqueos, para averiguar dónde escondían su riqueza; turcos capturados en desembarcos, tomados

—Así que quítate de en medio, o te mato.

como rehenes con sus familias; soldados enemigos prisioneros, para tomar lengua o descubrir en qué doblez del coleto llevaban oro oculto. No le gustaba, pero lo había hecho. Con hierro, cuerda y fuego. Hijo de su tiempo y de su mundo, sabía a costa propia que no era fácil sobrevivir con escrúpulos. Que una cosa eran los reyes en sus palacios, los teólogos en sus púlpitos y los filósofos en sus libros, y otra ganarse la vida con cinco cuartas de acero en una mano. Sin contar con que, cuando las cosas se torcían, reyes, teólogos y filósofos echaban mano de gente como él para desbrozar los caminos de la virtud. Todos ellos –incluidos los filósofos– mataban y torturaban de lejos, por mano interpuesta. Sin jugarse nada al as ni a la sota. Tiempo atrás, en Madrid, Alatriste había leído una antigua hoja manuscrita que circulaba, clandestina, con la copia de la carta que un guipuzcoano llamado Lope de Aguirre, que anduvo por el río Marañón con la triste expedición de Ursúa hasta rebelarse con su gente, había escrito al rey Felipe II –tuteándolo sin empacho, de igual a igual– cuando, por su cuenta, resolvió romper los lazos con el monarca y vivir sin amo en las Indias. Aquella carta arrogante y otros crímenes habían costado al tal Aguirre la cabeza, pero Alatriste no olvidaba algunos de sus párrafos:

«No puedes llevar con título de rey justo ningún interés de estas partes donde no arriesgaste nada. Ni yo ni mis compañeros esperamos ni queremos tu misericordia, y aunque la ofrecieras escupiríamos en ella por

deshonrosa. Tenemos tus promesas por menos crédito
que los libros de Martín Lutero.»

Miró a Luzietta y pensó que él mismo había rebasado, hacía mucho, el punto de la vida en que se escribían, si es que había redaños para ello, cartas como la de ese Lope de Aguirre. En aquel momento, con los vapores del vino enturbiándole los ojos, que no la lucidez, sólo anhelaba no morir aún. O confiaba al menos en que, llegado el caso, eso ocurriese de manera decorosa, allí donde pudiera cobrárselo con costas de oficio. No, desde luego, en esa ciudad sombría, donde lo natural era acabar ahogado como un perro dentro de un saco. En tal cuidado, la muchacha que al verlo entrar y cerrar con llave la puerta retrocedía espantada hasta apoyarse en la pared, era un trámite más. Una lágrima en el lago helado de desolación en que Dios –si es que había un estúpido e irresponsable Dios en todo aquello– había convertido el mundo a su imagen y semejanza.

–Parla, ragaza.

En la habitación sin ventanas sólo había una mesa baja, un taburete y un arcón. Sobre la mesa humeaba, sin despabilar, un candelabro con dos velas cuya luz hacía relucir los ojos de la joven, húmedos y desorbitados de terror. Seguía vestida sólo con la camisa de dormir y la toquilla, recogido el pelo con una cinta. Sus pies estaban descalzos. Aún no debe de tener, pensó Alatriste con disgusto, dieciocho años.

—E' il mío fidanzato, excelenza... Lo iuro.

No había tiempo, ni ganas, de persuasión o amenazas. No esa noche. Estaba demasiado cansado y el tiempo, indiferente a delicadezas y afanes, corría en su contra. Tras una breve vacilación, golpeó a Luzietta en el rostro con la mano abierta, sin arrebato. Suficiente para que ella volviese la cara a un lado, dando con ella en la pared.

—¡Lo iuro!

Lloraba con desesperación, aterrada. No debe de ser el mío un aspecto agradable, se dijo Alatriste. Pardiez que no. Y espero que eso ayude a majar el grano.

—Parla. ¿Quién era el gondolero?

Golpeó de nuevo, en la misma forma. Seco y eficaz. La bofetada restalló en el cuarto ciego como un latigazo de cómitre. Ella emitió un chillido de angustia y cayó de rodillas al suelo, derramándose el cabello. Con un estremecimiento de incómoda piedad, Alatriste pensó fugazmente que tal vez estuviese diciendo la verdad: un enamorado celoso. Pero la certeza era necesaria. Aquello iba a vida o muerte. Suya y de otros.

—Parla.

Con tal de que no se desmaye, pensaba. Que siga en condiciones de hablar. La agarró por el cabello, obligándola a levantarse, y alzó la mano para abofetear otra vez el rostro cubierto de lágrimas, desencajado de horror. Pero la náusea que ascendía desde su estómago le detuvo la mano en alto. No voy a poder, se dijo asqueado. No estoy seguro de llegar al final. Y esto no tiene vuelta atrás.

Echó la mano al cinto y desenvainó la daga. Al advertir el movimiento, Luzietta gritó de nuevo queriendo desasirse; pero estaba demasiado aterrorizada, y sólo pudo hacer algunos blandos esfuerzos. Sin soltarla del pelo, Alatriste le apoyó el filo del acero en el lado derecho de la cara.

—Parla, o te señalo para toda la vida.

No iba a hacerlo —creía estar seguro de eso—, pero lo cierto era que ya lo había hecho doce años atrás, en Nápoles: marcada la cara de una mujer con una cuchillada y muerto un hombre en el mismo arrebato. Una amante y un amigo. Por eso dejó entonces el tercio y huyó a España sin oficio, a ganarse la vida en Sevilla y Madrid. Tarifando muertes por cuenta ajena, en vez de por cuenta del rey. El recuerdo no se contaba entre los dulces, y vino acompañado de una arcada que le agrió la garganta. Era uno de sus remordimientos, y no el menor de ellos.

Tardó un poco en darse cuenta de que la muchacha, entre sollozos, lo estaba confesando todo: el visitante nocturno era gondolero en Rialto y espía de la Inquisición, como tantos de su oficio. Nicolo, que así se llamaba, había pedido a Luzietta que intimara con el criado español y alentase confidencias sobre miser Pedro Tovar, e iba cada noche a escuchar su informe —ella había cobrado por eso medio ducado de sesenta y dos sueldos—. El tal Nicolo era hombre arriscado y violento; y al verse descubierto quiso apuñalar al criado para disimular el lance como reyerta ordinaria por mujeres, de las que cada día se daba media docena en Venecia.

Parecía que, roto un dique, Luzietta se desbordara en llanto y palabras. Había caído de rodillas y suplicaba que no la matara. Alatriste la miró aturdido, esforzándose en prestar atención a lo que decía. El viejo episodio napolitano danzaba endiablado en su memoria, entre las brumas del vino. Al fin sacudió la cabeza mientras devolvía la daga a su vaina. Sangre de Cristo, murmuró. Y mierda de todo. Luego dio unos pasos alejándose lo más que pudo de la luz del candelabro, apoyó una mano en la pared y vomitó cuanto había bebido esa noche.

Aseguró la puerta con llave, encerrando de nuevo a Luzietta. Luego pasó en dos zancadas junto a Livia Tagliapiera, que lo miraba sin decir palabra. Le dio la llave al pasar, sin detenerse, y salió al pasillo en dirección a su cuarto. Una vez allí, tiró la daga sobre la cama, se lavó la cara, enjuagó la boca y estuvo un rato inmóvil, inclinado el rostro, apoyadas las manos sobre la jofaina mientras le goteaba el agua por el pelo y el mostacho. Al rato se secó la cara con un lienzo y desanduvo camino. Livia Tagliapiera seguía en la habitación donde la había dejado. Estaba en el diván turco, junto a la estufa de porcelana apagada. Tampoco dijo nada cuando lo vio entrar.

—No era sólo un gondolero —confirmó Alatriste—. La muchacha espiaba por cuenta de otros.

Asintió la mujer, grave de rostro.

–Lo so... Io'staba scoltando junto a la porta.

Dio Alatriste unos pasos por la habitación, pensativo. Se preguntaba qué cara pondrían Saavedra Fajardo y Baltasar Toledo cuando les contase aquello. Hasta qué punto alteraba el incidente los planes generales.

–¿Qué pensa fare vuesiñoría?

Encogió los hombros. En realidad, concluyó con íntimo alivio, él no tenía nada que pensar. O no demasiado. Por esa noche había hecho su parte. O casi. Una vez transmitida la información, las decisiones no serían asunto suyo. Encontrarse con jefes por encima simplificaba admirablemente las cosas. Era lo bueno de la milicia: la cadena de mando. Jerarquías y responsabilidades.

–Seguir adelante, supongo –respondió con sencillez–. En principio, que nos vigilen no significa nada inusual... Como antes dijo vuestra merced, toda Venecia está vigilada.

–Parlo de la serva.

Una vez más admiró la frialdad de Livia Tagliapiera. Su oficio la endurecía, por supuesto. Y una criada infiel no era plato de gusto. Aun así, no olvidaba su mirada indiferente cuando había entrado a interrogar a Luzietta.

–No lo sé –indicó la puerta cerrada con llave–. ¿Podéis mantenerla vigilada aquí hasta que todo acabe?

–E' pericoloso –negó la cortesana–. Por el día hay altri servitori... Eanque cualcuna amica, como sape vuesiñoría.

Lo último lo dijo mirándolo a los ojos, con un aplomo que tenía mucho de tranquilo desafío. Y no estaba exento de curiosidad. Desde que él había entrado a interrogar a la criada, concluyó Alatriste, la Tagliapiera lo miraba de manera distinta. Lo estudiaba, era tal vez la palabra. Recostada en el diván turco. Aquellos ojos tan fijos en él lo hacían sentirse vagamente incómodo.

–La chica está asustada –comentó–. Ha dicho más de lo que debe, y ahora tendrá miedo del tal Nicolo y sus compinches.

Se mostró de acuerdo la cortesana. Eso, apuntó con gran sentido práctico, ayudaría mucho a que Luzietta se mostrara dócil. La sacarían de la casa en una góndola cerrada con toldo para llevarla a lugar seguro. En cuanto a miser Pedro Tovar y su criado –se interrumpió la mujer en ese punto para quedárselo mirando otra vez, expectante–, convendría que en el futuro adoptasen precauciones complementarias.

–También vuestra merced –opinó Alatriste.

Lo dijo con sincera solicitud. No le gustaba imaginar a Livia Tagliapiera en manos de los *zaffi*, los temibles esbirros de la Inquisición veneciana.

Ahora la cortesana sonreía suavemente.

–¿So pendalio di forca?... ¿Cómo se diche en spañuolo?

Sonrió él a su vez. Más con la boca que con los ojos. Una mueca medio resignada bajo el mostacho.

–Carne de horca –tradujo.

Ella inclinó ligeramente a un lado la cabeza, cual si calibrase el sonido de las palabras en lengua castellana.

–Sí –concluyó–. Penso que sí.

Se había llevado despacio una mano a la garganta –blanca y suave, apreció Alatriste– de donde salía aquella voz ligeramente velada, casi ronca. Bajo la bata adamascada, los senos abundantes de la cortesana colmaban la camisa de dormir; que en aquella postura, recostada como estaba su dueña en el diván, moldeaba sus formas grandes y todavía espléndidas. Por un instante se preguntó Alatriste si algo de todo eso era casual, y acabó decidiendo que en absoluto. Una mujer con la experiencia de Livia Tagliapiera no dejaba detalles al azar. Sin duda controlaba su cuerpo, por instinto y antiguo oficio, como una bailarina o una representante de teatro al moverse en escena. Sabía sacar partido a cada movimiento propio, asestar el tiro y encaminarlo. Cada actitud y cada mirada.

—Vuesiñoría e' un uomo singolare, miser Pedro.

Era hebrea, recordó Alatriste. Aunque no lo parecía. Judía de origen español, de los llamados marranos que debieron huir de España desperdigándose por el mundo. Se había echado con mujeres de esa raza en otro tiempo, y las recordaba a todas cálidas, densas de piel y carne. Mórbidas y hechas a complacer. Solían tener ojos tristes, que a veces se tornaban peligrosos. Ojos de venganza. Pero los de Livia Tagliapiera no eran así. Había en ellos una calma serena, distante, hecha de muchos hombres, muchos abrazos y mucha vida, sazonada esta noche por el contraste de curiosidad, la fijeza extraña, nueva, con que ella lo observaba. En su larga vida de soldado y matarife a tanto la estocada, Diego Alatriste no había frecuentado mucho a prostitutas. No, al menos, pagándolas. Era de quienes, incluso entre esa clase de mujeres, podía conseguir su compañía sin soltar un cobre, o casi. Y aun, de proponérselo, habría podido vivir, gastar y raspar a lo morlaco, igual que tantos camaradas, a costa del sudor de una coima. En cualquier caso, su vida soldadesca lo había acostumbrado a la indiferencia general que, en materia de sentimiento, las rameras solían mostrar hacia los hombres, incluso mientras escurrían sus bolsas. Todo ello, en fin, hacía que los grandes ojos almendrados de Livia Tagliapiera lo hicieran sentirse incómodo. A esa mirada atenta no escapaba ni uno de sus gestos o movimientos. Y estaba, además, tan extraña palabra, *singular*, que ella había utilizado hacía sólo un instante. Porque singulares, se dijo tras reflexionar con resignada calma, son las ganas que, muy a pesar mío y dadas las circunstancias, le voy teniendo a esta hembra.

–Cualque día conosco pure vostro vero nombre –dijo ella.

Estuvo a punto de decírselo. Qué más da a estas alturas, pensó por un momento, llamarse Pedro Tovar o Diego Alatriste. Pero se contuvo. Por eso, precisamente. Porque daba lo mismo.

–Quizás –se limitó a asentir–. Algún día.

–¿Sempre ha sido soldato?

–Nunca dije que lo fuera.

Ella sonreía de nuevo. Ahora, sin saber muy bien por qué, Alatriste se sintió torpe. Casi avergonzado. Era absurdo renegar de lo evidente. Si algo sabía aquella mujer, era mirar.

–Desde que tengo memoria –admitió–. O casi.

Lo dijo forzadamente hosco, vuelto alrededor. Sus ojos se posaron en la jarra de vino y los vasos que seguían en la bandeja sobre la mesa. Sintió la tentación de buscar apoyo en eso, pero estrelló el impulso contra el recuerdo de Luzietta desencajada de espanto, el filo de la daga apoyado en su mejilla húmeda. Así que no más por hoy, maldita sangre de Dios, se dijo. Ni una gota. Ni una lágrima.

–Conoscí a soldatos –dijo Livia Tagliapiera–. Ma no'eran come vuesiñoría.

Ahora sí se volvió a mirarla. La imagen de Luzietta había helado sus ojos y afinado el pensamiento. De nuevo era dueño de sí, como siempre. Un guerrero antiguo moviéndose por un paisaje familiar de puro hostil, sin otro peso ni patrimonio que una espada. Tan lejos de casa.

–Yo conocí a mujeres... Tampoco eran como vuestra merced.

De pronto era ella la que parecía desconcertada. Durante un largo instante estudió los ojos fríos de Alatriste como si los viese por primera vez.

–¿Sempre mira cosí, miser Pedro?

–No.

Se sostuvieron la mirada un poco más. Al fin fue ella quien la apartó. No lo había hecho hasta ahora.

–Questo e' riesgoso per tuti –dijo, casi en voz baja–. Benqué quiascuno tenga su motivo.

Se refería a la ciudad, supuso Alatriste. A la arriesgada empresa que los relacionaba.

–Pero una mujer... –aventuró.

La vio erguirse un poco en el diván turco. Un relámpago de orgullo rasgaba la calma de su semblante.

–¿Y veneciana? –apuntó, sarcástica.

–Eso es.

Como sin prestar atención a lo que hacía, casi al descuido, ella se quitó la cofia de encaje, sacudiendo con suavidad la cabeza. El acto derramó sobre sus hombros el cabello negro y espeso. Demasiado negro para ser natural, se dijo Alatriste de nuevo, observando la piel sólo vagamente marchita. De cerca, desprovista a esas horas de ungüentos y afeites, mostraba ligerísimas arrugas en torno a los párpados y las comisuras de la boca. Pero lo cierto es que daba igual. La edad daba a Livia Tagliapiera otra clase de belleza madura y serena. Se requiere toda una vida, concluyó, para ser hermosa así.

–Questa chitá e' afari de familia, rivalitá mercantile, ambizioni... Tuto entorno a lo steso: potere e denaro.

Calló un momento. Y al hablar de nuevo, el tono de su voz se había endurecido.

–E' asunto di squelta –prosiguió–. De elegir... Conosco al dogo Cornari. Conosco al senatore Renier Zeno... Y elijo a Zeno.

–Si no se echa atrás a última hora –apuntó Alatriste.

Sólo era abrir una puerta para ver si ella entraba o no. Sentía curiosidad por ver a dónde iba a parar aquel tono amargo, reciente. O de dónde procedía.

–Tendrá su parola –afirmó, rotunda–. Zeno odia al dogo con tuta l'ánima.

–¿Y vuestra merced?

Era la última pregunta posible. O casi. Alatriste apenas podía ir más allá de ese punto, y lo sabía. No acostumbraba a tal género de parla. Mezclar mujeres y conversación de trabajo era terreno resbaladizo, y los sucesos de aquella noche le daban la razón. Con ellas traía más cuenta decir poco que saber mucho.

–Demasiado riesgo por una apuesta política –añadió, y eso ya era demasiado–. Las mujeres sólo actúan así por amor, o por venganza.

–Vuesiñoría e' un gentiluomo... Olvida el denaro.

Se hizo a un lado en el diván, dejando espacio libre. Lo golpeaba suavemente con una mano, invitando a Alatriste a ocuparlo. Negó éste con la cabeza e insistió ella sin palabras. Sonreía, ahora. Tras una breve vacilación, él se sentó a su lado. Lo hizo tenso y en el borde mismo, procurando no rozar siquiera a la mujer.

–Volio contar una storia, miser Pedro... Una amica d'una amica.

La contó. Con la mirada absorta en un punto indeterminado del espacio, vuelto el rostro hacia uno de los tapices de la pared –una escena bíblica, Judith y Holofernes, dedujo Alatriste–, Livia Tagliapiera refirió la historia de una cortesana de Venecia, bella y joven, que muchos años atrás, en tiempos del dogo Leonardo Dona, tuvo tratos con un joven patricio de la ciudad, futuro senador, hijo del también futuro dogo Giovanni Cornari. Enamorado, el joven Cornari dilapidó en la mujer una auténtica fortuna. Cierta noche, a resultas de una historia de celos y reproches, ella le cerró la puerta de su casa, dando preferencia a otros amantes. Suplicó él un nuevo encuentro, accedió ella al fin, y quedó convenida una cena íntima en Malamocco, entre la laguna y el mar, donde pasarían la noche en la casa de unos conocidos. Salieron de Venecia con varias góndolas de acompañamiento con música y refresco, y una vez allí todo transcurrió como estaba previsto hasta después de la cena, a la que también asistieron amigos del joven patricio. Llevándola a la cama, éste le hizo el amor y luego la forzó a ser violada por media docena de sus amigos. Pero la noche no terminó allí. Después gozaron de ella, de todas las maneras posibles, gondoleros, pescadores, campesinos y criados, mientras Cornari anotaba marcas con un trozo de carbón en la pared. Hubo treinta y una marcas, y las últimas correspondieron a dos frailes del monasterio de San Lorenzo. Al amanecer, la mujer fue devuelta a Venecia en una barca cargada de melones.

Livia Tagliapiera no había dejado un instante de mirar hacia Judith y Holofernes mientras contaba la historia. Al terminar permaneció inmóvil, todavía con el rostro vuelto en esa dirección. Absorta su mirada a mitad de camino.

—Comprendo —murmuró Alatriste.

La cortesana se volvió lentamente hacia él.

—Non so sicura de que comprendáis tuto, ma cotesta e' la storia.

Subió un punto el tono. Más frívolo ahora. La joven cortesana de Malamocco, amiga de una amiga, ya estaba lejos. Junto a Diego Alatriste había una mujer a punto de madurez, rotunda y hermosa. Y sonreía.

–Diremo que tengo amichi piú vichini en un bando que n'altro... Piú con Renier Zeno que con il dogo Cornari.

Le miraba de nuevo los ojos, adivinando su deseo. Aun sin tocarla, él podía advertir la calidez cercana de su carne espléndida.

–Tuto se concita, come vede vuesiñoría.

–Todo –murmuró él.

Ella ensanchó la sonrisa. Después se recostó en el diván, abriendo más la bata. Entonces Alatriste puso las manos en sus caderas y se inclinó despacio sobre ella.

La turbia claridad del día, que se anunciaba tan lloviznoso como los precedentes, me encontró en la calle, envuelto en mi capa y sentado en un mojón de piedra, junto a la desembocadura del canal pícolo en el canal grande. Había allí un pequeño bacareto donde solían reponer fuerzas los barqueros que, desde muy temprano, descargaban en los alrededores de Rialto. Yo había salido a la puerta con un pichel de vino caliente y un cuartillo de pan recién hecho, que mojaba en él como desayuno, buscando que el aire frío me despejara una cabeza demasiado atormentada para reposarla en la almohada. Miraba el tráfico de toda suerte de embarcaciones cargadas con frutas, verduras y leña, escuchaba los gritos de los remeros que se avisaban unos a otros en las maniobras y tragaba bocados calientes del pan desmigado en vino. El ardor de mi riña con el gondolero y la

cólera por el incidente con el capitán Alatriste habían cedido el campo, a esas horas, a una honda melancolía que la
grisura del amanecer y la humedad de los canales no ate-
nuaban en absoluto. De pronto deseaba hallarme lejos de
Venecia, del capitán y de todo cuanto se relacionaba con
lo que allí me retenía. Aquella ciudad, que yo había soñado
en mi entusiasmo inicial fascinante, rica y peligrosa, sólo
se me aparecía ahora en esta última forma: una trampa sombría donde ni siquiera resultaba posible establecer de parte
de quién militaban la virtud y el buen seso. La imagen de
la infeliz Luzietta, espantada, desvalida, rota en llanto, me
atormentaba lo indecible. Yo seguía sin creer del todo en su
traición deliberada. En lo agitado de mis reflexiones, unas
veces protestaba en los adentros, convencido de su inocencia, y otras intentaba disculparla, buscándole ávido toda
clase de peregrinas justificaciones. Lo que juro a vuestras
mercedes, por quien fui, es que si en tal momento hubiera
sido dueño pleno de mis obras, y de no estar unido al capitán Alatriste y a los otros camaradas por compromiso de
lealtad, nación y oficio, habría abandonado Venecia sin vacilar, indiferente al término de la aventura que allí me había
llevado.

Fue entonces cuando creí ver a la muchacha. Miraba yo
hacia la puerta de la casa que daba al canal estrecho, la misma de la pelea, cuando una góndola de dos remos y con el
toldo que en Venecia llaman felze se detuvo ante ella. Estaba a treinta pasos, en la orilla opuesta; pero creí reconocer
a donna Livia Tagliapiera en la mujer que asomó un mo-

mento a la puerta para conversar con los hombres que iban al remo. Luego desapareció en el interior de la casa, y a poco salieron otros dos con aspecto de *bravi* venecianos, rudos de ropa y maneras, que llevaban sujeta entre ellos a una figura más frágil, embozada en capa larga de paño negro con capucha. Subieron a la góndola, apartaron la embarcación los remeros, y ésta pasó por delante de mí sin que yo, que me había levantado con espantosa desazón y estaba al borde mismo del canal, pudiese ver otra cosa que las cortinas abrochadas. Después la góndola salió al canal grande, torció a la izquierda y desapareció en dirección al puente y el fondaco de los Tudescos.

Si se trataba de Luzietta, como así lo creo, ese amanecer la vi por última vez. En los días siguientes los acontecimientos se precipitaron, y tuve cosas más graves en que ocupar la cabeza y el acero. Su nombre sólo volvió a ser pronunciado una vez, tiempo más tarde, entre el capitán Alatriste y yo. Meses después de que hubiese acabado todo, decidí hacer la pregunta a mi antiguo amo. Me contempló un instante en silencio, cual si dudara; no de su respuesta, sino de mis deseos de conocerla. De verdad quieres saberlo, preguntó al fin, casi sorprendido, aunque el tono de su voz no era en absoluto una pregunta. Respondí que sí, que quería. Y que contaba con todo el derecho a saber. Asintió al oír aquello, ecuánime, sin dejar de mirarme con los mismos ojos helados que se clavaron en mí cuando yo tenía el filo de su daga apoyado en la gorja, en casa de Livia Tagliapiera. Se ahorcó, dijo. Con el cordón de su camisa de dormir, aquella misma

noche, en la casa donde la tenían encerrada. Luego inclinó
la cabeza para seguir con lo que estaba haciendo
–rezurcir a la luz de una vela de sebo unas
viejas calzas de lana–. Y yo supe que
acababa de atar, para siempre, mis
remordimientos a los suyos.

VII. EL ARSENAL DE VENECIA

 a mañana del veintidós de diciembre, el capitán Alatriste oyó sin mí la misa de doce. Esta vez se trataba de que los tres cabos españoles se reunieran con don Baltasar Toledo, que estaba muy quebrantado de salud en el convento donde se alojaba. Un asunto, había resultado al fin, de cólicos de riñón y piedras que no expulsaba, que lo tenía en cama con atroces dolores, incapacitado para el servicio. Los frailes de allí eran dominicos, favorables a España y partidarios del senador Zeno. Aunque ignorantes de las implicaciones últimas de la conjura, eso los tenía ganados para nuestra causa; de manera que todo se organizó para que, durante la misa, que estuvo muy concurrida, el capitán, Roque Paredes y Manuel Martinho de Arcada se metieran con disimulo por la sacristía, pasando al

convento contiguo que estaba por la parte del Dorsoduro, en el antiguo edificio de los gesuatos de Siena. Yo, que había acompañado al capitán hasta la puerta de la iglesia, me quedé afuera, pues el cónclave era sólo para jefes, y la tropa nada tenía que mojar en aquella salsa.

Recordarán vuestras mercedes que la misión de Roque Paredes era pegar fuego al barrio hebreo, y la del portugués Martinho de Arcada secundar a don Baltasar Toledo y a Lorenzo Faliero en la toma del palacio ducal; mientras el capitán Alatriste y su grupo, con cinco artificieros suecos –que aún estaban por llegar a Venecia– y amparados por los mercenarios dálmatas del capitán Maffio Sagodino, darían cuenta del Arsenal. La mala salud de Toledo, sin embargo, alteraba los planes, y era preciso replantearse lo tocante a cada cual. De eso trató la reunión, a la que como digo no asistí, pues de la iglesia fui dando un paseo hasta el lugar donde me había citado el capitán para luego, que era la muy próxima punta de la Aduana.

El despacho oficial de mercancías, que abría tempranísimo, ya estaba cerrado a esa hora; y el sitio, tranquilo de gente. Había muchos fardos y toneles apilados en el muelle. La marejadilla hacía golpear los costados de las góndolas y sándalos en las estacas donde se hallaban amarrados. Anduve con mucha libertad, bien abrigado en mi capa, admirando aquella encrucijada de mundos y mares poblada de naves de todas clases y naciones, que con sus velas aferradas se abarloaban tan juntas que casi habría podido pasar por ellas a pie enjuto, salvando la ancha embocadura del canal grande, desde la Aduana a la plaza de San Marcos. Y, aun detestando como detestaba aquella ciudad, y pese al cielo fosco y lluvioso que gravitaba como panza de burra sobre tejados, campaniles y chimeneas, no pude menos que admirar el paisaje de esa Tenochtitlán del mundo viejo, que ante mis ojos se desplegaba con tan soberbia grandeza que ni Sevilla ni Barcelona, ni siquiera Génova o Nápoles, quedaban a su altura, como si allí mismo se contratara la máquina del orbe. Y me dije que ya habríamos querido los españoles, amos del mundo como éramos, contar entre las nuestras una ciudad tan rica y comerciante como aquélla; donde la principal virtud ciudadana, vicios aparte, era el trabajo. Mientras que nuestro esfuerzo y el oro de los galeones se iban en quimeras que nada tenían que ver con el comercio y la prosperidad de los pueblos, sino con la arrogancia, la religión, la holganza y el blasonar de cristianos viejos. Pues nada define mejor la España de mi siglo, y la de todos, que la imagen del hidalgo pobre y miserable, muerto de hambre, que no trabaja porque es rebaje de su condición; y aunque ayuna a diario sale a la calle con espada, dándose aires, y se echa migas de pan en la barba para que sus vecinos piensen que ha comido.

El capitán Alatriste, Roque Paredes y Manuel Martinho de Arcada aparecieron pasadas dos horas, caminando muy tranquilos por el muelle que llaman de los Zátere. Se pararon a mi lado mirando la laguna, la embocadura del canal y la isla

de San Giorgio, y acabaron de comentar entre ellos, aprovechando que no había cerca otros oídos que los míos, algunos
flecos del negocio. Supe de ese modo que los cólicos de riñón
de don Baltasar Toledo se habían complicado con una fluxión
ulcerosa, que la trementina del Tirol que el apotecario del
convento le administraba no hacía efecto, y que don Baltasar
tenía dentro, atravesada en el canal de la orina y sin poder
echarla fuera, una piedra casi del tamaño de un pedernal de
arcabuz. Aparte los terribles dolores, eso le ocasionaba fiebres
muy altas; de manera que no había tenido otra que resignar
el mando, pues era poco probable su mejora en los próximos
días. Delegó el militar, por tanto, en el capitán Alatriste sin
que ni Paredes ni Martinho se opusieran a ello. Más bien,
soldados profesionales como eran, parecían aliviados de que
no les afectara tamaña responsabilidad. Tampoco es que mi
antiguo amo se mostrase feliz con el cambio; pero asumía,
con su habitual fatalismo ante lo inevitable, la parte que le
tocaba. El plan original se mantenía en sus trazos generales,
con la diferencia de que el ataque al Arsenal sería encabeza-
do ahora por Sebastián Copons, a cuyas órdenes quedaba yo
sujeto, mientras que Manuel Martinho de Arcada y sus hombres estarían bajo mando del capitán Alatriste en el golpe de
mano contra el palacio ducal. Por su parte, Roque Paredes
seguía a cargo del incendio de la judería.

—La idea —dijo el capitán— es que nos vayamos reuniendo
pasado mañana al anochecer. Sin llamar la atención.

—Necesitamos un sitio público y discreto a la vez —apuntó
Manuel Martinho, con su acento aceitado de eses lusitanas.

—El puente de los Asesinos, con la taberna y sus dos entradas, es perfecto... ¿Lo conocen vuestras mercedes?

Roque Paredes soltó una carcajada de aliento condensado por el frío. Parecía que fumara.

—No. Mas por vida de Judas que me gusta el nombre.

—Dibujaré un plano, aunque es fácil de encontrar. Acudiremos por pequeños grupos, sin concentrarnos demasiado, para una última revista y advertir novedades antes de que cada cual ande a su puesto.

Callamos todos, pues pasaban cerca unos marineros que se dirigían a una de las naves amarradas en las bricolas próximas al muelle. Hizo luego el capitán un gesto con el mentón, señalando hacia el canal grande y el norte de la ciudad.

—Supongo que vuestra merced —dijo a Paredes— habrá pensado en echar un vistazo a lo suyo.

Rió el otro de nuevo, rascándose la barba negra con los dedos enguantados. Tenía maneras de jabalí amable, decidí; pero ojos vivos y mano fuerte.

—Suponéis bien —confirmó—. Fui ayer, aunque me quedé a este lado del puente... Tengo previsto entrar esta tarde, y no para ver gorros amarillos —en este punto me dedicó una mueca cómplice—. Iré con otro de mis hombres, bajo pretexto de visitar la mancebía de una tal Sara Cordovesa, que dicen habla la lengua de Castilla mejor que yo mismo.

—Tendremos las mojarras mudas, imagino. Y el trasegar moderado.

—Imagináis bien —a Paredes se le enfriaba despacio la sonrisa—. La duda ofende.

Vi que el capitán Alatriste, adelantándose a la intención, hacía un gesto conciliador. Era de oficio áspero y conocía la música: no era cosa de matarse por palabra de más o menos en la punta de la Aduana, en vísperas de lo que iba a caer. Y él era el jefe, ahora. Sabía trajinar con españoles como el que más.

—Que eso se borre, señor soldado... No lo pretendía.

Miraba a Paredes a la cara, franco y firme. Tras un momento añublado, de algún rumiar, el otro desarrugó el semblante.

—No —concluyó—. Supongo que no. A fin de cuentas, ahora tenéis el mando... De cualquier manera, no está de más quitarle el hollín al caño del arcabuz antes de entrar en campaña.

Hizo una pausa y me señaló, amistoso, ya sin rastro de malhumor. Era un buen tipo, concluí, aquel Roque Paredes.

—Según dicen, tampoco vuesamerced y el joven están mal alojados —dijo.

—Hay sitios peores, en efecto —concedió el capitán.

Rieron todos menos yo. Caía ahora una llovizna fina, superficial, que no penetraba el paño de nuestras capas y sombreros. Mirábamos la laguna gris, brumosa en la distancia donde se confundían mar y cielo.

—Lo que me sigue preocupando —comentó Paredes en voz baja— es que aún no tengo las guirnaldas de alquitrán, los mixtos ni las camisas de fuego.

—Llegan esta tarde en una barcaza de leña que viene de Fusina, en tierra firme —respondió el capitán—. Quedará amarrada en el canal de San Jerónimo, junto a la iglesia. A dos pasos del barrio hebreo.

Se sonó el otro con dos dedos, ruidosamente, antes de escupir al canal. Era soldado viejo –había estado en Crevacuore, la toma de Acqui y el sitio de Verrúa con el tercio de Lombardía–, y en asuntos de espada recelaba del mismo sol en la pared.

–Hasta que no toque el fardo con mis manos, no me fío.

–Es natural... ¿Cómo están los vuestros?

–Afanosos por acabar. No es de gusto vivir escondidos, ni salir a la calle con la barba sobre el hombro. Cada día que pasa le roe a uno el estómago... Pero mis golondros tienen la boca cerrada. Duermen, beben, soban la baraja y esperan.

Se volvió el capitán a Manuel Martinho de Arcada.

–¿Y los de vuestra merced?... ¿Cómo los ve?

Hizo un gesto de resignación el portugués.

–Impacientes, también. Esperar desgasta. Aunque ya sabéis que me falta la mitad de la gente.

–Desembarcarán mañana, con los suecos.

–Mejor, porque vendrán relajados. Cada hora aquí acrecienta la sensación de peligro. Da mucha pesadumbre no fiarse de nadie.

–Lo mismo pasa conmigo –dijo Roque Paredes–. Cada bastón de cojo que veo, se me antoja vara de inquisidor.

–Todo llegará pronto.

–Pese a Dios y la grulla, por no decir la Gloria.

–O así.

Asintió Martinho, por su parte, tocándose el agnusdéi de plata que llevaba al pecho, entre los pliegues de la pañosa.

La humedad le derrotaba el mostacho pajizo, acentuando su aspecto melancólico. Triste como buen portugués.

–Sí, voto a Cristo. Todo llega, tarde o temprano... Incluso la muerte.

No era precisamente, como buen lusitano, una bandurria en un bautizo. Su apunte de melancolía encontró desigual acogida. Se miraron Roque Paredes y el capitán Alatriste, risueño éste, mientras el primero hacía disimuladamente, con dos dedos, los cuernos italianos para conjurar malos augurios.

–Mi gente aguanta bien la espera –insistía Martinho–. Saben lo que tienen que hacer, y hemos estudiado un plano del palacio. Todo será que ese Lorenzo Faliero cumpla con lo suyo –volvió a entristecer el sobrescrito, fúnebre–. De lo contrario nos harán pedazos en la puerta misma.

–Pardiez. No harán pedazos a nadie –el capitán abarcó el panorama de la ciudad con un gesto–. Pasado mañana por la noche seremos dueños de todo esto... Amos y señores, por lo menos.

–Y ricos –apuntó Paredes, codicioso.

–Por lo más.

Era difícil establecer si mi antiguo amo hablaba en serio o en broma; aunque yo, que lo cataba como cuchillo de melonero, creí entenderle la mácula. Vi santiguarse a Martinho de Arcada.

–Dios lo permita –dijo.

–Y el diablo –apostilló el capitán Alatriste–. Pongamos, por precaución, otra vela al diablo.

–Amén –rió Roque Paredes.

Se volvió a mí el capitán. De pronto mostraba buen humor –aquel humor a veces negro y desesperado que era el suyo–, y me sorprendió verlo de ese talante, pues apenas hacía media hora que acababan de echar sobre sus hombros mucha responsabilidad. Pero al instante intuí, o supe, que de eso se trataba: mostrar despego y confianza como cuando bromeas antes de respirar hondo, apretar los dientes y correr al asalto de una trinchera enemiga. Hizo ademán de alzar la mano y golpearme amistosamente un hombro; pero yo, que andaba escocido por lo de Luzietta y la daga en mi gola, esquivé el movimiento. Me miró fijo, el aire pensativo.

–En cuanto al joven señor Balboa –dijo a los otros–, sigue afecto al grupo del tarazanal; pero hasta que llegue el momento será nuestro batidor. Mantendrá enlace con todos, transmitiendo novedades.

Me seguía observando, sereno. Bajo el capelo de ala corta, la llovizna le salpicaba el rostro de gotitas minúsculas.

–¿Alguna cuestión, Íñigo?

Sacudí la cabeza y miré el agua turbia del canal.

–Ninguna.

Se volvió a los otros.

–Atengámonos entonces a lo dicho. Si no hay contraorden, pasado mañana al anochecer nos vemos en el puente de los Asesinos, dispuestos a darle una mala cena al dogo... Todos armados bajo las capas, y listos para que Dios o el diablo nos lleven.

–Amén –repitió Roque Paredes.

Saavedra Fajardo tenía prisa. Cubierto con capa y sombrero de piel negros, bajó de la góndola provista de toldo y subió por la rampa inclinada del escuero, poniendo mucha atención a no resbalar en el verdín húmedo de mareas y de lluvia. Cuando llegó hasta nosotros, resoplando de frío bajo el embozo, me echó un vistazo inquisitivo.

–Es mi enlace –dijo el capitán Alatriste–. Ya os hablé de él.

Asintió el secretario de la embajada de Roma y miró alrededor, con esa manera de asegurarse ante eventuales ojos y oídos indiscretos que en Venecia no era sino hábito común y saludable. El escuero –por ese nombre se conocían allí los astilleros de embarcaciones pequeñas, que se daban por docenas– estaba muy próximo al muelle de los Zátere, orillado a un canal ancho que comunicaba el canal grande con el de la Giudecca. Sobre los cobertizos de madera que albergaban los talleres y almacenes alcanzábamos a ver, contiguo, el frontón triangular de la iglesia de San Trovaso.

–¿Alguna novedad? –quiso saber Saavedra Fajardo.

–Las que traiga vuestra merced.

Caminamos entre las góndolas y los sándalos desarmados y puestos en seco. Olía a humedad, a madera y a pez de calafate. Apenas nos vio asomar, el propietario del astillero pasó entre la media docena de artesanos que trabajaban con gubias y garlopas, se descubrió con mucho respeto y nos condujo a un cobertizo contiguo donde no había nadie, y que servía de almacén para los hierros, los remos y las fórcolas, dejándonos solos. Hacía allí tanto frío como afuera, así que seguimos todos envueltos hasta los ojos en nuestras capas y sombreros, como los conspiradores que, por otra parte, éramos.

—Se confirman las nuevas disposiciones. Seguís al mando.

Golpearon en el marco de la puerta del cobertizo, pidiendo permiso, y el responsable del astillero asomó un momento la cabeza, cambió unas palabras en voz baja con Saavedra Fajardo y desapareció de nuevo. Al momento entró en el almacén un nuevo personaje. Se trataba de un hombre de edad mediana, bajo de estatura, de hombros anchos y manos rudas, que vestía el sayo de loneta encerada que solían llevar los pescadores de la laguna, abierto sobre una almilla de cuero de la que asomaba el mango de hueso de un cuchillo. Bajo la gorra de lana, al quitársela, apareció un pelo negro y crespo, unas cejas de dos dedos de espesura y unas patillas prolongadas, casi feroces, que se le derramaban en la cara, junto a las comisuras de la boca.

—Éste es Paoluccio Malombra —lo presentó el secretario de embajada—. Más conocido por *parón* Paoluccio... Su profesión, contrabandista.

—¿De qué? —quiso saber el capitán.

—Últimamente, carne de cerdo y sal. Las tasas que gravan esas mercancías son demasiado altas en Venecia. Y como no hay murallas, el contrabando se trae de tierra firme, oculto en barcas... Paoluccio lleva toda la vida en el negocio: carne, vino, aceite... Lo que se tercie, según la época. Conoce la laguna como nadie.

Asentía el otro cual si entendiese cuanto decíamos, aunque Saavedra Fajardo hablaba en parla castellana. Lo estudié de arriba abajo y no me pareció nada limpio. Tenía las uñas caireladas de mugre y hedía a salume de pescado: mojama, atún seco, sardinas en salmuera. Algo de eso o todo a la vez, deduje. Su último cargamento clandestino.

–Este amigo –explicó el diplomático– es el pasavante de vuestras mercedes. Si algo saliera mal, se encargaría de ponerlos en cobro.

Mirábamos el capitán Alatriste y yo al interesado, repasándole hasta el blanco de los ojos. Consciente de ello, el otro se dejaba hacer, flemático. Por su oficio parecía hecho a que lo mirasen con prevención.

–Hombre de fiar, supongo –concluyó el capitán.

–Absolutamente. No sería la primera vez que saca de Venecia a individuos con necesidad urgente de emprender viaje. Y sus tarifas no son baratas, dadas las circunstancias.

El tal Paoluccio Malombra continuaba mirándonos plácidamente, sin abrir la boca. De vez en cuando volvía a asentir a lo que escuchaba.

–¿Es mudo? –aventuró el capitán.

Sonaba a sarcasmo; pero, ante mi sorpresa, Saavedra Fajardo asintió, muy serio.

–Se da la circunstancia de que sí. Mudo de nacimiento, aunque sabe hacerse entender perfectamente –en este punto dirigió una mirada incómoda al mango del cuchillo que asomaba bajo el sayo del contrabandista–. Para quienes contratan sus servicios, esa mudez resulta una ventaja adicional.

Caminamos entre las góndolas y los sándalos desarmados y puestos en seco.

–Me hago cargo –dijo el capitán.

Miramos a Paoluccio Malombra con renovado interés. Ahora sonreía, equívocamente bonachón, mostrando una dentadura gris de la que faltaban varias piezas. No me gustaría, pensé de pronto, encontrarme de noche en mitad de la laguna en compañía de aquella sonrisa, debiéndole dinero a su propietario.

–Damos por supuesto –estaba diciendo Saavedra Fajardo– que todo el negocio saldrá a pedir de boca... Pero en caso de hacerse imprescindible un viaje por mar, Paoluccio tiene fijado el punto de reunión en este mismo escuero. Estará aquí a la espera, desde el anochecer del día veinticuatro hasta las dos de la madrugada siguiente.

–¿Qué embarcación? –quiso saber el capitán.

–Una adecuada, capaz de llevar hasta diez pasajeros. Las llaman bragozos... Son típicas de pescadores, con remos y dos velas al tercio.

Mi antiguo amo contrajo el gesto. Después se pasó dos dedos por el mostacho, miró al contrabandista –los ojos negros y vivos de Paoluccio Malombra iban de uno a otro, siguiendo atentos la conversación– y se encaró con el secretario de embajada.

–Son más de diez hombres los que, llegado el caso, deberán salir de Venecia... ¿Tan pocos supervivientes esperáis, en caso de problemas?

Alzó una mano el funcionario, apresurándose a deshacer el equívoco. No se trataba de eso, dijo. Para los demás había dispuesto algo similar en otros lugares de la ciudad. Cada grupo tenía su sitio específico.

–San Trovaso es el de vuestra merced y la gente del palacio ducal –precisó–. El otro es la punta de la Celestia, para quienes se ocupen del Arsenal y el barrio judío.

Sin apartar sus ojos del capitán, Paoluccio Malombra había ido asintiendo al oír cada nombre, confirmando la exactitud del asunto. Al fin, parsimonioso, empezó a hurgarse la nariz con una de sus uñas negras como el pecado. Por mi parte, mientras escuchaba, pensé que a efectos de salud propia yo debía buscar sin tardanza la punta de la Celestia en el plano de la ciudad que el capitán tenía en su cuarto, y también dedicar un rato a explorar el camino que iba del Arsenal hasta allí. Si algo salía mal, el mismo camino tendría que hacerlo a boca de sorna y a toda prisa, con media ciudad a las calcas, o con la ciudad entera. Sin ocasión de preguntar ni tiempo para fijarme.

–Si algo se torciera –resumía el funcionario– cada grupo deberá dirigirse a su punto de embarque. Paoluccio y sus hombres los llevarán a la isla de la que hablamos el otro día... San Ariano está al otro lado de la laguna, como dije. Próxima a la boca del mar abierto. Allí serán recogidos por una embarcación mayor.

–¿Cuándo? –quiso saber el capitán Alatriste.

–Eso ya no depende de mí. En cuanto sea posible, imagino.

El capitán y yo cambiamos una mirada profesional, pues los dos estábamos pensando lo mismo. Si llegábamos allí lo haríamos perseguidos, con las tropas leales a la Serenísima batiendo la laguna en nuestra busca.

–¿Qué clase de lugar es?... ¿Tiene posibilidades de defensa?

Nos miró Saavedra Fajardo como si le hubieran preguntado por el lado oculto de la luna. Defensa de qué, parecía interrogarse. Al fin cayó en ello.

–No muchas –admitió–. El sitio procura más lo discreto que otra cosa... Me dicen que es un islote disimulado entre otros, con canales poco accesibles. Tiene la ventaja de un pequeño manantial de agua potable. También quedan algunas ruinas de un monasterio abandonado hace doscientos años... Se lo conoce como isla de los Esqueletos.

Miramos a Paoluccio Malombra, que había dejado la nariz en paz y sonreía de nuevo con su boca grisácea y mellada: una sonrisa ancha, de patilla a patilla. El capitán volvió a tocarse el mostacho, pensativo.

–Cuerpo de Dios... Vaya nombre tranquilizador.

Saavedra Fajardo aclaró que el lugar sí lo era. Tranquilo, quería decir. Venecia lo utilizaba como osario desde que los cementerios empezaron a llenarse demasiado. Eso lo convertía en lugar de pocas visitas. En verano estaba infestado de serpientes, pero con el frío no había que preocuparse de ellas.

–Confiemos de todas formas –zanjó– en que ni San Ariano ni los servicios de Paoluccio sean necesarios.

–Confiemos.

Gesticuló entonces el contrabandista con mucho mover de manos y miradas elocuentes que fueron de uno a otro. Al cabo se indicó el pecho y remedó el gesto elocuente de marcharse, tras lo cual entrelazó los dedos y se nos quedó mirando con la misma placidez que antes.

–Quiere dejar claro –tradujo Saavedra Fajardo– que él y sus hombres no esperarán más de lo convenido... Si hay rebato, con pasajeros o sin ellos, las barcas se harán a la vela. A las dos de la madrugada, el día de Navidad.

El jueves veintitrés, el frío se hizo más intenso. Sobre el agua cenicienta de la laguna, el viento del norte trajo un agua-nieve blanquecina que no llegó a cuajar en el suelo, pero cuya humedad penetraba más adentro que en días anteriores. Y juro a tal que lo sentí a mi costa cuando en compañía de Sebastián Copons fui al canal de los Mendicantes, que se interna en la ciudad desde los muelles nuevos del nordeste. El aire frío de los Alpes corría libremente por el canal, haciéndome tiritar incluso al resguardo de la escuela de San Marcos, donde nos detuvimos junto al bronce impresionante del condotiero Bartolomeo Coleone. Era temprano. A esa hora el lugar hervía de marineros, pescadores y campesinos con capas marrones y zuecos, que descargaban, entre la plaza y los muelles nuevos, numerosas barcazas que traían productos de tierra firme y pasajeros de Marguera, Fusina, Treviso y Mestre. En una de ellas, de las que allí llaman batelos grandes, cargada de leña, venían pasajeros de nuestro interés: cinco artificieros suecos que debían ayudarnos en el incendio del Arsenal y cuatro soldados españoles que faltaban para completar el grupo que asaltaría el palacio ducal.

–Adivina quiénes son –me dijo Sebastián Copons.

No había que romperse los ojos. Entre la gente que iba y venía por el muelle de los Mendicantes distinguí con facilidad a cinco hombres de barbas y bigotes rubios, tan sueltos y desabrigados como si estuvieran en Corfú. Iban en ropa de marineros con los habituales sacos de lona al hombro, y caminaban seguidos a poca distancia por otros cuatro individuos bajitos, recios, morenos y patilludos, de andar valentón, que con sus alforjas al hombro y la bota de vino al cinto pregonaban a media legua al mílite disfrazado con ropa civil. Y mientras los rubios avanzaban impasibles, prudentes, mirando al vacío como si no estuvieran allí, los cuatro morenos lanzaban ojeadas curiosas alrededor, observándolo todo con mucho interés. En especial a las mujeres.

–Cagüendiela –murmuró Copons–. Sólo les falta un cartel colgado al pecho con el nombre de su tercio.

–Tercio de Lombardía –confirmé yo, que por la cercanía al capitán Alatriste estaba al tanto de los detalles.

–Hay que joderse... Mala pascua les dé Dios.

Vimos en ésas a Manuel Martinho de Arcada, vestido con trazas de mercader, aparecer entre la gente, el aire tan melancólico como solía. Al pasar junto a los españoles debió de hacerles una seña de inteligencia o ser reconocido por éstos, pues los cuatro le fueron detrás, siguiéndolo a pocos pasos, hasta que los perdimos de vista detrás de la iglesia de San Zanipolo, camino de sus propios asuntos. Nuestros mercenarios suecos, entretanto, habían ido hasta la estatua del Coleone, según las instrucciones recibidas, y tras detenerse un momento siguieron camino por la orilla del canal hasta el puente de madera alquitranada que llaman de las Carnicerías. Allí se detuvieron de nuevo hasta que Copons y yo, que íbamos a su zaga con disimulo, atentos a que nadie les pisara la huella –antes lo habíamos comprobado a nuestra espalda–, pasamos junto a ellos. Dijo entonces mi compañero sin detenerse la seña prevista, que era *Manzanares y Atocha*, respondió uno de los suecos con un gutural *Amberes y Ostende*, y a partir de ese momento fueron ellos quienes nos siguieron a nosotros un par de calles más allá, hasta el soportal de la posada de los Tre Fradei, donde estaba previsto que se alojaran. Y tras cambiar un rápido y furtivo apretón de manos con el que nos pareció cabo del grupo –un tipo grande con ojos muy claros y barba de pirata vikingo, que me trituró la diestra al estrecharla, el hideputa–, nos fuimos a nuestros asuntos sin cambiar más palabras, y ellos se quedaron ocupados con los suyos.

La siguiente cita de aquella mañana la tuvimos Sebastián Copons y yo frente al Arsenal, una hora más tarde. Era este poderoso recinto el orgullo de la ciudad, como saben vuestras mercedes; y databa de antiguo la costumbre asombrosa –en lo que conozco, original y primera en el mundo– de abrir sus puertas cada víspera de Nochebuena a la visita de público curioso, de Venecia o forastero, que podía así admirar aquella famosa maravilla de la construcción naval, recorriendo la parte que era posible mostrar sin descubrir secretos graves de la República. La mitad del precio de entrada –que consistía en la nada desdeñable cantidad de un bezzo de plata por persona– se destinaba por costumbre a los operarios del tarazanal y sus familias, a modo de aguinaldo navideño. Y era ordinario, según nos dijeron, que cada año se hiciese una buena colecta.

Lo cierto es que el mucho frío y el chirimiri de aguanieve no arredraban a los visitantes, pues desde primera hora había en la verja buena copia de curiosos con umbrelas, capotes encerados y capas de piel, en su mayor parte viajeros y gente ociosa que disfrutaba la oportunidad. Imagino que entre ellos, y con intenciones no diferentes a las nuestras, habría ojos clandestinos de varias naciones, otomanos incluidos. Y aunque, como dije, el trayecto que se permitía hacer era reducido, en embarcaciones a remo y circunscrito casi todo a la parte vieja del tarazanal, siempre había ocasión de echar un vistazo más allá cuando se pasaba bajo los puentes levadizos y por los canales interiores, espiando la zona donde se construían, armaban, despalmaban y reparaban las famosas galeras de la Serenísima; que con tanto orgullo y desmedida soberbia, pese a España y al Turco, seguían paseando el león de San Marcos por el Adriático y las aguas de Levante.

Habíamos estudiado el plano del lugar que nos había hecho llegar el capitán Maffio Sagodino; pero convenía explorarlo en serio, pues al día siguiente íbamos a entrar en él por la noche, de romanía y sin tiempo para establecer orientaciones o referencias. De manera que, tras reunirnos en el puente levadizo y hacer turno como cuantos esperaban –entre ellos había no pocas mujeres y algunos niños–, cruzamos el pórtico de la entrada, pagamos nuestro medio sueldo de plata cada uno y embarcamos por grupos en caorlinas grandes, a remo y con bancos. Yo me instalé en la que correspondió, sentado entre el moro Gurriato y Jorge Quartanet, y en el banco de atrás se acomodaron Manuel Pimienta y Pedro Jaqueta. Aunque lo intentaron, ni Sebastián Copons ni Juan Zenarruzabeitia pudieron subir con nosotros, de manera que lo hicieron en otra embarcación. Remaban en la nuestra seis marineros del tarazanal, y completaban el pasaje dos ingleses con pinta de mercaderes, un padre de familia veneciano con un niño de diez o doce años, y una pareja que, a lo que entendí, estaba formada por un comerciante de Pisa, regordete y de cierta edad, y una joven de buen ver aunque ordinaria de maneras, daifa local sin duda, que se cubría con lujoso manto nuevo de piel de marta y esquivaba nuestras miradas con muchos melindres. Observando al acompañante me pareció de ésos que llegan a la presunta doncella gallardos de bolsa y gordos como los atunes, y luego que desovan tornan a las aguas propias flacos y de escaso provecho.

–Qué bonito es el amor –oí susurrar a mi espalda a Manuel Pimienta, guasón como solía.

–Cuando se quiere de veras –apostilló su compadre Jaqueta, encarando con mucha desvergüenza al pisano, que lo miraba zaíno.

Es el caso que bogó nuestra embarcación por el ancho canal interior del tarazanal viejo, y admiramos a la izquierda, protegidas del clima bajo espaciosas cubiertas de madera y teja, una larga sucesión de naves de pequeño porte a medio construir en sus gradas, con toda clase de maderas, hierros y materiales muy bien dispuestos y en orden. A la derecha, grandes cobertizos puestos sobre arcos y pilastras albergaban los almacenes de vela, jarcia y gúmenas para las naves; y algo más allá, entre dos canales que comunicaban con el espejo de agua del tarazanal nuevo, otro vasto cobertizo con unas grandes puertas abiertas permitía ver la espléndida embarcación llamada *Bucintoro*, galera de alto bordo y riquísima fábrica que usaba el dogo en sus actos oficiales. Tomamos nota de ello, pues esa nave era uno de los objetivos para el día siguiente; y pusimos más atención cuando nuestra caorlina pasó bajo un puente levadizo y se adentró un poco en la parte nueva del recinto; donde, pese a que la mayor parte de las embarcaciones estaba en los cobertizos, el espectáculo era asombroso. Una con otra, borda con borda, lo mismo en el agua que puestas en seco o tumbadas sobre una banda para despalmarse, había al menos un centenar de embarcaciones de gran porte: naves de aparejo redondo, galeazas y las famosas galeras venecianas. Muchas de éstas, que como las nuestras desarmaban durante la invernada, estaban sin palos, con todo el acastillaje en tierra; y había pilas enormes de madera cortada en todas las formas y tamaños requeridos por el ingenio naval, lista para ser ensamblada, en aquel arsenal prodigioso donde era fama, exagerada sin duda, que podía construirse una galera en sólo veinticuatro horas.

–Cul de Sant Arnau –murmuró Jorge Quartanet en su parla catalana.

No dije nada, aunque estaba admirado y pensaba lo mismo. Me limité a cambiar una mirada con el moro Gurriato, que contemplaba todo aquello con la boca abierta. Luego intenté grabármelo bien en la memoria. A un lado de esa dársena se abría otro canal ancho, por el que se advertían más galeras en construcción; pero esa parte no pudimos espiarla bien, pues nuestra caorlina tomó a la derecha, desembarcándonos en un muellecito contiguo al lugar donde se refinaba la pez de calafatear. Partía de allí un paseo de tierra en ángulo recto que discurría entre edificios de dos plantas destinados a talleres de cordelería. El recorrido estaba flanqueado por centenares de hierros de áncoras, culebrinas y cañones ordenadamente puestos uno junto al otro hasta perderse a lo lejos.

Echamos pie a tierra, como digo, y anduvimos por ese paseo entre otros visitantes, admirados de cuanto veíamos y espantados, cada cual para su coleto, del propósito que allí nos llevaba; sobre todo cuando dirigíamos la vista a los edificios que había al final del camino de tierra, donde sabíamos se guardaban tres mil barriles de pólvora. La sola idea de pegar fuego a tan inmenso poderío bastaba para que vacilase la serenidad del más calmo y arriscado entre nosotros. Que una cosa era hacer proyectos sobre un plano dibujado, y otra advertir con propios ojos lo desaforado de la empresa. El

Arsenal de Venecia parecía invulnerable al hierro, al fuego y a cualquier otra intención.

–Quienes nos han mandado aquí están locos –oí decir en voz baja a Pedro Jaqueta.

–Por el vino que vi alzar, señor compadre, que los locos somos nosotros –respondió Manuel Pimienta en otro susurro.

–Y que lo diga voacé... Menudo hueso.

–Ohú. Ni que lo pesen a oro.

–Mejor me vería en las mazmorras de Tetuán.

–Digo. Y no digo más.

Miré a los andaluces con gesto censor, en plan rellánense que todo saldrá a cuajo, dando a entender que charlaban más de la cuenta; pero mi mocedad no les infundió ningún respeto, e incluso Pimienta puso mal semblante.

–¿Algún problema, caballerete?

–No tengamos aquí voces –sugerí.

–Afeitaos antes el bozo, pardiós.

Rieron los dos caimanes por lo bajo, con meridional rechifla. En otras circunstancias, la guasa y el destemplado comentario sobre lo que me afeitaba o dejaba de afeitar habría dado lugar a tomarnos de más graves palabras. Tenía hígados para devolvérselas en plan mala sea vuestra hora y el badajo que la toque, añadiendo un palmo de acero en el mondongo; pero junto al capitán Alatriste había aprendido a distinguir el momento de cada cosa, como en la vida militar el ejercicio de la paciencia, virtud principal del soldado. Navidad no era tiempo de empanadas de Cuaresma; y no tuve otra que morderme la lengua y encajar el desaire.

Naturalmente, Pimienta y Jaqueta no se dieron por avisados y siguieron cuchicheando todo el rato sin que yo, como digo, tuviese autoridad ni ganas de alzarme a mayores. Por su parte, Jorge Quartanet, que caminaba a mi lado, movía la cabeza con mucha gravedad, admirándolo todo.

—Cul de Deu y de la meua mare —insistió, al fin—. Ni las drasanas de Barcelona.

Que, en boca de catalán, era mucho decir. Por mi parte, me volví al moro Gurriato. El mogataz iba envuelto en su capa azul de paño grueso con capucha, pero el frío le amorataba los labios. Interpretó mi ojeada y respondió con media sonrisa pensativa.

—*Effed*. Una cosa será entrar, si entramos... Otra será salir.

Concluida la visita, nos condujeron hasta un portillo próximo a uno de los torreones de la entrada, cerca del puente levadizo y en la orilla opuesta al pórtico principal. Allí tuvimos que detenernos un rato porque habían alzado aquél para dejar paso a un barco que entraba remolcado por lanchas a remo. En la espera se unió a nosotros el grupo donde venían Sebastián Copons y Juan Zenarruzabeitia, y mezclados con la demás gente nos quedamos por el muelle.

—Si fuego pegas, pues, y por grande nada matas —dijo el vizcaíno—. O así.

Miré en torno, suspicaz; aunque por el habla trabucada de mi paisano era difícil que alguien sino yo le entendiese la parla. Había junto a la puerta algunos dálmatas de guardia armados con alabardas, y entre ellos reconocí a uno de los dos hombres que habían estado con el capitán Alatriste y don

Baltasar Toledo en la taberna del puente de los Asesinos: el
capitán Maffio Sagodino. Vestía coleto de cuero grueso, ca-
potillo tudesco, gola de acero por estar de guardia y gorro
de piel con una pluma verde. Y no sé si él me reconoció a mí
o estaba prevenido de nuestra visita; mas lo cierto es que nos
asestó los ojos cuando estuvimos cerca y no los retiró durante buen rato. Disimuladamente dije a Copons qué pie
calzaba el individuo, y éste le dirigió una mirada que Sagodino pareció advertir, pues apartó la suya para observar de
soslayo a sus hombres y luego nos miró de nuevo.

—Ridiela —murmuró el aragonés—. Gentil pinta de bellacón
tiene el paisano, con toda su barba... ¿Y es de fiar?

—Eso dicen. Mientras cobre.

—Cagüenlostia.

No hubo otros gestos ni miradas, y eso fue todo. Bajaron
el puente levadizo y cruzamos camino de la taberna más
próxima para quitarnos el frío. Cuando pasábamos junto a
la entrada principal, observé a la gente que seguía haciendo
grupo para la visita y me volví al moro Gurriato, formulando la pregunta que no le había hecho en el tarazanal.

—¿Crees que saldremos si entramos ahí, moro?

Se encogió de hombros el mogataz.

—*Uar esinegh* —dijo—. No lo sé.

Luego anduvo unos pasos antes de añadir, indiferente, muy
a su manera:

—Pero hay un dicho en mi lengua: *Qua benadhem itmeta,
qua zamgarz zechemez.*

—¿Y qué significa eso?

Encogió los hombros otra vez. El gris de la laguna
cercana se reflejaba en sus ojos, bajo la sombra
de la capucha mojada de aguanieve.
–Toda mujer engaña –tradujo–.
Y todo hombre muere.

VIII. PESE A QUIEN PESE

l veinticuatro de diciembre, Venecia ama-
neció tapizada de blanco. Había nevado
desde primera hora de la noche, cuajando
en los muelles, las calles y los tejados de las
casas. Cuando Diego Alatriste salió a la
calle, embozado en su capa de paño pardo
y con el sombrero de castor metido hasta las cejas, no sopla-
ba viento. Del cielo fosco y gris caían copos de nieve, y las
góndolas amarradas en los canales estaban inmóviles en el
agua quieta, cubiertas por una capa blanca.

Por suerte no había hielo, y pudo caminar sin riesgo de
resbalones por el suelo todavía inmaculado, que crujía bajo
sus botas. Anduvo así cruzando puentes y soportales, por la
Mercería hasta la iglesia de San Zulian; y de allí fue a la calle
de los Espaderos, donde se detuvo frente a un taller que tenía

algunas piezas de muestra colgadas en la puerta: espadas, terciados y dagas de buen aspecto pero escasa calidad, según comprobó al primer vistazo. Nada que ver con los buenos aceros de Toledo, Bilbao, Solingen o Milán. Luego curioseó por algunas tiendas más, pensando que Gualterio Malatesta demostraba un turbio sentido del humor al citarlo en aquel sitio.

Lo vio llegar al poco rato, esquivando transeúntes por la calle nevada. Flaco, vestido de negro de arriba abajo como solía. Con la capa y el sombrero salpicados de copos de nieve.

—El señor Pedro Tovar, creo —saludó burlón.

Se había detenido junto a él, mirando con prevención las muestras del espadero. Tocó algunas, y hasta golpeó la guarnición de una daga de vela con la uña del dedo índice, haciéndola sonar, dubitativo.

—¿Qué hay de vuestra mercancía? —preguntó—. ¿Sigue retenida en la Aduana del mar?

—Me la entregaron ayer.

Crujió la risa seca del sicario.

—Que me place... Así podréis elegir buen hierro para esta noche —señaló despectivo las piezas expuestas en la tienda—. No como esta basura.

Se apartaron de allí, caminando calle abajo. Era estrecha y los obligaba a ir hombro con hombro.

—¿Cómo anda el rapaz? —quiso saber Malatesta.

—Bien. A lo suyo.

—Decidle de mi parte que le deseo suerte, en lo que toque.

–Se lo diré.

Llegados a una esquina, señaló el italiano a mano izquierda.

–¿Os apetece un vaso de vino?... Conozco un buen sitio aquí al lado, en la calle de los Espejeros.

Torció Alatriste el mostacho.

–Por qué no.

Había innumerables espejos de toda clase y tamaño, expuestos bajo los toldos de lona de las tiendas. Al paso, sus reflejos multiplicaron hasta el infinito la imagen de docenas de Alatristes y Malatestas caminando unos junto a otros, cual buenos camaradas.

–Ironías del azogue –comentó Malatesta, advirtiéndolo.

Parecía complacerse lo indecible con todo aquello. Entraron en la taberna sacudiendo las capas, sin descubrirse. El lugar era angosto: apenas un mostrador de madera de pino ennegrecida de mugre. Del techo, sujetos con cordeles a las vigas de madera, pendían hinchados odres de vino.

–¿Caliente o frío? –preguntó Malatesta mientras se quitaba los guantes.

–Frío.

–Tenéis razón. El caliente se sube, y hoy conviene tener la cabeza serena.

Pidió el sicario una frasca con vino del tiempo y dos cubiletes, se sirvió el suyo y bebió un largo trago sin protocolos, brindis ni razones. Diego Alatriste llenó su vaso y mojó apenas el mostacho. Era un buen cáramo, comprobó. Ligero y vagamente dulce, más levantino que de allí arriba. Bebió otro sorbo. Acodado en el mostrador, con el pomo de la espada asomándole entre la capa –Alatriste sólo llevaba la acostumbrada daga al cinto–, Malatesta miraba los pellejos de vino, complacido.

–Me recuerda la venta de don Quijote –comentó–: *Yo sé que todo lo de esta casa es encantamiento...* ¿Sigue vuestra merced leyendo libros?

–¿Y vos?

De nuevo el crujido seco. Malatesta reía entre dientes.

–No tuve mucha ocasión de lecturas, en los últimos tiempos.

–Ya me figuro.

–Sí. Supongo que os lo figuráis.

Hizo ademán el sicario de tentarse la bolsa y no hallarla; demorándose tanto en ello que Alatriste metió mano en su propia faltriquera y puso dos bagatines dobles sobre el mostrador.

–Vayamos a lo nuestro –dijo, apurando el vino.

Acabó también su vaso Malatesta. Era la primera vez, pensó Alatriste, que bebían juntos. Y sin duda la última.

–Vayamos.

Se trataba de hacer una descubierta por la iglesia de San Marcos, la plaza y el palacio ducal, a fin de prevenir los sucesos que allí tendrían lugar por la noche. Caminaron en silencio, saliendo a la Canónica y al primer ensanchamiento de la plaza, donde se alzaba la fachada septentrional de San Marcos. Junto al brocal del aljibe que había en el centro, antes de llegar a los leones de melenas encanecidas de nieve que flanqueaban el paso a la plaza grande, Malatesta señaló un portillo situado a la izquierda, entre la iglesia y el edificio adosado a ésta, más allá del arco de la puerta norte. El portillo estaba al extremo de un callejón estrecho y corto, cerrado por una verja de hierro.

–Por ahí entraremos el cura uscoque y yo.

–¿Estará abierto?

–No. Pero tengo las llaves... En cuanto al uscoque, irá vestido de cura, como corresponde –Malatesta indicó un callejón al otro lado de la placita–. Yo me habré aliñado de ropa allí, poniéndome la gola, el sombrero con pluma verde y la banda de oficial de la guardia ducal... No es gran cosa, pero bastará para ganar tiempo si hay algún centinela cerca. Una vez dentro, en diez pasos llegaré hasta el vigilante de la puerta que conduce al altar mayor y le rebanaré el pescuezo, dándole vía libre al cura... Venid. Vamos por aquel lado, que os muestre el lugar desde dentro.

Lo había referido todo con impecable calma. En otro hombre, Alatriste habría tomado aquello por bravuconada. Pero Gualterio Malatesta no era otro hombre.

–¿Y vuestra fuga?

Compuso el siciliano una mueca irónica. La mirada negra y peligrosa recorría la plaza, fijándose en cada detalle.

–¿Si sale bien, o si sale mal?

–En ambos casos.

–Si sale mal tomaré las de Villadiego, como decís los españoles. Si sale bien, cuando el cura actúe ya estaré fuera. Con mucha prisa pasaré por aquí mismo e iré al palacio ducal para ver cómo van las cosas... Con suerte, a tiempo de meter mano en algún cofre bien provisto.

Sin dejar de caminar habían llegado a la extensa plaza, tapizada de la nieve que seguía cayendo. Había mucha gente que iba de un lado a otro, tapada hasta la nariz, y los barcos amarrados más allá de las dos columnas mostraban la jarcia, las vergas y las cofas de los palos ribeteados de blanco. Algunos mozalbetes hacían bolas de nieve para arrojárselas entre sí, en los soportales de las Procuradurías.

—En cuanto a vuestra merced —siguió diciendo Malatesta—, supongo que se reunirá con el grupo de asalto ahí, en la puerta principal del palacio.

—Suponéis bien. Ese pariente vuestro, el capitán Faliero, debe franquearnos la entrada con sus tudescos.

—¿Y luego?... Comprended mi curiosidad.

Alatriste indicó la basílica.

—Faliero vendrá con algunos de los suyos. Bajo pretexto de restablecer el orden, retendrá a los senadores contrarios a Riniero Zeno... Después escoltará al resto hasta el palacio ducal, donde estaré cubriendo con mi gente, y con la que Faliero me deje, la escalinata grande y el camino a la sala del Consejo... Allí proclamarán a Zeno nuevo dogo.

Habían entrado en San Marcos, cruzando el atrio de columnas donde el espléndido mosaico del piso rivalizaba en riqueza con las pinturas y dorados del techo. Unas y otros se prolongaban por los arcos y bóvedas del interior, que relucían en la penumbra por efecto de las velas encendidas.

Había pocos feligreses –algunas mujeres cubiertas con mantos y hombres arrodillados oraban ante las capillas laterales–, y el sonido de los pasos resonó en el recinto, multiplicándose por las oquedades y estancias de la basílica. Olía a incienso y a cera.

–No está mal, ¿verdad? –comentó Malatesta.

Diego Alatriste contempló fríamente aquella fantasía oriental enriquecida con mármoles y relieves, botín acumulado de siglos de poder, conquistas y dinero. Él no era hombre a quien la belleza de una iglesia o un palacio deslumbrasen más que las formas de una mujer hermosa; en realidad lo impresionaban mucho menos que eso. No era el suyo un mundo de dorados ni pinturas multicolores, sino de tonos grises y pardos, hecho de la niebla incierta de un amanecer y del áspero roce del cuero de un coleto acuchillado. Durante la mayor parte de su existencia había visto arder riquezas, obras de arte, tapices, muebles, libros y vidas. También había matado y visto morir lo suficiente para saber que el fuego, el hierro y el tiempo lo destruían todo tarde o temprano, y que obras con ambición de eternidad se venían abajo en un instante, derribadas por los males del mundo y los desastres de la guerra. Por eso la riqueza de San Marcos no lo conmovía en absoluto, ni experimentaba en su ánimo lo que tan abrumador despliegue perseguía: el hálito de lo sagrado, lo solemne de la inmortal divinidad. El oro con que se edificaban palacios, iglesias y catedrales lo pagaban él y los que eran como él con su sudor y su sangre, desde que la Humanidad tenía memoria.

–Observe vuestra merced el altar mayor –susurró Malatesta.

Miró Alatriste en esa dirección. Más allá del crucero de la nave, cuyas bóvedas y arcos decorados con imágenes e inscripciones sacras parecían fundidos en oro puro, la luz de cera iluminaba el iconostasio, rematado por tallas de santos y una gran cruz griega que daba paso al presbiterio, donde estaba el altar principal.

–El dogo se instala a la izquierda, solo y en un reclinatorio –expuso entre dientes el sicario–. Enfrente, a la derecha del altar, se sitúan los miembros del Consejo.

Avanzaron unos pasos más, hasta los cinco escalones que llevaban a la plataforma del presbiterio. Allí ardía la lamparilla del sagrario, ante la que Malatesta se santiguó con mucha desvergüenza. Entre cuatro columnas ricamente labradas, con el fondo de un gran retablo de oro, esmaltes y piedras preciosas, el altar mayor quedaba iluminado por más luz de velas y por la claridad grisácea que se filtraba de arriba, a través de los ventanales de la bóveda.

–La puerta por donde entrará el cura uscoque comunica con ese hueco de la izquierda. Capilla de San Pedro, la llaman... Hasta el reclinatorio del dogo hay apenas veinte pasos.

Asintió Alatriste, estudiándolo todo como si le fuera la vida en ello. Que, por otra parte, le iba. No era tan difícil, a fin de cuentas. Cuestión de audacia, más que de dificultad. Y de que el asesino estuviera dispuesto a no salir de allí con vida. Por lo demás, el plan era brillante de puro simple.

Estaba claro que, una vez franqueada la puerta de afuera, ningún obstáculo se interpondría entre el puñal ejecutor y el reclinatorio donde estaría el dogo arrodillado, solo y orando.

—¿Qué os parece? —inquirió Malatesta, en voz muy baja.

—Quizá pueda hacerse —concedió Alatriste.

—¿Cómo que quizá?... Si el cura accede a la capilla, es cosa resuelta.

Volvieron sobre sus pasos haciendo visajes de admirarlo todo, como dos forasteros encandilados por la basílica. Junto al presbiterio, Malatesta mojó los dedos en agua bendita y volvió a santiguarse. Al sentir en él la mirada de Alatriste sonrió con cinismo.

—Hagamos figura devota —dijo.

Quedó a Alatriste, sin embargo, una duda razonable: hasta qué punto el sicario disfrazaba de descaro aprensiones más o menos reales, viejos impulsos como los que había descrito durante la conversación de la otra noche. Y sí, concluyó, divertido por la idea. Era más que probable que ambos, uno y otro, se estuvieran haciendo viejos.

Salieron de nuevo a la plaza, abrigándose bajo la nevada mansa que seguía tapizándolo todo. Las gaviotas, reacias a volar en el aire inhóspito de la laguna, dejaban huellas en el suelo blanco. Pasaron entre el campanile y la entrada principal del palacio, y estaban cerca de las columnas del muelle cuando una pequeña comitiva se abrió paso desde los arcos de la fachada sur, saliendo de la puerta que daba a ese lado. Una veintena de guardias ducales se alineó, cortando el paso de la gente, para despejar un camino entre el palacio y el edificio de la Zeca. Diego Alatriste y su acompañante se detuvieron entre los grupos de curiosos.

–*Minchia*. Mirad... Hablando del ruin de Roma.

Sin protocolo, precedido por cuatro alabarderos de su guardia, el dogo Giovanni Cornari cruzó la plaza. Apoyaba su mano izquierda en el hombro de un paje que sostenía una gran umbrela abierta que lo protegía de la nieve. Media docena de asistentes y consejeros iba detrás. La gente de los alrededores acudía a mirar y aplaudía a su paso, aunque el dogo permanecía hierático, impasible. Era realmente un anciano, apreció Alatriste: consumido, nudoso, había cumplido de sobra los setenta años pero conservaba prestancia y agilidad de movimientos. El nonagésimo sexto príncipe de la Serenísima República de Venecia se cubría con una capa carmesí y adornaba su cabeza con un gorro del mismo color. Caminaba con aire solemne, fijos los ojos en algún punto indeterminado del espacio. Con aquella mirada inmóvil parecía un ave rapaz reseca, momificada por la edad y el poder.

–Irá a alguna acuñación de moneda –susurró Malatesta–. O a contar el dinero que aún no ha robado.

Rió sofocado, chirriante, de su propio chiste malo.

–Cinco hijos situados en las más altas magistraturas –añadió con la misma voz contenida–. Calcule vuestra merced lo que juntan entre todos. Los negocios de la familia.

Pero Alatriste estaba atento a otra cosa. Entre los que acompañaban al dogo venía el capitán Lorenzo Faliero, muy erguido y gallardo. Lucía la gola de estar de servicio, espada al cinto, sombrero de pluma y elegante capa verde sobre los hombros.

—Ahí está vuestro pariente —dijo a Malatesta.

—Vaya... Venecia es un lienzo de narices.

Pasó el otro ante ellos sin verlos, o disimulando. Metiose en la Zeca la pequeña comitiva y se dispersaron los curiosos. Siguieron andando los dos espadachines por la plaza nevada, entre las columnas de San Marcos y San Teodoro. Alatriste miraba de soslayo a su compañero, calibrando la sonrisa pensativa y cruel, medio oculta por el embozo de la capa negra salpicada de gotas de agua y copos blancos.

—¿Por qué lo hacéis? —preguntó al fin.

El otro anduvo un trecho sin responder.

—Por mi pellejo, naturalmente —concedió al fin—. Era una buena forma de salir de donde me tenían... Venderles algo de calidad a cambio. Y hacer mi fortuna.

—Creo conoceros un poco —objetó Alatriste—. No puede ser sólo eso... Nada os impedía desertar y desaparecer del mapa. Y seguís aquí.

—Convengamos en que el episodio tiene su interés. ¿Imagináis? —el sicario bajó un punto la voz—. Querer asesinar a un rey y a un dogo de un año para otro... Ya sólo me falta un papa. Como decís los españoles, críe yo fama y háganme pedazos.

—Dudo que la fama os importe un carajo. Perro viejo no ladra a la luna.

Crujió una carcajada tras el embozo del sicario.

—Hay otras cosas, diría. ¿Nunca soñasteis de niño con el caballo de Troya?... ¿En conquistar una ciudad?

—No jodáis, Malatesta. Nunca fuisteis niño.

—Ya os dije el otro día que sí. Hasta monaguillo fui, en Palermo.

—Voto a Dios.

Habían llegado al muelle, dejando atrás las columnas. Ante ellos se extendía el vasto paisaje de la laguna que reflejaba el cielo como una lámina de estaño. Entre la sutil cortina de copos de nieve podían adivinarse la isla de San Giorgio, a un lado, y la punta de la Aduana, al otro. Formando un espeso bosque de palos y entenas, barcos grandes y pequeños seguían amarrados al muelle o fondeados en la confluencia del canal grande con el de la Giudecca, tan cubiertos de blanco que parecían islotes de nieve.

—¿Y vuestra merced? —quiso saber Malatesta—. ¿Qué gana en Venecia?

Diego Alatriste miró atrás y a la derecha, al edificio de la Zeca, como si eso explicase algo.

—Oro, supongo... Y hoja de servicios.

Escupió el italiano en la nieve. Un contundente gargajo. Parecía que las últimas palabras de Alatriste le diesen a él mal sabor de boca.

—El rey vuestro señor —dijo—, que de momento es también mío, se limpia el culo con esas hojas de servicios... Como mucho, servirán para pedir limosna cuando os arrinconen como un trasto viejo. Eso, si además no dejáis un brazo o una pierna por el camino.

—Puede —admitió Alatriste con mucha calma.

—¿Nunca sentís la tentación de echar el resto a doce, aunque no se venda?... ¿De mandarlos a todos, reyes, validos, maestres de campo, a tomar por saco?

—De las tentaciones no se come.

Caminaban de nuevo, esta vez a lo largo del muelle, junto a las góndolas amarradas y tapizadas de nieve. Llegaron así al ancho puente de piedra que cruzaba el canal del palacio ducal. Un poco más arriba estaba el arco techado del puente de los Suspiros. Se llamaba así, recordó Alatriste, por quienes lo cruzaban camino de los calabozos de la Serenísima. Ojalá, se dijo incómodo, nunca me oigan suspirar ahí.

—Sospecho —estaba diciendo el siciliano— que vuestra merced no tiene otro lugar mejor a donde ir. Igual le da el dogo de Venecia que el emperador de China... Anda en esto porque no sabe hacer otra cosa.

Empujaba con las manos enguantadas montoncitos de nieve que caían abajo, al agua del canal. Sin decir palabra, Alatriste seguía mirando el puente de los Suspiros.

—Deberíais probar suerte en las Indias —añadió Malatesta—. O mandar allí al chico.

—Estoy cansado. Es tarde para eso... En cuanto al chico, como lo llamáis, que decida él.

Rió de nuevo el sicario. Tenía, comentó, algunas noticias de un antiguo conocido: Luis de Alquézar. A ese hideputa —lo adjetivó fríamente, sin inflexión ninguna— siempre le iban bien las cosas. Caía de pie, como los gatos. Por lo visto estaba haciéndose rico merced a la plata de Taxco, que le permi-

tía comprar a todo el mundo en la Corte. Eso incluía su absoluta inocencia en el asunto de El Escorial, de la que tenían
al rey medio convencido.

–¿Y era inocente? –inquirió Alatriste, socarrón.

–*Dio cane*. No me tiréis de la lengua. El caso es que volverá pronto a Madrid, creo... Con su sobrina.

Calló un momento. Miraba el cauce del canal bajo el puente de los Suspiros. Los copos de nieve se deshacían al tocar
la superficie del agua verdosa e inmóvil.

–Ese rapaz, Íñigo...

–No es asunto vuestro.

–Lo fue. Alguna vez me resultó útil aquella gentil relación,
como sabéis. Me gustaría ver en qué acaban sus amores con
esa mozalbilla.

–Espero que estéis muerto para entonces.

Silbaba Malatesta su vieja melodía: *tirurí-ta-ta*. Se interrumpió de pronto, apoyándose un poco más en el pretil del
puente. Al hacerlo, la cazoleta de su espada sonó contra la
piedra blanca de Istria.

–Se hará lo que se pueda, señor capitán... Por complaceros,
se hará lo que se pueda.

Fue el moro Gurriato quien se dio cuenta.

–Nos siguen –dijo.

Habíamos dejado a Sebastián Copons y a los otros aba-
rracados en la posada de la Buranella, donde se alojaban;

y tras echar un vistazo a la punta de la Celestia, con objeto de explorar la retirada en caso de que por la noche el Santiago nos lo dieran a nosotros, volvíamos caminando por unas callejas próximas a la iglesia de San Lorenzo. Apenas nos cruzábamos con alguien muy de vez en cuando, pues el paraje era poco transitado: edificios casi ruinosos, muros de ladrillo rojizo y un largo soportal, cubierto en toda su extensión, que orillaba un canal estrecho sobre el que caía la nieve.

Tendí las escarpias, sin advertir nada; pero en aquella ciudad el oído mentía: los ruidos de pasos y voces viajaban de forma pasmosa o se desvanecían sin más por los callejones y recovecos.

—¿Estás seguro, moro?

—Por mi cara que sí.

Me fiaba más de la intuición del mogataz que de mis propios sentidos. Así que di unos pasos más, sopesando las cosas.

—¿Cuántos?

—Uno.

—¿Hace rato?

—Mucho.

Lo miré de reojo. Se mantenía a mi lado, envuelto en su pañosa azul y con la capucha sobre la cabeza. Impasible cual solía, como si nada de cuanto ocurriera en ese momento, o en cualquier otro, alterase el curso del destino por cuyo filo, semejante al de una cimitarra, caminaba sereno y a ciegas.

—¿Y qué hacemos?

Se encogió de hombros, dejándome la responsabilidad. Yo procuraba pensar a toda prisa, calculando riesgos y posibilidades. El incidente de Luzietta y el gondolero me tenía tan escaldado como al gato que hasta del agua fría huye. Por otra parte, concluí con cierto espanto, veníamos de explorar el lugar donde debíamos embarcar aquella noche si algo salía mal. Nuestra ruta de retirada. Quien nos siguiera podía habernos visto allí, y atar cabos.

–¿Y dices que es uno solo?

–*Uah*.

Me detuve a orinar contra una pared, cavilando, y aproveché para echar un vistazo a nuestra espalda. No pude ver a nadie, pero lo cierto es que, atento como iba desde el aviso de Gurriato, me pareció advertir que un rumor de pasos se detenía a poca distancia. El soportal estaba casi en penumbra, pues la luz cenicienta del exterior, reflejada en la nieve que cubría algunas embarcaciones amarradas a lo largo del muelle, no bastaba para iluminar sus oquedades. Y aún se oscurecía más en un recodo, antes de hacer una de las acostumbradas revueltas venecianas –calles que van y vienen o dan largos rodeos para llegar al mismo sitio–, saliendo a un puente de piedra que se veía al extremo del canal. El caso es que me abroché la portañuela, arrebujándome de nuevo en la capa, y seguí con el moro hasta el recodo, andando despacio y pensando más despacio todavía. Sabía por experiencia que en lances apretados se calientan algunos la cabeza para errarlo todo después, mientras otros aciertan sin mucho pensarlo antes. En vista de las circunstancias, quise ser de estos últimos. La mejor treta del juego, como de la esgrima, es saberse descartar.

—Tú te ocupas —susurré.

Apenas doblamos, sin responder palabra, Gurriato desapareció de mi lado. Acostumbrado como estaba a sus maneras silenciosas, anduve unos pasos sin volverme, desembarazando con recato el puñal que llevaba oculto, por si era menester. Que nunca el tímido fue buen cirujano. Mas, en honor a mi compañero, debo decir que apenas oí otra cosa que un breve rumor de forcejeo y un gemido sofocado. Cuando volví sobre mis pasos, el moro estaba en cuclillas junto a un cuerpo inerte, registrando sus ropas con toda tranquilidad.

—¿Hay sangre? —pregunté, inquieto.

—*Uar*. No... Le he roto el cuello.

—Mejor así.

Tuve tiempo de echar un vistazo al cadáver mientras Gurriato le aligeraba las entretelas: tenía los ojos abiertos y aún mostraba cara de sorpresa, del género «esto no puede estarme pasando a mí» como último pensamiento. Solía ocurrir. Era un sujeto joven y no mal parecido; que a menudo el solano se los lleva verdes. Más rubio que moreno, sin afeitar desde un par de días atrás, vestido con capa de mal paño y ropa de corte burdo. Todos los hombres tenemos nuestra hora, pensé mirándolo, y unas van tras las otras. Pero mejor antes la suya que la mía. El infeliz había perdido un zapato en el forcejeo. Delator o espía —quizá transeúnte ajeno a todo, temí por un momento, aunque descarté la idea—, no llevaba encima papel ninguno, o no se lo hallamos; pero sí una bol-

–¿Hay sangre? –pregunté, inquieto.

sa con dos cequíes, algunas monedas de plata y cobre y un filosillo fino y agudo en una vaina de cuero. De cintura para abajo olía mal, y deduje que se había hecho encima una necesidad mientras el moro le retorcía el pescuezo. También solía ocurrir.

Gurriato se guardó la bolsa y dejó el puñalito donde estaba.

–Venga –dije.

Miramos a un lado y a otro para cerciorarnos de que seguíamos solos. Después cogí el zapato suelto –tenía la suela muy gastada, seguramente por oficio callejero del dueño– y arrastramos el cuerpo tirando de la pañosa hasta el borde del canal. Allí lo dejamos caer entre el muelle y un bote amarrado. Hizo chof y se hundió sólo a medias, pues la capa o las ropas cogieron aire; pero entre el muelle y el bote quedaba muy bien disimulado. Nadie que no se asomara directamente encima podía verlo. Aun así, me tumbé sobre la nieve del cantil para acuchillarle la ropa.

–Peñas de longares –sugerí luego, tirando el zapato al agua.

Nos fuimos sin mirar atrás, hasta dar la vuelta por la calle y salir de nuevo al otro lado, cruzando el puente. Miré desde allí y no vi otra cosa que el largo soportal, los botes amarrados y la nieve que seguía cayendo mansamente sobre el canal.

–Ni palabra de esto al capitán Alatriste –dije.

Los golpes en la puerta habían hecho a Diego Alatriste levantar el rostro, que tenía hundido entre los cálidos senos desnudos de Livia Tagliapiera. Tras vestirse a toda prisa, salió de la alcoba abrochándose el jubón, con la mano derecha rozando el mango de la daga. El secretario de embajada Saavedra Fajardo estaba de pie en el pasillo, el aire impaciente, cubierto con sombrero y capa salpicados de nieve.

–Han cogido al cura –dijo el funcionario, a bocajarro.

–¿A quién?

–Al uscoque –Saavedra Fajardo bajó la voz–. El que debía aviar al dogo.

Estaba nervioso, con el rostro desencajado y pálido. Por su parte, Alatriste sintió que el suelo se abría a sus pies: una sensación familiar, que no por conocida resultaba menos incómoda. Esforzándose por conservar la sangre fría, cogió al otro por un brazo, conduciéndolo hasta un cuarto cercano, más discreto que el pasillo. Entraron y cerró la puerta.

–¿Y Malatesta?

–A salvo, creo.

–¿Dónde está?

–No lo sé. En cobro, me aseguran. No iban a por él, sino a por el cura.

Alatriste intentaba ordenar sus pensamientos.

–¿Cómo ocurrió?

–Se presentó en la posada el barrachel con varios corchetes... Al sentirlos subir la escalera, el cura saltó por la ventana. Se rompió las dos piernas y lo atraparon en la calle.

–¿Sólo lo detuvieron a él?

–No han molestado a nadie más. Que sepamos.

–Es muy raro.

Podían darse varios motivos, aventuró el secretario de embajada. Ser de nación uscoque resultaba sospechoso en Venecia. Quizás era sólo casualidad: alguien habría oído campanas, o tal vez se trataba de un simple arresto rutinario. Quizás el cura perdió la cabeza y precipitó las cosas con su intento de fuga. Imposible saberlo todavía.

–¿Y qué hay de los venecianos? –quiso saber Alatriste–. ¿El capitán Lorenzo Faliero y el otro, el del Arsenal?

–Faliero se comunicó con nosotros hace media hora. Dice que todo está en calma. Que no hay ninguna agitación sospechosa... Como miembro de la guardia ducal, si hubiese novedades sería de los primeros en conocerlas.

Sombrío, Alatriste se había acercado a la ventana y miraba caer la nieve. A esas horas sus camaradas estaban dispersos por la ciudad, ignorantes de lo apurado del trance. Sin oler el esparto, pese a que todos tenían el dogal del verdugo a dos dedos del gaznate.

–Es raro –repitió–. Descubierta la conjura, ya habríamos caído los demás.

–Eso pienso –coincidió Saavedra Fajardo–. Y lo mismo opina su excelencia el embajador... Que está muy preocupado, por supuesto.

–Por supuesto.

Imaginó Diego Alatriste al embajador Benavente, al que no conocía ni iba nunca a conocer, comiéndose las distinguidas uñas entre los tapices gobelinos de su residencia. Inquie-

to por las complicaciones diplomáticas, mientras lo que preo-
cupaba a otros era seguir vivos a la puesta de sol.

—En cualquier caso —dijo el funcionario—, es poco lo que
el cura sabe.

—¿Aguantará el tormento?

Saavedra Fajardo se había quitado el chapeo y masajeaba
sus sienes con gesto desolado.

—No sé... La verdad es que no parece fácil de ablandar. Fanático como es, ojalá tarde en decir lo que no debe... Por otra
parte, sólo conoce a Malatesta. Ni siquiera está al corriente del
resto del plan. Para él se trata sólo de matar al dogo. Aunque
le aprieten los cordeles, no puede confesar más que eso.

—¿Y qué hay del Arsenal, el palacio y lo demás?

El otro movió la cabeza, negando abatido. Todo se iba al
diablo, dijo, pues el cura uscoque era la llave de Venecia. Con
el dogo vivo, el resto de la conjura dejaba de tener sentido.

—Ocurra lo que ocurra —concluyó—, vaya el embrollo a
mayores o quede ahí, el desastre es absoluto. Hay que dar
contraorden para detenerlo todo.

Resignado, hecho de antiguo a los vaivenes de la fortuna,
Alatriste asumió aquello. Era la opción más razonable. Y sal-
varía unas cuantas vidas, incluida la suya. Estaba a punto de
comentarlo en voz alta cuando advirtió que el secretario
de embajada dudaba, como si tuviese algo más que decir y no
se animara a hacerlo.

—Hay otra cosa —apuntó Saavedra Fajardo—. No debería
comentarla, pero en vuestras circunstancias sería bellaque-
ría callar.

Aquel *vuestras* hizo sonreír en sus adentros a Alatriste. Lo situaba todo en su sitio, se dijo. Trazaba la adecuada línea divisoria. Vuestras zozobras, establecía el funcionario, son diferentes a las nuestras: yo, por ejemplo, no tengo el cuello destinado al verdugo, como tú.

—La embajada ha recibido informes de Mantua —comentó al fin el otro—. El duque Vincenzo Gonzaga está desahuciado. Puede morir en dos o tres días —se interrumpió para mirar a Alatriste con ojo crítico—... Vuestra merced no es plático en diplomacia italiana, imagino.

—Imagináis bien. A los soldados no llegan esas cosas. Nunca, al menos, de primera mano.

—Por supuesto. Disculpad.

En pocas palabras, con el tono desapasionado y monocorde de sus legajos oficiales, el secretario de embajada lo puso en antecedentes. Mantua, y sobre todo el Monferrato, eran enclaves importantes para la política española en el norte de Italia. El duque Vincenzo II no tenía hijos, y su muerte sin sucesión presentaba a España la oportunidad de asegurar el Milanesado con algunas plazas de esos estados, en particular la fortaleza de Casal, cerrojo sobre el río Po. Eso dejaría los intereses italianos de Francia en mala situación. El momento era adecuado, pues el cardenal Richelieu, ocupado en arrebatar La Rochela a los hugonotes, tenía las manos atadas en otra parte.

—En tales circunstancias —concluyó Saavedra Fajardo—, nuestro negocio veneciano queda en segundo término.

Torció la boca Alatriste. Irónico.

–Con cura uscoque o sin él, queréis decir... Su captura puede ser, incluso, una señal de Dios.

Lo miró penetrante el secretario de embajada, de pronto suspicaz, como si aquella conversación estuviese yendo demasiado lejos.

–No hasta ese punto –opuso, incómodo–. En cuanto a vuestras mercedes...

Se detuvo ahí, dejándolo en el aire. Pero Alatriste captaba el mensaje. De pronto sobraban españoles en Venecia. Entre la captura del cura uscoque y las novedades diplomáticas, él y sus compañeros se habían convertido de herramienta útil en problema espinoso. Barriles de pólvora sujetos a la primera centella. No le extrañaba que el secretario de embajada viniese descompuesto. Debía de haber recibido cartas muy incómodas de Milán, hacía poco rato.

–¿Seguimos adelante, o hay contraorden?

El tono era neutro. De soldado indiferente. Como primera respuesta, el otro hizo un ademán vago, pero calculadísimo. Muy de cancillerías y despachos.

–Todavía no hay instrucciones en un sentido ni en otro. Aunque, tal como están las cosas, la prudencia aconseja detenerlo todo. Eso opina el señor embajador, y yo estoy de acuerdo. En cuanto al duque de Mantua...

–El duque de Mantua, Richelieu o el Gran Tamerlán me tienen sin cuidado –lo interrumpió Alatriste, desabrido–. Es la lengua del cura preso lo que me inquieta. Lo inmediato.

Se apartó de la ventana, dando unos pasos por la habitación. De pronto todo olía a trampa. A desastre. No era la primera vez que lo olfateaba, y sabía reconocerlo de lejos, tan familiar como un viejo conocido. Hasta lo del cura uscoque podía no ser casualidad.

—Malatesta es importante —resumió, intentando ordenar las cosas—. A diferencia del cura, él sí conoce el resto de la trama.

Coincidió en ello el secretario de embajada. Pero ese italiano, opuso tras meditarlo un poco, o aparentarlo, no parecía hombre de los que se dejaban atrapar con facilidad. Dicho lo cual hizo una pausa, observando a Alatriste con curiosidad.

—Vuestra merced lo conoce bien, tengo entendido.

—Bien no es la palabra exacta... Nunca diría yo eso.

—¿Creéis que hablará, en caso de captura?

—Depende. Si le hacen pasar crujía, puede callar durante semanas o derrotarlo todo en un minuto. Es cuestión de lo que gane o pierda en ello... ¿Estáis seguro de que sigue libre?

—De momento nada indica que vayan tras él.

Inclinó la cabeza Alatriste. Era hora de pensar en los otros, se dijo. En la manera de ponerlos a salvo.

—¿Hay forma de apresurar la salida de la gente que tenemos en Venecia?

Saavedra Fajardo encogió los hombros. Ver a su interlocutor sereno, formulando las preguntas adecuadas sin perder la cabeza, parecía tranquilizarlo. Era patente que había temido una estampida de consecuencias imprevisibles.

—No lo sé —repuso tras pensarlo un poco—. Intentaré que Paoluccio Malombra disponga antes el embarque. Pero no estoy seguro de que pueda hacerse... En todo caso, vuestra merced y los demás deberán permanecer quietos y escondidos.

Seguía mirando Alatriste por la ventana: abajo estaba el
agua verdegrís del canal pequeño; arriba, el cielo ceniciento
y la nieve que caía entre las chimeneas en forma de campana
invertida de los tejados próximos. Resulta extraño, se dijo,
lo poco que me importa irme o quedarme. Si no reviento
aquí, será en otro sitio. Por un momento se encontró pensando en el cuerpo desnudo de Livia Tagliapiera, y requirió
cierto esfuerzo volver a la consideración del peligro inminente. Desasosegado por su propia indiferencia.

—¿Qué hora es? —quiso saber.

—La del ángelus.

—Hay mucho día por delante —se pasó dos dedos por el
mostacho—. ¿Qué pasa con don Baltasar Toledo?

—Todavía no he ido a verlo. Luego me acercaré al convento... Creí conveniente avisar primero a vuestra merced, que
tiene ahora el mando efectivo.

Asintió Alatriste. Los pasos a dar iban perfilándose por
hábito en su cabeza mientras establecía prioridades según
la costumbre militar: disponerse para los sucesos probables,
pero precaverse de las posibilidades más peligrosas. En lances apretados como aquél, ventaja del oficio era acogerse a
las viejas reglas. Eso despejaba la cabeza y facilitaba las
cosas. Viva el soldado como puede, solía decirse, y no como
quiere.

—Habrá que ver la manera de sacarlo de Venecia. No está
en estado de valerse por sí solo.

—Yo me ocuparé de eso —acordó Saavedra Fajardo—. Atien-
da vuestra merced a su gente, que bastante tiene con ello.

Seguía Alatriste acariciándose el mostacho mientras terminaba de ordenar ideas. Iba a ser un día muy largo.

–De acuerdo –concluyó–. Mandaré aviso. Que nadie se mueva hasta la noche. A las doce en punto, si no se arregla antes, cada cual a su barco... Y puto el último.

Con las últimas palabras le pareció advertir un amago de sonrisa en el rostro habitualmente adusto del secretario de embajada. Éste lo miraba con fijeza, como si durante aquella conversación hubiese descubierto en él aspectos que no sospechaba. En cualquier caso, decidió Alatriste, parecía más tranquilo que al llegar. Y eso era bueno: que todos mantuviesen la cabeza serena. En especial quienes más se arriesgaban a perderla.

–¿Y qué pasa con vuestra merced?

Compuso el otro una sonrisa forzada, de resignación profesional.

–Yo estoy cubierto, en principio. Protegido por cartas y pasavantes. Quizá me hagan pasar algún mal rato, pero saldré de ésta... Son gajes del oficio. Cuando va a un negocio de su rey, un funcionario debe procurarlo por todos los medios lícitos o ilícitos. Mudando lengua, traje, fortuna y hasta la piel, si se tercia.

–Pues preservad esa piel. Porque lo mismo sangra un funcionario real que un soldado.

–Descuidad... En cuanto al futuro, recuerde vuestra merced que ésta es nuestra última comunicación directa. La embajada se lava las manos del asunto.

El tono frío, formulario, de las últimas palabras, quedaba desmentido por la curiosa manera en que Saavedra Fajardo seguía observando a Alatriste. Asintió éste, obediente a las reglas. Siempre había sabido que así sería, llegado el caso.

–Me parece justo –convino–. Utilizaré al joven Íñigo como enlace, en caso necesario.

–Lo siento –concedió el otro–. Es una horrible contrariedad.

Parecía sincero. Más que otras veces, al menos. En sujeto de su cargo y talante, ese comentario lo humanizaba en extremo. Renunciando a profundizar las causas, Alatriste encogió los hombros con el adecuado cuajo.

–El peligro va en el sueldo. La cuestión, ahora, es salir de aquí.

Movía el otro la cabeza, desolado.

–Válgame Dios... Tanto riesgo, tanto trabajo y tanto dinero para nada.

–Así son estas cosas. Unas veces se gana y otras se pierde.

–Lo dice vuestra merced como quien acostumbra a perder.

–Más de lo que os figuráis.

Ahora, por fin, la admiración se manifestó franca, sin disimulo, en el rostro del secretario de embajada.

–Me asombra vuestra sangre fría, señor Alatriste. De justicia es que os lo diga.

–¿Y por qué ha de asombraros?... Espada tengo. Lo demás, Dios lo remedie.

Aquella tarde anduve por Venecia ligero como en mi vida, de un sitio a otro, haciendo de Mercurio diligente. Envuelto en la capa, vigilando mi huella por si alguien comprometía mi futuro yéndome a las calcas –no hay más cierta astrología que la prudencia–, llevé y traje novedades entre el capitán Alatriste y los diferentes grupos de nuestros camaradas. Y lo cierto es que no tuve punto de sosiego. Todo el tiempo caminé por las calles y puentes tapizados de blanco, bajo la nieve que seguía cayendo mansamente, con el válgame Dios en la boca y la diestra en el mango de mi puñal oculto, temiendo a cada instante que aquellos con quienes me cruzaba o caminaban detrás fuesen alguaciles de la Serenísima. Y en tales idas, venidas y sobresaltos, no se me iban del pensamiento unos versos de don Miguel de Cervantes que a menudo había oído decir en voz alta al capitán Alatriste; pues no en vano tuve en mi crianza acuchillado pedagogo:

> *Vienen las malas suertes atrasadas,*
> *y toman tan de lejos la corriente*
> *que son temidas, pero no excusadas.*

El caso es que dilatábanse las sombras, decreciendo el día, cuando regresé a casa de donna Livia Tagliapiera. Pasada la Drapería observé que una silueta oscura tomaba el mismo camino que yo, unos pasos más atrás; y por precaución me volví a medias, vigilando por el rabillo del ojo. Fuera quien fuese el sujeto, no parecía con deseos de mostrarse demasiado, pues caminaba bajo los soportales, buscando más la sombra que la claridad. Dudaba entre darle esquinazo en el primer recodo o seguir camino sin tenerme por avisado, cuando reconocí a Gualterio Malatesta. Fue él quien resolvió mis dudas; pues, al seguir yo adelante, me alcanzó cerca de la hostería de la Madonna. De manera que penetramos juntos en el soportal que conducía a casa de la Tagliapiera.

–Hola, rapaz... Bellaca tarde para andar de paseo.

No respondí, orgulloso como un gavilán. Y Malatesta, con mucha flema, tras echar un último vistazo a su espalda, entró conmigo. Anduvimos en silencio por el pasillo, sacudiéndonos la nieve de sombreros y capas. La casa parecía desierta, y nuestros pasos resonaban en el suelo de madera. El capitán Alatriste seguía en su cuarto, casi en la misma postura en que yo lo había dejado una hora antes: sentado en una silla y de codos sobre la mesa donde estaba desplegado el plano de la ciudad. Del comerciante Pedro Tovar no quedaba ni rastro: mi antiguo amo tenía puesto el coleto de piel de búfalo, aunque desabrochado, con la daga al cinto. La espada de Solingen, con su talabarte, estaba colgada en el respaldo, muy a mano. Sobre la mesa, junto al plano, una jarra de vino mediada, un vaso vacío y un candelabro con tres velas encendidas, estaba la pistola alemana. Observé que tenía la rueda montada, lista para disparar.

Me apresté a dar mi informe, pero el capitán Alatriste parecía no concederme atención. Miraba inquisitivo a Gualterio Malatesta. De pronto me sentí ajeno a ese diálogo sin palabras, y mentiría si dijese que una punzada de celos no me laceró el corazón. Por un momento temí que el capitán me ordenara dejarlos solos, pero no lo hizo. Siguió callado como estaba, inmóvil excepto para apartar la mano de la culata de la pistola, donde la había arrimado al oírnos en el pasillo.

—Ese imbécil —dijo al fin Malatesta.

Tardé un momento en comprender que se refería al cura uscoque. En pocas palabras, el italiano resumió el asunto. Un vecino de la posada, también sacerdote, había reconocido al colega, delatándolo a la Inquisición veneciana. No había otra prevención contra él que ser de nación uscoque; eso lo convertía en sospechoso enemigo de la República, y la visita de los corchetes era puramente rutinaria: comprobar su identidad y lo que estaba haciendo en Venecia. Había cien argumentos plausibles para eso, y el asunto habría podido resolverse con sangre fría y un talego de cequíes. Pero al sentirlos llegar, el cura perdió la cabeza, se vio como protagonista de la jornada y decidió saltar por la ventana, enredándolo todo.

—¿Hablará? —preguntó el capitán.

—De momento no lo ha hecho. En otro caso, yo no habría podido pasearme por la ciudad como acabo de hacer.

—¿Estáis seguro de que no os siguen?

—*Minchia*, capitán Alatriste... Parece que nos conociéramos de ayer.

Seguían mirándose a la cara, como dos tahúres que manejaran un catecismo de naipes dudosos conociendo entrambos la flor. Al cabo, Malatesta se indicó el pecho con el pulgar de la mano diestra.

—Por lo demás —dijo—, soy el único al que ese cura puede identificar... Llegarían hasta mí, como mucho.

—Eso no es ninguna garantía —me entrometí.

Acusó recibo el sicario con una mueca sardónica, sin mirarme. En cuanto al capitán Alatriste, sus ojos se desviaron hacia mí, gélidos. Con el rubor de haber hablado de más y a destiempo, decidí tornarme mudo y achantar la maldita. Que gran destreza, pensé, es saberse ladear cuando se tercia.

—Tiene razón el rapaz —comentó Malatesta—. Todo depende, ¿verdad?... La cuestión es que sigo libre y todavía nadie me hace preguntas. Eso os deja a salvo por el momento. A vuestra merced, al chico y a todos los demás.

Seguía mirándome el capitán. Di lo que tengas que decir, apuntaba sin palabras. Y luego cierra el pico hasta que te pregunten.

—No hay forma de avivarse más con la gente del contrabandista —informé—. Ninguna embarcación estará lista antes de la medianoche... Me dicen que era lo previsto, y no se puede cambiar a estas alturas.

—¿Qué tal está don Baltasar Toledo?

—Con calenturas altas, echando pedrisco en la orina y venablos por la boca. Dudan que pueda moverse, así que seguirá al cuidado de los frailes.

Aún referí algunos pormenores complementarios, ahorrándole al capitán Alatriste lo que imaginaba de sobra: la resignación profesional de Sebastián Copons, la indiferencia del moro Gurriato, la frustración y desconcierto de los otros camaradas —aunque no faltara alivio en alguno— al saber que todo quedaba en suspenso y que salíamos de Venecia con el rabo entre las piernas.

—Veo que vuestra merced hace el equipaje –dijo Malatesta cuando acabé mi informe.

Miraba el coleto de piel de búfalo que el capitán llevaba puesto, y su petate a medio hacer sobre la cama.

—Una lástima, la verdad –añadió–. Tan cerca de todo.

Se había quitado el sombrero y soltado el fiador de la capa, como si tuviera calor. Los dejó sobre la cama, junto a las cosas del capitán. Al moverse, la luz de cera que había sobre la mesa hizo relucir la guarnición de su espada y la empuñadura de la daga que llevaba al cinto. También pareció ahondar las marcas de viruela en su rostro y la cicatriz que le hacía entornar un poco el párpado derecho.

—Aquella puerta que vimos juntos. ¿Recordáis?... Sólo veinte pasos hasta el reclinatorio del dogo.

Miraba el sicario con mucha fijeza. Como si pretendiera explorar los pensamientos del hombre que tenía delante, o transmitirle los suyos.

—Ya no tenemos al cura –dijo el capitán.

—No, claro –Malatesta descubrió los incisivos desportillados, con una mueca cruel–. El que lo hiciera...

Lo dejó ahí, cual si esperase que le remataran la parla. Observé que mi antiguo amo movía la cabeza, impasible.

—No hay quien lo haga –dijo como para sí mismo–. No, desde luego, quien se suicide de esa manera.

Silbó el otro entre dientes su viejo y siniestro aire musical: *tirurí-ta-ta*. Después sobrevino un largo silencio. El capitán Alatriste estudiaba el plano extendido sobre la mesa, cual si la conversación con el italiano hubiera dejado de interesarle.

–¿Nunca os cansáis de vagar y de correr, señor capitán?... ¿De que os compren y os vendan?

–A veces.

Mi antiguo amo había respondido sin alzar los ojos del plano. La mueca de Malatesta se transformó en una sonrisa fatigada.

–Qué casualidad –dijo–. También yo me canso.

Se había acercado un poco a la mesa y también miraba, pensativo, el plano de Venecia. Al cabo de un instante apoyó un dedo en la plaza de San Marcos.

–Nunca maté a ningún dogo... ¿Y vos?

–Tampoco.

–Debe de tener su punto, supongo. Su aquél.

Cogió la jarra de vino con mucha desenvoltura y se sirvió en el vaso. Siguiéndolo con la mirada, el capitán Alatriste lo dejaba hacer.

–Juradme que no os tienta –susurró Malatesta alzando el vaso en un brindis irónico–. Como me tienta a mí.

Bebió un sorbo corto, chasqueó la lengua, embudó luego otro más prolongado, y al fin dejó el vaso vacío sobre la mesa, pasándose una mano por la boca para secarse el bigote.

–Empeñada la honrilla, menos mal es cobrarla. Pese a quien pese. ¿No os parece?... Veinte pasos y unas puñaladas –señaló la *puffer* sobre la mesa–. O quince y un tiro de esa pistola.

–Estáis loco, Malatesta.

Crujió la risa chirriante del sicario.

–No. Sólo tengo ganas de reír, capitán Alatriste... Una carcajada que estremezca a reyes, dogos y papas.

Mi antiguo amo se había echado hacia atrás, recostándose en el respaldo de la silla. Los dos hombres se sostenían la mirada: sardónico uno, sereno el otro.

—¿Y después? —preguntó el capitán.

—Después, que el diablo nos lleve.

Aquello era alzarse a mayores. Yo estaba con la boca abierta medio palmo y el gaznate tan seco por lo que oía, que a pique estuve de ir a la jarra y trasegar por mi cuenta lo que quedaba de vino. Entonces el capitán Alatriste me dirigió una mirada breve. Después se puso en pie. Lo hizo muy despacio, como si tuviera el cuerpo tan entumecido que le costara moverse.

—¿Qué hay de vuestro pariente, el capitán Faliero?

—Vengo de hablar con él. Como el resto de los conjurados, está dispuesto a seguir adelante si alguien mata esta noche al dogo.

—Si alguien lo mata, decís.

—Eso es.

Estaban frente a frente, junto a la mesa. El candelabro iluminaba sus rostros desde abajo, acentuando la dureza de los rasgos de cada cual. Desde donde yo estaba —me había retirado hasta la pared, consciente de que en ese coloquio estaba de más— me pareció advertir que el capitán sonreía.

—¿Y quién saca las brasas con la mano del gato? —preguntó.

—Yo.

Siguió otro silencio —duró casi medio credo— que no me atreví, estupefacto, a romper ni con la respiración. Al cabo

habló Malatesta en voz baja, muy tranquilo, dando batería
con la misma naturalidad que si describiese un lance de mojadas en callejón. En esos veinte pasos –expuso señalando la
pistola que estaba sobre la mesa– entre la puerta de la capilla
de San Pedro y el reclinatorio del dogo, él podía ser diez
veces más rápido y eficaz que el cura uscoque. Bastaría con
que el capitán Alatriste se encargara del guardia de la puerta,
le pasara el arma y luego lo cubriese desde allí el tiempo necesario.

–Por si tuviera –concluyó– ocasión de largarme.

–¿Y si no la tenéis?... ¿O no la tenemos?

–Me llevaré por delante a cuantos pueda. Lo mismo que
vuestra merced, supongo.

El capitán se volvió a mirarme como si yo tuviese algo que
opinar en aquel disparate; pero mantuve la boca cerrada. Trataba de digerir, sin conseguirlo, cuanto acababa de escuchar.
Confío en que ni se le ocurra, pensé. Sería empresa ajena a la
cordura. Entonces observé que mi antiguo amo alzaba despacio una mano para pasarse dos dedos por el mostacho;
y ese ademán, tan conocido por mí, me alarmó más que todo
lo dicho por Malatesta.

–Ciudades y caballos de madera, capitán Alatriste –apuntó el sicario–. Vos y yo. Y que se jodan.

–¿Quiénes?

–Da igual. Todos.

Vi al capitán Alatriste vestirse muy despacio, con el concienzudo ritual que siempre me recordaba, en lo grave de los ademanes, el de un sacerdote disponiéndose a desempeñar su ministerio. Después de lavarse en una palangana el rostro y el torso, trincadas las botas altas bajo las rodillas, abrochadas las boquillas de los calzones y ajustado sobre una camisa limpia el grueso coleto de piel de búfalo –marcado por innumerables rasguños de viejas cuchilladas–, mi antiguo amo ciñose el talabarte con la espada al lado izquierdo y la daga cruzada detrás, en el cinto, con la empuñadura al alcance de la mano. Luego de enganchar también la pistola, miró en derredor con sus ojos glaucos y fríos para comprobar si olvidaba algo. Y acabó posándolos en mí.

–No hemos hablado mucho –dijo.

Era cierto. Venecia, entre inquietudes y asechanzas, no había sido lugar propicio a relajo de camaradas; y el asunto de Luzietta pesaba en mi ánimo, acicateándome los rencores. Pero tampoco la actitud del capitán ayudaba a desbrozar el espacio cada vez mayor que desde hacía tiempo se ensanchaba entre nosotros. No cabía duda de que, al paso de los años y al impulso insolente de mi mocedad, su figura paternal había ido desdibujándose ante mis ojos. Yo me debatía ahora entre la vieja admiración, que pese a todo conservaba –no podía ser de otro modo ante un hombre de su pulso y de su cuajo–, y la certidumbre de que los rincones oscuros, las sombras atormentadas que poblaban su mirada y su memoria, lo alejaban cada vez más de mí y de cuanto había sido nuestro mundo. Eso hacía que me viera dolorosamente al margen, testigo incómodo de tanta soledad creciente y deliberada. De manera que, aunque en materia de estocadas yo habría seguido al capitán Alatriste sin hacer preguntas ni enarcar una ceja hasta la misma boca del infierno –de hecho, en ello estaba–, me sentía recular viéndolo asomado al borde de aquel pozo siniestro de melancolía y desesperanza, a cuya oscuridad no deseaba acompañarlo. Más tarde, con el tiempo y las canas, comprendí mejor esas y muchas otras cosas. Incluso las hice mías, rondé a menudo el brocal del mismo pozo y viví en compañía de idénticos fantasmas. Pero aquella Nochebuena, en Venecia, apenas tenía dieciocho años.

–No –admití–. No hemos hablado mucho.

–Supongo que sabes de sobra cuanto tienes que hacer.

Callé, nublado el semblante cual si la suposición del capitán, en lugar de una absoluta certeza por su parte, me ofendiera. En realidad sus palabras sonaban a lamento velado, como si aquello lo privase de un pretexto para conversar un poco antes de que nos separásemos. Parecía que, aparte cuanto nos ocupaba las manos y la cabeza, no hubiese otra cosa que pudiéramos decir.

–Va a ser difícil –dijo.

Me miraba, aunque el tono era pensativo. Íntimo. Se habría dicho que mi presencia removía en sus adentros la certeza de esa dificultad, y que yo era el único obstáculo entre él y su perfecta indiferencia ante el Destino. Los ojos de soldado viejo me pasaban revista: coleto de ante grueso, polainas de cuero, guantes, espada –había elegido una bilbaína con cazoleta de conchas y hoja corta y afilada–, puñal y mi buena

daga de misericordia. Llevaba al cinto más hierro que Vizcaya. También me había recogido el pelo, que tenía negro
y abundante, en un pañuelo anudado tras la nuca, a usanza
de galera, hábito adquirido en Nápoles y el corso por Levante. Me lo ponía siempre para reñir, y así habría podido pasar
sin él como médico sin guantes y sortija, boticario sin ajedrez
o barbero sin guitarra.

—Sebastián es un buen hombre —añadió el capitán.

Lo conocía tan bien que casi pude seguir el hilo de sus
pensamientos. Sebastián Copons era, en efecto, un buen hombre: soldado seco y duro, tanto como el propio Alatriste.
Nadie mejor que el aragonés para cuidar de mí si las cosas se
torcían más. Fuera del capitán, el mejor compañero en caso
de que llovieran mosquetazos y cuchilladas.

—También el moro —apunté.

—Sí —convino—. Gurriato también lo es.

—Y los otros son brava gente. Hombres de chapa y de ca-
letre.

Asintió de nuevo, con aire abstraído. Parecía pensar en él y
los camaradas, títeres de sus propias incertidumbres y ambiciones, carne de cuchillo en los manejos de reyes y poderosos.

—Sí —repitió—. De chapa abollada.

Había sacado unos papeles doblados que llevaba dentro
del coleto y los contemplaba, dubitativo. Reconocí entre ellos
el plano de Venecia y el croquis del Arsenal que nos había
hecho llegar el capitán Maffio Sagodino.

—Si algo saliera mal... —empezó a decir, ofreciéndome el
plano.

–Nada saldrá mal –interrumpí, rechazándolo.

Me estudió un instante con extrema atención, y creí adivinarle un apunte de sonrisa melancólica. Después fue a la estufa, abrió el portillo y lo metió todo dentro.

–En cualquier caso, procura llegar a las barcas. Y a esa isla.

–No será necesario, capitán... Nos veremos en el palacio del dogo, metiendo las manos en sacos de oro.

Los papeles y el plano se habían convertido en cenizas. Cerró el portillo de la estufa y nos quedamos callados, uno frente al otro. Yo me impacientaba. Era hora de irse.

–Íñigo.

–Dígame vuestra merced.

Dudó un momento, antes de hablar.

–A veces, cuando eras un crío, te miraba dormido.

Me quedé inmóvil. No esperaba aquello. Mi antiguo amo seguía de pie junto a la estufa, una mano apoyada en la cazoleta de la espada que pendía a su costado.

–Pasaba horas mirándote –añadió–. Dándole vueltas a la cabeza... Maldecía de la responsabilidad.

También yo te miraba de lejos, pensé de pronto. Armándote taciturno para salir a ganar unos maravedíes que nos dieran de comer. Ahogando luego remordimientos mientras bebías en silencio, en la penumbra de nuestro pobre cuarto. Te oía caminar cada noche, desvelado como un fantasma en la oscuridad. Hacías crujir el suelo de madera con pasos interminables, canturreando y recitando versos entre dientes para aliviar el dolor de las viejas heridas.

Todo eso pensé en un instante. Habría querido decírselo en voz alta, pero me contuve. Que si la madurez es fría y seca, la mocedad resulta caliente y húmeda: temí que la inesperada ternura que de pronto me removía por dentro se traicionara en mi voz. Fue el capitán quien remató el asunto, encogiéndose de hombros.

—Pero son las reglas —dijo.

Se apartó de la estufa para dirigirse a la cama donde estaban nuestras capas y sombreros —observé que había cambiado el de castor por su chapeo habitual de faldas anchas—. Al pasar por mi lado se detuvo, muy cerca.

—Nunca olvides las reglas. Las propias... En gente como nosotros, es lo único a lo que acogerse cuando todo se va al carajo.

Las pupilas eran puntos negros en el centro de aquellos iris glaucos y tranquilos, semejantes al agua de los canales fríos de Venecia.

—No lo olvido —repuse—. Es la primera cosa que aprendí de vuestra merced.

Un súbito agradecimiento suavizó su mirada. De nuevo entreví el apunte de sonrisa melancólica bajo el mostacho.

—Contigo no siempre he sabido... Bueno. Cada cual es como es.

Para disimular —sentía flaquear mi firmeza, y no quise que el capitán lo advirtiera— cogí la capa y me la puse por encima, cubriendo la ferretería. Él observaba cada uno de mis movimientos.

—Lo hice lo mejor que pude —dijo de pronto.

Pese a su deliberada brusquedad, el tono me conmovió. Maldito seas, pensé. Aún acabaremos abrazados como dueñas viejas.

–Lo hicisteis bien, capitán... Hasta la Lebrijana lo hizo bien –palmeé mi costado zurdo, que resonó con tintineo de acero–. Tuve un hogar y una daga. Conozco la esgrima, la gramática, las cuatro reglas y algo de latín. Sé escribir con buena letra, a veces leo libros y he visto mundo... ¿Qué más puede pedir el huérfano de un soldado de Flandes?

–Tu padre quería otro oficio para ti. Algo de pluma y tintero. El licenciado Calzas, el dómine Pérez y don Francisco te habrían encaminado por ahí... Lejos de esto.

Abroché el fiador de la capa y me calé el pañuelo encima del sombrero, a lo bravo, inclinado sobre un ojo.

–Esta noche mi padre estaría orgulloso de mí, supongo.

–Claro. Lo que digo es que...

–Me sobra con eso.

Miré hacia la puerta, procurando parecer impasible. Estaba a punto de ponerme los guantes cuando el capitán tendió su mano desnuda.

–Ten precaución ahí afuera, hijo.

El recuerdo reciente de su daga en mi gorja me hizo dudar un instante. Observé aquella mano recia, áspera, con los nudillos y el dorso surcados de tantas marcas y cicatrices como la cazoleta de una espada veterana. Luego, ya sin vacilar, la estreché con la mía. Aún íbamos a vernos en la taberna del puente de los Asesinos antes de que todo empezara, pero allí no habría ocasión de cambiar verbos.

—Cuídese también vuestra merced, capitán.

Salí de la habitación, y al cruzar el pasillo entreví al extremo, recortada en el contraluz de un candil de garabato puesto junto a la puerta de góndolas, la silueta negra e inmóvil de Gualterio Malatesta, que allí aguardaba al capitán Alatriste como el ángel malo de la noche. En el hato está el lobo, me dije, apiadándome de las ovejas. Gentiles guadañas iban a ser, cuando desnudaran centellas, aquellos dos aceros juntos. Seguí adelante sin dirigir palabra al italiano y salí a la calle, cruzando la placita cubierta de nieve que daba al soportal en forma de túnel. La noche era húmeda como pañuelo de recién casada, y el frío me condensaba el aliento. Al extremo del soportal, frente a la hostería de la Madonna, miré a un lado y a otro para asegurarme de que no había presencias extrañas. Luego me embocé en la capa, arrisqué más el fieltro y tomé a buen andar el camino de Rialto, buscando el otro lado del canal grande. A veces me cruzaba con pequeños grupos de vecinos y gente suelta, aunque la mayor parte de las calles estaban poco transitadas. La noche era cerrada y negra, pero la nieve que cubría el suelo, amortiguando el ruido de mis pasos, destacaba el contraste de edificios, objetos y sombras. Algunas ventanas lucían iluminadas, y entreví tras los vidrios a personas reunidas en torno a chimeneas y mesas llenas de viandas. En los hogares venecianos era momento de la cena familiar; y yo, que por experiencia sabía que no deben arriesgarse estocadas con la tripa llena —recordaba a hombretones heridos en el vientre revolcándose de dolor—, no había tomado otra cosa que un tazón de brebaje negro, de granos orien-

tales molidos, llamado kahavé, que despabilaba los ojos
y alejaba el sueño. El vacío del estómago me acicateó la melancolía al pasar ante casas, bodegones y tabernas, de cuyo
interior oí rumor de voces y cantos regocijados que empezaban a celebrar la Nochebuena. Noche de paz, decían. Noche del Niño, noche de Dios. Pensé en mi madre y mis her-
manillas cenando junto al fuego, en nuestra humilde casa de
Oñate, y en la última Nochebuena que, siendo criatura, pasé
allí junto a mi padre, antes de que éste partiese a encontrar
su negra fortuna ante los muros de Jülich. Me sentía solo,
hambriento y asustado, caminando hacia el puente
de los Asesinos. Bajo la capa, el metal de mis
armas me helaba el flanco. Hacía un
frío luterano, y pensé que tal vez
nunca viese amanecer.

IX. LA MISA DE GALLO

 o hubo cena de Nochebuena en casa de donna Livia Tagliapiera. La cortesana estaba de pie junto a la ventana del salón grande, mirando la noche. La única luz de la habitación era la del fuego que crepitaba en la chimenea de mármol.

—Es la hora —dijo Diego Alatriste.

Ella no se volvió. Vestía su larga bata doméstica, con una toquilla de lana sobre los hombros, y llevaba el cabello recogido en la cofia de randas. Alatriste dio unos pasos sobre la alfombra, acercándose. Había ido al piso superior a despedirse. Capa doblada al brazo y sombrero en la mano zurda.

—Quizá sea peligroso permanecer aquí —dijo.

La mujer no dio muestras de oír el comentario, pues siguió inmóvil, vuelta hacia la ventana. Pese a la luz rojiza y móvil que la iluminaba lateralmente, su piel seguía pareciendo tersa y blanca.

–Puede salir bien, o puede salir mal –insistió él.

No le gustaba imaginarla en manos del verdugo. Y si las cosas se torcían más, alguien podía acabar yéndose de la lengua tarde o temprano. Habían aconsejado a la cortesana que abandonase la ciudad durante unos días, hasta ver en qué paraba todo; pero ella acogió la propuesta con indiferencia. Tengo mis recursos, había dicho. Mis protecciones. Los medios para componerme con unos o con otros.

Alatriste admiró una vez más el perfil veneciano de donna Livia, y también sus formas rotundas bajo la seda de la bata cortada a manera de túnica. El recuerdo de aquel hermoso cuerpo, recorrido hasta sus más íntimos secretos, le causaba una sensación de profunda nostalgia: carne tibia, deliciosa, inalcanzable ahora; y en su lugar una lejanía gélida e irremediable. Ese desamparo hacía difícil soportar la urgencia de salir afuera, al frío de la noche.

–Quería despedirme –dijo.

No dejaba de sentirse confuso. Casi torpe. Un grano de donosidad todo lo sazona, decían los gentilhombres. Pero él no lo era, y de donoso tenía menos que lo justo. Tales desenvolturas no eran propias de su vida ni su oficio. Tampoco de su talante. Cavilando sobre ello, tardó en advertir que la mujer se había vuelto a medias, el rostro a un lado, y lo miraba.

–Buona fortuna –dijo, inexpresiva.

–Todo fue... –Alatriste vaciló de nuevo, buscando la manera–. Quiero decir que os estoy reconocido... Que gracias.

–¿Perqué?

Los ojos almendrados, castaños y grandes, seguían fijos en él. Que al cabo frunció el ceño, incómodo. Su flaqueza melancólica se había esfumado por completo. De pronto deseaba hallarse lejos, haciendo cosas que le ocuparan la voluntad. Cosas de toda la vida. En materia de cordura, para hombres como él cualquier variedad resultaba suicida.

–Tenéis razón –admitió.

La Tagliapiera había alzado un poco una mano. Alatriste la tomó un momento en la suya, inclinó la cabeza y depositó un beso rápido, rozándola apenas con el mostacho. Al hacerlo, el mango de su daga tintineó contra la cazoleta de la espada. Y cuando alzó la cara, la mujer seguía mirándolo. No dejó de hacerlo durante el tiempo que él empleó en volver la espalda y cruzar el salón, dirigiéndose a la puerta mientras se ponía la capa sobre los hombros. Una idea súbita lo hizo detenerse en el umbral.

–Mi nombre no es Pedro Tovar –dijo, todavía con el sombrero en la mano.

–Lo só –respondió ella.

–Me llamo Diego.

La cortesana seguía junto a la ventana. De lejos, a la luz indecisa de la chimenea, Alatriste creyó verla sonreír.

–Grazie, don Diego.

–No hay de qué, señora.

Gualterio Malatesta lo acogió con un gruñido malhumorado, impaciente. Diego Alatriste pasó por su lado, y acomodándose la espada entre las piernas se instaló en la góndola que aguardaba en las sombras del canal con el bulto oscuro de un remero en la popa. Allí se cubrió mejor con la capa mientras el italiano ocupaba el asiento a su lado y el gondolero alejaba la embarcación de los escalones con un empujón del remo. La góndola se balanceó con suavidad en el agua quieta, y luego se deslizó despacio en dirección al canal grande, entre las escaleras de piedra, las palinas de madera y los muelles cubiertos de nieve. Algunos pequeños fanales de barcas se movían como lentas luciérnagas por el agua ancha y negra, reflejándose en ella junto a las luces de ventanas encendidas y los halos de las antorchas que iluminaban el puente de Rialto. Dejando éste atrás, la góndola fue hasta la otra orilla para embocar allí un canal más estrecho y oscuro que discurría junto a la iglesia de San Lucas. El pausado bogar no levantaba sonido alguno en el agua tranquila. Sólo a veces, al doblar una esquina, el roce de un pie del gondolero apoyado en la pared para ayudarse en la maniobra, el sonido del remo contra la piedra y el ladrillo, rompían aquel silencio absoluto y lúgubre. Alatriste y Malatesta iban callados. A veces el primero apartaba la mirada de las sombras que llenaban el canal para observar de soslayo el perfil negro del italiano. Y en aquella tiniebla que se antojaba casi confortable, suspendido entre agua, noche y Destino, Diego

Alatriste tuvo la impresión de surcar la laguna de los muertos llevado por un Caronte invisible que remaba a popa, y de hacerlo en compañía de otro viajero con tan poca esperanza de retorno como él.

Roce suave de madera contra un muelle de piedra. Luego, absoluto silencio. La embarcación se había detenido.

—A partir de aquí seguimos a pie —dijo Malatesta, levantándose—. El puente de los Asesinos está a treinta pasos.

Los vi llegar desde el soportal donde aguardaba apoyado en el muro, junto a la puerta de la taberna: dos siluetas con capa y sombrero moviéndose en la luz brumosa de la antorcha que iluminaba a medias el sitio. Por ordenanza cívica, en atención a la festividad religiosa, aquella noche no había acechonas a la espera de clientes; la estrecha calleja estaba desabastecida de carne. Quedose Malatesta esperando en el puente y avanzó el capitán Alatriste hasta llegar a mi lado. Se detuvo un momento, sin mirarme, y apartó la pesada y mugrienta cortina. Sus ojos estudiaban fríamente el interior del bacaro.

—¿Están todos? —preguntó en voz baja, inexpresivo.

—Casi.

Cruzó el umbral y fui tras él. Bullía mucha animación, pues la natividad de Cristo se festejaba según el paisanaje. No había mesa ni banco libres; todo estaba ocupado por quienes despachaban vino como por la posta, remojando de manera conveniente tripas de carnero y trozos de pescado hechos en un aceite tan negro que parecía poso de candil. Olía picante, a humo de fritanga y de tabaco, ropa húmeda y serrín mojado. Habría dentro más de dos centenares de almas entre criados, barcarolos, gente de mar, extranjeros de paso, buscavidas y otra balhurria propia de los canales, el puerto y la laguna. Incluso las daifas corsarias, a quienes el barrachel de la Justa y sus corchetes impedían esa noche patear calles y desabrigar mondongo, echaban allí los garfios de abordaje flojas de corpiño y arremangadas de sayas, voltejeando entre el humo de las pipas y el vaho resinoso de las antorchas de pez que ahumaban las vigas del techo y las grandes barricas de vino. Nada extraño, en aquel ambiente y vocerío, que nuestra cuadrilla, repartida en pequeños grupos para no llamar la atención, pasara inadvertida de modo conveniente. Roque Paredes y los cuatro españoles que con él debían incendiar el barrio judío estaban sentados juntos, haciendo como que se entretenían con una baraja, en lugar desde el que podían vigilar la puerta; y sus rostros rudos apenas se habrían significado entre la concurrencia de no ser por los mostachos soldadescos y barbas recortadas, así como por las capas que conservaban sobre los hombros –ocultando coletos de cuero y ferretería profesional–, pese a que la temperatura allí dentro habría sofocado a Belcebú y a la puta que lo parió.

–No veo al portugués –comentó el capitán.

Era verdad. Martinho de Arcada no había llegado, aunque parte del trozo con que debía asaltar el palacio ducal se encontraba presente. En un grupo de seis hombres, sentados en el lado opuesto de la sala y también con capas y capotes puestos, reconocí a los cuatro que habían desembarcado el día anterior en el muelle de los Mendicantes. No lejos de ellos, los cinco artificieros suecos, cuyos ojos claros y cabellos rubios o bermejos no desentonaban en la babel de voces y apariencias que era el bacaro, permanecían inmóviles cual trozos de carne, disciplinados y pacientes como buenos escandinavos, esperando la orden de salir y arrimarle candela al Arsenal de Venecia o a lo que se les mandara. Me inquietó un poco observar que periódicamente, casi por turnos, cada uno de ellos alzaba la mano para vaciarse en la gola una jarra de algo que, voto a Dios, no debía de ser agua; pero lo cierto es que, vino o aguardiente, no parecía alterarles el pulso. Sus fornidas humanidades parecían muy dueñas de sí. Hechas, de antiguo y por usanza de su nación, a absorber cualquier cantidad de líquido espirituoso como esponjas impasibles.

Seguí al capitán Alatriste cuando cruzó la sala sorteando mesas, bancos y gente en dirección al lugar donde estaba sentado Sebastián Copons. Permanecía el aragonés frente a una frasca de cáramo en compañía del moro Gurriato y Juan Zenarruzabeitia, en tabla contigua a otra ocupada por el catalán Quartanet y los andaluces Pimienta y Jaqueta. Todos, naturalmente, cubiertos también por capas, gabanes y capotes, como mi antiguo amo y yo mismo –habríase dicho que todos los españoles en Venecia teníamos frío aquella noche–. Copons, el moro y el vizcaíno hicieron sitio en su banco, y el capitán Alatriste apoyó las manos en la mesa mugrienta, indiferente a la frasca y al vaso que empujaron hacia él.

—¿Qué pasa con Martinho? —preguntó en voz baja, sin tocar el vino.

Como respuesta, Copons dirigió significativamente la vista a la puerta, donde el portugués aparecía en ese instante acompañado por dos sujetos mostachudos, de rostro moreno y curtido, que olían a soldados y españoles desde media legua. Sin mirar a nadie, Manuel Martinho de Arcada cruzó la sala con los acompañantes y fue a acomodarse cerca de su otra gente.

—Formados y en orden de revista —resumió Copons.

Acechaba el aragonés a mi antiguo amo con curiosidad profesional, resignada y un punto guasona; cómplice, me pareció, de puro veterana. Lo miraba tal como había hecho docenas de veces en momentos previos a cualquiera de los muchos asaltos que en su anterior vida dieron juntos. Era como decirle de nuevo, sin palabras: ahí están la trinchera, el revellín o el baluarte; la gente ya respira hondo antes de apretar los dientes, cruzar el glacis batido a mosquetazos y esguazar el foso; y a ti corresponde decir «Santiago y puto el último». O lo que digas.

El capitán Alatriste miró a su viejo camarada como si le penetrara sin dificultad el pensamiento, y una sonrisa de mutua inteligencia afloró más a sus ojos que a su boca. Pasose luego dos dedos por el mostacho, observó el rostro impenetrable del moro Gurriato, cuyo cráneo rapado relucía en la

luz grasienta de la taberna, e hizo un leve asentimiento de
cabeza a Juan Zenarruzabeitia y a los tres camaradas de la
mesa contigua, quienes correspondieron al gesto. Al fin posó
en mi brazo una mano enguantada, y en mis ojos los suyos.
Por un instante creí adivinar una chispa cálida. Asentí como
los otros; mas para entonces ese destello, si es que había exis-
tido, se extinguía en su mirada tranquila mientras retiraba la
mano, poniéndose en pie. Y se fue de ese modo, sin decir a
nadie buena suerte ni despegar los labios.

Los del Arsenal fuimos los últimos en salir de la bayunca.
Una vez que el capitán Alatriste hubo desaparecido por la
puerta, que tal era la señal convenida, nuestra gente empezó
a abandonar el lugar de forma discreta, en parejas o pequeños grupos. Anduvieron primero Roque Paredes y sus cuatro caimanes, seguidos por los ocho que iban con Martinho
de Arcada. Los suecos, con aire estólido e indiferente, se
pusieron todos en pie en cuanto el que parecía su cabestro
lo hizo, y salieron juntos, pocos pasos detrás de Pimienta,
Jaqueta y Quartanet. Les fueron detrás Copons y Zenarruzabeitia, y cerramos desfile el moro Gurriato y yo, camino
de la calle donde el frío nos mordió de nuevo. Dejando atrás
el puente de los Asesinos paseamos la calle larga, estrecha y
oscura antes de cruzar canales a derecha e izquierda, en un
recorrido que habíamos estudiado veinte veces para no deso-
rientarnos a boca de sorna en sus vueltas y revueltas. Calles

y góndolas inmóviles en los canales seguían tapizadas de
nieve; que, pisoteada como estaba en los puentes y pasajes
estrechos, se convertía en hielo resbaladizo. Crujía el suelo
blanco bajo mis botas guarnecidas con polainas y los pasos
del moro Gurriato, que caminaba envuelto en su pelosa azul,
subida la capucha sobre la cabeza. Pensé en la cruz azuaga
que llevaba tatuada en la cara y me pregunté cuáles serían
en ese trance sus pensamientos sobre las probabilidades de
vida o muerte. Luego pensé en las mías propias, envidiando
el fatalismo con que el mogataz afrontaba la vida que junto
a nosotros había elegido llevar.

–¿Todo bien, moro?

–*Uah*.

Me habría gustado hablar un poco más, aunque fuese en
voz baja, para aliviar el hormigueo que me recorría las asaduras; pero en nuestro oficio los silencios solían valorarse
más que las palabras. Habla, dijo el filósofo, para que te co-
nozca. De manera que refrené la mojarra por recelo de hacer
mala estampa. Peor figura hace el hombre por lo que parla
que por lo que calla, y es preciso parecerse al buen caballo de
silla, que en la carrera debe mostrar sus bríos, y fuera de ella
mantenerse compuesto y quieto. Caminábamos por tanto
Gurriato y yo uno junto al otro, pero abarracado cada cual
en sí mismo. Para distraerme de lo inmediato, yo pensaba
a veces en Angélica de Alquézar –era de esas noches en que me
parecía tenerla de veras en otro mundo, lejos de mi vida para
siempre– o en la suerte que habría corrido la pobre criadita
Luzietta. A ratos, el león de Venecia se encarnaba amenazante

en mi imaginación, disponiendo sus zarpas para recibirme;
había soñado con eso un par de veces en las últimas noches,
y ahora daba más pasos con los pensamientos que con el
cuerpo. Puesto que no había elección, quise consolarme con
el viejo dicho soldadesco: la muerte sigue al que la huye
y olvida al que la enfrenta. Al pasar sobre algunos canales, el
frío y la humedad me hacían estremecer, y en ocasiones llegaban a castañetear mis dientes; así que procuré abrigarme
con el paño, temiendo que el mogataz interpretara mal mi
destemple. A veces, al cruzar un puente o enfilar una calle
larga alumbrada por la antorcha de un portal, un fanal o una
ventana con luz, alcanzaba a distinguir, destacándose en la
penumbra sobre el suelo nevado, las siluetas oscuras de los
camaradas que, espaciados entre ellos, me precedían.

Sonaron en la noche, unas calles más allá, las campanas de
San Marcos.

—Falta media hora —comentó Malatesta.

Las calles próximas a la Mercería estaban poco transitadas
en ese momento, aunque la nieve del suelo se veía pisoteada
y resbaladiza. Una antorcha iluminaba un soportal muy estrecho por donde el italiano se internó sin vacilar. Diego
Alatriste, que caminaba vacío de pensamientos, fue detrás.
En la oscuridad casi tropezó con el bulto negro de su acompañante, que llamaba quedo a una puerta. Se abrió ésta, descubriendo el resplandor de la candela encendida que soste-

nía una anciana enlutada. La estancia era una trastienda de
salumería llena de sacos y barriles, con embutidos y sala-
zones colgados del techo. Tras algunas palabras en italiano,
la vieja puso la luz en una palmatoria y se alejó por el pasillo, dejándolos solos. Malatesta, que se había quitado capa,
sombrero y jubón, apartó unos sacos, descubriendo un ca-
jón donde había ropas, armas y dos relucientes golas de
metal.

—Seamos venecianos —dijo.

Silbaba *tirurí-ta-ta* mientras se vestía de oficial, y Diego
Alatriste se preguntó hasta qué punto aquello era indiferencia absoluta o alarde en honor suyo. Por su parte, se limitó
a cambiar la capa de paño pardo por una verde, color de la
guardia ducal. Luego, tras una breve vacilación, renunció a
ponerse el jubón bordado distintivo de los oficiales, conser-
vando el coleto de piel de búfalo, que seguramente iba a
serle de más utilidad. Dispuso la banda verde cruzándose el
pecho, y al cuello la gola de acero bruñido con el león de la
Serenísima, propio de los oficiales de servicio; y además de
la *puffer* alemana que traía al cinto, de la que giró la rueda
del resorte hasta dejarla montada, se artilló con otras dos
pistolas de chispa tras comprobar que estaban cebadas y a
punto, enganchándolas en la pretina, disimuladas bajo la capa.
Todo aquel peso resultaba incómodo, pensó. Pero tranqui-
lizaba.

—¿Estamos? —preguntó Malatesta.

El sicario sonreía con gesto distraído. Era la suya una sonrisa mecánica, y había dejado de silbar. Se diría que sus pen-

samientos, fueran los que fuesen, andaban por un lado y
aquella sonrisa por otro. Alatriste advirtió que por primera
vez no lo veía vestido de negro, como acostumbraba, de la
cabeza a los pies. Ahora parecía propiamente un capitán de
la guardia del dogo, incluido el detalle de una pluma verde en
el sombrero, bajo el que brillaban sus ojos negrísimos de
serpiente. Aquel aspecto, concluyó Alatriste, como el suyo
propio –con la capa, la gola y cambiando la pluma del chapeo
había logrado también una apariencia razonable–, bastaría
para ganar los veinte pasos necesarios, capilla de San Pedro
adentro, antes de que quienes para entonces siguieran vivos
y cerca pudieran reaccionar.

–Estamos –respondió.

A la luz menguada de la candela, la faz estragada de cicatrices del italiano parecía una superficie lunar. La sonrisa
sardónica se había esfumado de su boca. Ésta era sólo un
hueco oscuro, crispado.

–¿Todo claro?

Diego Alatriste asintió sin despegar los labios, curioso.
Así era, concluyó estudiando a su viejo enemigo, como el
sicario se enfrentaba a esa clase de lances. Tal su expresión
visto de cerca, la tensión de sus rasgos, el tono ronco de voz
a una distancia en que casi era posible tocar sus pensamientos.
Nada distinto, por tanto. Nada que no conociera de sí mismo.
Sólo cierta propensión a las palabras de más, por parte del
otro, y aquella sonrisa que hasta muy poco antes había estado
allí como una máscara: detalles accesorios del personaje. También Gualterio Malatesta deseaba vivir, igual que todos, pero

se resignaba a morir, igual que algunos. Por instinto, Alatriste registró aquella información por si llegaba a serle útil en el futuro –suponiendo que hubiese futuro más allá de la próxima hora–, y luego dejó de pensar en ello. No era momento de entibiarse en nada ajeno a lo inmediato. Por instinto de oficio, su espíritu se concentraba en los pasos habituales: terreno, amenaza, defensa, resguardos, ruta de fuga. Pasado cierto punto sin retorno posible, sólo cabía confiarse ciegamente al protocolo de siempre. El cálculo frío. Las maneras rigurosas de soldado viejo.

–A ello –dijo Malatesta.

Salieron otra vez a la calle nevada, hombro con hombro, envueltos en sus capas verdes. Llegaba de la laguna una brisa gélida, y el frío volvió a morder con ganas; pero ahora eso daba lo mismo, porque Diego Alatriste, concentrado en el paisaje y atento a cada detalle, palpaba bajo la capa la pistola que sacaría primero, comprobaba con el codo que la empuñadura de la daga estaba libre y podía desenvainarla con rapidez, sin traba alguna. Y así, atento a imprevistos o amenazas inesperadas, concentrado en disponer lo que cada paso que daba hacia San Marcos le ponía más cerca, desembocó junto a su compañero en la plazuela de la Canónica: el suelo tapizado de blanco, los leoncillos de mármol a la derecha con melenas de nieve, la fábrica enorme y sombría de la fachada de San Marcos enfrente, iluminada apenas por dos antorchas que, puestas en argollas, ardían con luz brumosa. Pase lo que pase ahí, concluyó con fatalismo profesional, me retiraré por aquí. Expuesto, tal vez, al cruzar de nuevo la plazuela; pero

a salvo alcanzando las calles que dejamos atrás. Con Malatesta o sin él. Luego, cinco puentes a la izquierda, hasta el
canal. Si llego al otro lado, las posibilidades aumentarán un
poco. Creo. O más me vale creerlo. Mientras así sea, tendré
ánimo para reñir sin abandonarme.

Tenía la boca tan áspera y seca que habría vaciado medio
azumbre sin respirar, si a mano lo tuviera. Miró de soslayo
a Malatesta, que caminaba con decisión a su lado: sombrío
el rostro bajo el ala del sombrero, silueta oscura en el contraluz de las antorchas y el suelo nevado que crujía suavemente bajo sus pasos. El italiano había sacado de entre sus
ropas una llave grande. Estaban ya ante la verja de hierro del
portillo, junto al edificio adosado al crucero norte, cuando
las campanas de la iglesia sonaron de nuevo, cercanas y en-
sordecedoras, levantando un aleteo de palomas que surcaron
la penumbra amarillenta en todas direcciones desde las ba-
laustradas y cornisas del edificio. En San Marcos acababa de
empezar la misa de gallo.

Doce sombras se movían con cautela en la oscuridad, pe-
gadas a las fachadas de las casas próximas a los muros de San
Martino, entre la iglesia y el canal. Yo era una de ellas, y
avanzaba entre el moro Gurriato y el catalán Jorge Quartanet con el resto del trozo de asalto, seguidos de cerca por
los artificieros suecos. Estábamos a un centenar de pasos de
la puerta de tierra del Arsenal. Merced a la reverberación del

suelo nevado, alcanzábamos a distinguir el contorno oscuro
del edificio del cuerpo de guardia conocido como cuartelillo de San Marcos, a la derecha, y el alto mástil situado en
la plazuela, que a esas horas estaba sin bandera. Fijando un
poco más la vista, podía apreciar también una de las torres
de la puerta de mar –la situada a este lado del canal de entrada al tarazanal– y la fachada donde estaba el acceso principal al recinto.

–Vamos –dijo Sebastián Copons.

Desenvainé la doncella, como mis camaradas, y avancé
un trecho buscando siempre el reparo del muro y la sombra.
Para bregar con más desembarazo habíame terciado la capa
doblada sobre el hombro izquierdo, atándola con los cordones. La verja de hierro del portón del Arsenal era ahora vi-
sible, negra sobre blanco bajo el frontón triangular de la
entrada. Estaba abierta, como esperábamos, y un fanal encendido dentro recortaba media docena de sombras inmóviles, envueltas en capas. El plan era que Maffio Sagodino,
capitán de la compañía de mercenarios dálmatas, estuviera
aguardando con sus hombres para guiarnos al interior del
recinto. Y había cumplido su palabra, pues en pocos pasos
pude reconocerlo entre los que esperaban a la luz del fanal.
Salimos del resguardo con menos precaución, apresurándo-
nos al cruzar la plazuela. Con la tensión del instante llegué
a adelantarme un poco, alcanzando a Copons. El moro Gurriato me iba a las calcas: oía detrás su respiración fuerte y
tranquila. Por mi parte, tenía el cuerpo tenso como una ba-
llesta, listo para la acción inminente, y el pulso me latía cada

vez más rápido en las muñecas, el corazón y las sienes. Aun así, como mozo acuchillado que era, procuré mantener el chapitel en calma, fijándome con sosiego en cuanto me rodeaba, por si alguien nos madrugaba la encamisada. Que nadie se perdió nunca por mirar dónde pone los pies, y algunos fían tanto del valor que olvidan la prudencia. Quizá por eso, cuando iba a cruzar la verja advertí que algo no iba bien. Todo parecía corriente, y el capitán Sagodino aguardaba en el lugar y hora indicados; pero un detalle me inquietó de pronto: iba sin sombrero ni armas, mientras que los hombres que tenía alrededor llevaban espadas, partesanas y arcabuces con las mechas encendidas. Ahora podía yo ver mejor la cara barbuda de Maffio Sagodino a la luz del fanal, y concluí que no era la de un hombre feliz. Tenía el rostro crispado, y su expresión no cambió al ver que nos aproximábamos a la puerta. Se me erizó la piel.

–Es una trampa –susurré–. Nos han vendido.

Lo hice sin detenerme, en voz muy baja. Pensándolo al tiempo que lo decía. Copons dio dos pasos más mientras digería aquello.

–Cagüendiós –dijo, parándose.

Miré atrás, a la izquierda. La orilla del canal que circundaba el tarazanal se perdía en las sombras, ofreciendo posibilidad de ponerse en cobro. Vacilé un instante, obligándome a pensar; pues en los rebatos gran asunto de cordura es no desbaratarse. Mi dilema era gritar alertando a los compañeros o dejar que lo adivinaran cuando echase a correr: a quien se muda, Dios lo ayuda. Me decidió el estrépito de

un portón al abrirse al otro lado de la plazuela, en el cuerpo
de guardia del cuartelillo de San Marcos, y la aparición de un
tropel de soldados con faroles, armas y mucho ruido de voces. A su vez, retirando a Sagodino, los de la puerta se abalanzaron contra nosotros escalones abajo, seguidos por otra
nutrida golondrera que salió del Arsenal. Para ese momento yo estaba ya arrimado a Cristo en plan iglesia me llamo,
corriendo como una liebre por la orilla del canal hacia el
amparo de la oscuridad, seguido por Copons, el moro Gurriato y Jorge Quartanet; que no se lo hicieron decir dos
veces, ni una. La última vez que miré por encima del hombro
pude ver, entre danza de faroles y relucir de aceros desnudos,
a los suecos que eran tajados como animales, a Juan Zenarruzabeitia apresado y cubierto de heridas, y a Pimienta y
Jaqueta que reñían muy agobiados de enemigos, vendiendo
caras sus vidas.

Pam. Pam. Zuaaas. Zumbaban arcabuzazos sobre nuestras
cabezas o pegando chasquidos en los ladrillos de las casas, y
entre tiro y tiro sólo se oía el ruido atropellado de nuestras
pisadas en la nieve. Los cuatro que habíamos podido zafarnos
corríamos sin gastar verbos, en silencio, reservando el resuello
para ese menester. Lo hacíamos por nuestras vidas, olvidados
de cuanto no fuera ponernos en salvo a toda calza. Y entre
todos yo escapaba el primero, espada en mano, seguro de que
si seguía aquel canal hasta el extremo, sin apartarme de él,
alcanzaría los muelles del norte de la ciudad; mientras que
desviarme de esa ruta sería perdernos en un laberinto de callejas del que no saldríamos nunca. En ese pensamiento an-

daba, o corría, cuando vi unas sombras destacarse de la oscuridad contra el suelo nevado, muy cerca, sobre el puente que allí salvaba el canal.

Era media docena: gente dispuesta para cortarnos la retirada, o ronda que acudía al ruido de los tiros y no esperaba darse de boca con nosotros. El caso es que nos topamos con ellos sin decir palabra ni detenernos casi, amurcándolos como jarameños saliendo de chiquero. En torno, mis camaradas segaban carne entre chasquidos de tajos, gemidos, maldiciones y centellas de espadas. Sin detenerme, tiré una mojada al enemigo que tuve más cerca, emboqué ese primer golpe en blando, y aquello me estorbó la carrera casi dislocándome un hombro del tirón. Eché el brazo atrás, dolorido, mientras liberaba la temeraria; y el otro, quien fuera –un bulto oscuro con relucir de hierro en la mano fue cuanto vi–, cayó al canal gritando como un verraco degollado, con tanta violencia que casi me arrastra detrás, el hideputa. Recuperé la sierpe, vuelto a otro que se agarraba queriendo clavarme algo, pero de tan cerca y tan torpe que Dios me tuvo de su mano: los piquetes los daba en los dobleces de la capa que yo llevaba terciada al hombro. Le pegué con la guarnición en la cara, con toda mi alma, hasta que al tercer o cuarto baquetazo aquello crujió a manera de huesos o dientes rotos, y mi adversario dobló como un saco de arroz, respirando muy fuerte, húmedo y atragantado, como si vomitara. Aún le di una gentil estocada desde arriba, para asegurarme –gimió largo, como cansado, supongo que echando el ánima–, y luego salté sobre su cuerpo y seguí corriendo por el margen blanco que orillaba el

agua negra del canal, mientras frotaba con la otra mano mi brazo maltratado. Para entonces los pulmones me ardían por dentro como si el aire frío los arañase. Mis camaradas venían detrás
calcorreando al mismo paso, tan silenciosos como antes, excepto Jorge Quartanet, que debía de haber recibido alguna
bellaca cuchillada en el puente, iba descosido de mondongo,
y a veces tropezaba o resbalaba en la nieve.

—Estic fotut —le oíamos mascullar.

El moro Gurriato intentó ayudarlo, pero no hubo manera: el catalán corría cada vez con más dificultad, perdiendo
sangre y fuelle sin remedio, y el moro tuvo que cuidar de sí
mismo. Ésas eran las reglas de las encamisadas y los sálvese
quien pueda. Quartanet, soldado veterano, lo sabía como
nadie. Así que no hubo reproches por su parte. Ni siquiera
pidió que lo esperásemos. Lo último que le oí fue un gemido
de dolor y un resignado «mare de Deu» entre dientes. Después, el sonido de sus pasos cada vez más lentos fue quedan-
do atrás, y nunca volvimos a verlo.

Pasada la verja, Gualterio Malatesta hizo girar una llave
en la otra cerradura. Luego empujó la puerta, que se abrió
silenciosamente sobre goznes bien engrasados, y ante ellos
apareció la rubia sonrisa del capitán Lorenzo Faliero.

—Benvenuti —dijo éste.

Empuñaba una espada, y en la otra mano sostenía una
linterna sorda encendida, cuya parva luz hacía relucir mucho

acero a su espalda: las armas de la veintena de soldados que
estaban allí prevenidos, ocupando la estancia.

—Arrendetevi —añadió el veneciano— e conseñate le armi.

Diego Alatriste ni siquiera intentó pensar: al filo mismo
de la vida y la muerte, tales lujos costaban la piel. Por instinto, con la rapidez de un relámpago, metió mano a la daga
cuya empuñadura rozaban sus dedos desde hacía rato, y por
encima del hombro de Gualterio Malatesta tiró a la garganta de Faliero una cuchillada lateral, de izquierda a derecha.
Casi en el mismo movimiento, cogió la pistola de rueda que
traía prevenida, la disparó sin apuntar hacia el interior de la
habitación —lo próximo del estampido hizo encoger la cabeza a Malatesta—, volvió la espalda y echó a correr. Lo último que vio a la luz del fogonazo fue la sonrisa de Faliero
tornándose mueca de asombro, sus ojos espantados y el chorro de sangre que el tajo de la garganta abierta proyectaba
sobre el rostro de Malatesta.

—¡*Cazzo di Dio!* —oyó maldecir al sicario, a su espalda.

Alatriste ni siquiera se entretuvo en reflexionar sobre si
su compañero estaba con los otros, o de su parte. Más adelante habría tiempo para eso, si lograba mantenerse vivo. Al
instante corría por la plazuela de la Canónica buscando el
reparo de la oscuridad de las calles cercanas. Había tirado
al suelo la pistola descargada, y para ir más ligero cortó con
la daga los cordones que sujetaban la capa, dejándola atrás.
Oía gritos y pasos precipitados que le iban a la zaga: no sabía
si se trataba de gente de Faliero o era Malatesta, ni tampoco si
éste huía como él o formaba parte de la jauría perseguidora.

De cualquier modo, descartó la posibilidad de empuñar otra de las dos pistolas que aún llevaba al cinto, volverse a medias y largar un segundo pistoletazo. Eso le haría perder un tiempo precioso, y lo principal era repararse en las sombras intentando despistar a quien lo persiguiera. En el momento de alcanzar el primer callejón oyó rumor de voces y arcabuzazos lejanos, al otro lado de San Marcos: el pobre Manuel Martinho de Arcada y su gente –pensó en ellos de manera fugaz, antes de olvidarlos– estaban siendo exterminados en la puerta misma del palacio ducal.

Se detuvo un instante al otro lado del soportal, mirando a un lado y a otro mientras procuraba conservar la calma y orientarse. Enfundó la daga, pensando en lo más urgente. Tenía el plano de Venecia grabado en la cabeza, aunque en aquella compleja ciudad, y a oscuras, eso no garantizaba nada. La idea era mantenerse en torno a la parte oriental de la plaza de San Marcos, caminando siempre a la izquierda: cinco puentes sobre cinco canales pequeños antes de llegar al canal grande; al lugar donde, en principio –ya no estaba seguro de nada–, debía esperar una góndola para llevarlos a Malatesta y a él al otro lado; al escuero donde –ésa era otra suposición aventurada aquella noche– los embarcaría el contrabandista Paoluccio Malombra.

Volviose de pronto, alertado por ruido de pasos rápidos al otro extremo del soportal. No vio a nadie, pero convenía tenerlos en respeto, fueran quienes fuesen. Así que empuñó una de las pistolas, apuntó en esa dirección, cerró los ojos para no deslumbrarse con el fogonazo y disparó un tiro.

Luego, sin comprobar los resultados, dejó caer el arma y echó de nuevo a correr. Cruzando un puente para embocar la calle que estaba a la izquierda, vio aparecer en una ventana con luz el rostro de un vecino asustado por el disparo, que se retiró de inmediato al verlo pasar como un fantasma. Corría Alatriste a lo soldado, con paso ligero, procurando mantener un ritmo soportable y sin forzarse mucho, atento a no ser blanco fijo para tiros de pólvora y a no resbalar en la nieve pisoteada y romperse algo. Sobre los aleros de los tejados que casi se tocaban en las calles estrechas, el cielo seguía negro y cerrado, sin rastro de luna. Por suerte, el tapiz blanco del suelo, resaltando los objetos y los contornos, ayudaba a orientarse. Pasado el segundo puente se detuvo otra vez recobrando resuello, al acecho de posibles perseguidores; pero esta vez el silencio era absoluto. Al reparo de las casas, el aire estaba inmóvil, sin soplo de brisa. Se quitó del cuello la gola de acero, arrojándola al agua, y aguardó hasta serenar un poco los latidos desbocados del corazón. Pese a que no llevaba capa –también había perdido el sombrero en la carrera–, el esfuerzo lo hacía sudar: notaba empapada la camisa bajo el coleto de piel de búfalo. Al respirar, el frío condensaba su aliento en bocanadas tan densas que parecían humo de tabaco.

Cruzó dos puentes más, siempre a la izquierda, y siguió la orilla de un canal angosto donde había muchas góndolas cubiertas de nieve amarradas en sus palinas. Al fin, pasando entre una iglesia y una casa de aspecto patricio, de la que procuró esquivar las ventanas iluminadas, entrevió al extre-

... Tiró a la garganta de Faliero una cuchillada lateral...

mo de una plazuela la anchura negra del canal grande, de donde llegaba un vientecillo frío que heló el sudor en su ropa. Estaba acordado que el gondolero previsto aguardase junto al pontón de San Moisés, al otro lado del canal del mismo nombre. Resguardándose lo más posible en las sombras, Alatriste dejó atrás la iglesia, comprobando que no tenía a nadie tras su huella, y luego cruzó el último puente y tomó la primera calleja a la izquierda. Mientras se acercaba al pontón se movía cauto, como un lobo desconfiado: cada vez más despacio, procurando apoyar el talón de las botas antes que las suelas, a fin de hacer el menor ruido posible. Se detuvo a pocos pasos, muy cerca del canal grande. El pontón estaba desierto: allí no había góndola ni gondolero. Sin el sofoco del esfuerzo, el frío lo hizo tiritar; y por primera vez echó en falta la capa abandonada en la Canónica. Mierda de Cristo, se dijo. Al cabo no me matarán los venecianos, sino una pleuresía. Sus sentidos, sin embargo, estaban pendientes de lo que tenía detrás. Y ahora escuchaba ruido de pasos acercándose. Venía alguien.

Al diablo todo, concluyó. Estaba muy cansado para correr de nuevo, y fuera del pontón de San Moisés ya no tenía a dónde ir. Simple transeúnte o enemigo a sus calcas, quienquiera que fuese estaba de más en ese momento. Y si eran varios, el primero que asomase el hocico pagaría por todos. Que Dios o el diablo proveyeran. Así que buscó el resguardo de un soportal mientras desenvainaba la daga con la mano zurda y empuñaba la pistola con la diestra, tras amartillarla sofocando el chasquido entre los muslos. Respiraba despacio y hondo, para que los latidos del pulso en las sienes no le perturbaran el silencio necesario. Crujía suave la nieve junto a la embocadura del soportal. Un paso. Otro. Y cuando, al tercero, una sombra se destacó en la penumbra, y la hoja de la espada que esa sombra empuñaba se alargó nítida sobre el suelo blanco, Alatriste alargó el brazo y le puso el cañón de la pistola a quemarropa, tocándole la cabeza. Entonces oyó la risa chirriante de Gualterio Malatesta.

–*Minchia*, capitán Alatriste... Guardad ese chisme. El ruido de un disparo es lo que menos conviene ahora.

Los muros y el campanile de San Francisco de la Viña se alzaban negros en la noche, más allá de las sombras entrelazadas que formaban sobre nuestras cabezas las ramas desnudas de los árboles. De Roque Paredes y la gente del barrio judío no había aparecido nadie. Sólo Sebastián Copons, el moro Gurriato y yo estábamos agachados junto a la tapia del convento, recobrando a boqueadas el resuello mientras estudiábamos la manera más segura de recorrer el último tramo: un murete con un portillo que conducía a una playa rocosa, abierta a la laguna, que se estrechaba en la punta que llamaban de la Celestia. Desde donde estábamos no podía verse otra cosa que la línea oscura del murete y el portillo. Habíamos estudiado el paraje con anterioridad, tanto de día como de noche. Sabíamos que era un sitio provisto de tropa, por estar allí el almojarifazgo de muchas mercancías que llegaban de

tierra firme; y su guardia habitual eran cuatro o cinco golon-
drinos más atentos a cobrar el astillazo de barqueros y contra-
bandistas que a vigilar lo que se cocía tierra adentro. Lo que
esa noche no sabíamos era si los acontecimientos habrían
cambiado las cosas; si la guarnición del portillo estaba alerta
o reforzada, y si la barca prometida por Paoluccio Malombra
aguardaría según lo previsto al extremo de la pequeña playa,
o nos íbamos a encontrar, cuando llegáramos, sólo con rocas,
agua y noche. Tres dudas que no había manera de resolver
sino moviéndonos.

—Peñas y buen tiempo —dijo Copons.

Nos apartamos de la tapia con cautela, cada cual con sus
hierros desnudos en las manos. Habíamos acordado que yo
me adelantaría cuando estuviésemos cerca del portillo: era
el más suelto en parla italiana, y dos palabras oportunas de-
jarían margen para arrimarnos y ejecutar la sarracina. Un
solo centinela que escapara vivo, pregonando nuestra presencia allí, nos haría dar con los huevos en la ceniza.

—Ahí están —susurré.

Dos bultos en pie, apoyados en el murete, y otros dos en
el suelo, negros sobre el blanco del suelo nevado, en torno a
un braserillo del que el viento de la laguna arrancaba chispas.
Me solté la capa que llevaba terciada al hombro para que su
vuelo disimulara mis armas: espada envainada —podía estor-
barme para reñir en corto y a oscuras— y daga en la mano
diestra. Luego salí a descubierto, caminando hacia el portillo
con mucha flema. O aparentándola. Pues, como había escrito ya Calderón de la Barca, o estaba a punto:

Estas acciones no son
hijas de la bizarría;
el morir no es valentía,
sino desesperación.

Con cada paso, la sangre me batía en los oídos, ensorde-
ciéndolos hasta el punto de apagar el rumor del viento y el
chapaleo del agua en la orilla próxima de la laguna. Silencio,
repetían mis adentros. Te va la vida. Todo debe ocurrir con
poco ruido.

–Buonanotte –saludé, muy desenvuelto.

–¿Cosa vuo...? –empezó a decir uno de los centinelas, desabrido, separándose del murete.

Tanteé con la mano izquierda, calculando sitio y distancia,
y casi en el mismo movimiento le metí al centinela mi daga
en la canal maestra, hasta la guarnición. La voz se le quebró en
un gruñido, como si expulsara aire líquido; y todavía estaba
en pie, gruñendo y tambaleándose como borracho, cuando
por mi derecha e izquierda las sombras de Copons y el moro
Gurriato se abalanzaron contra los otros. Sonaron chasquidos
de carne abierta y gemidos sordos mientras yo recuperaba
mi daga y el centinela degollado me caía a los pies. Salté sobre su cuerpo y fui adelante, cebado en la pelea, contra un
bulto que se incorporaba al resplandor chisporroteante del
braserillo. Coincidí allí con Gurriato, que ya había despachado a otro centinela como por la posta. Entre los dos su-
jetamos al que intentaba levantarse, inmovilizándolo contra

el suelo mientras procuraba sofocarlo con mi capa para ahogar sus gritos, al tiempo que con mucha diligencia el mogataz lo cosía a puñaladas. Chac, chac, chac, chac, chac, sonaba interminable. Dejó el infeliz de estremecerse al fin, sin lograr decir en alto esta lengua es mía. Todo era de nuevo silencio excepto el leve rumor del viento y el chapaleo del agua en la orilla cercana, al otro lado del murete y el portillo. Nos quedamos un momento quietos, recobrando el resuello. Después sequé lo mejor que pude mis manos húmedas de sangre –todavía caliente y viscosa– en las ropas del muerto, y me puse en pie. Sebastián Copons apagaba el braserillo echándole puñados de nieve encima.

–¿Todos bien? –preguntó.

Un breve quejido de Gurriato al incorporarse reveló que no todos lo estábamos. Su primer adversario, más rápido que los otros, había tenido ocasión de meterle media cuarta de acero en las costillas cuando el moro le fue encima, antes de ser despachado. No parecía araño serio, nos aclaró el mogataz rechinándole los dientes mientras se metía un dedo en el estrago para calcular lo hondo. Pero estorbaba. Le improvisamos un vendaje con nuestros lienzos de faltriquera, apretando para detener la hemorragia. Se tenía derecho, muy entero, y no requirió nuestra ayuda cuando pasamos el portillo, saliendo a la playa de guijarros nevados.

–Démonos prisa, rediós –urgía Copons.

El aire frío y salino –olía a moho, fango y algas– me despejó los ojos y el campanario, helando el aguanieve de mis ropas y la sangre del centinela que, mezclada con la del moro Gurriato, me quedaba en las manos. Ante nuestra vista, la laguna parecía una vasta llanura desierta y negra, sin una sola luz, cuyo borde se agitaba en la orilla con una fosforescencia de espuma. La línea de costa, perceptible en la oscuridad gracias al manto de nieve, se perdía describiendo una curva hacia la masa oscura de los muros del Arsenal. Miré por última vez hacia San Francisco de la Viña por si veía aparecer a gente de Roque Paredes; pero supe que no vendría nadie.

–¡Avivad!... ¡Avivad!

Corrimos de nuevo, esta vez por los guijarros blancos que crujían bajo nuestras botas. Yo avanzaba con la daga todavía en la mano, crispado por la tensión y la incertidumbre, preguntándome si la gente de Paoluccio Malombra habría cumplido su compromiso. Asustado, lo confieso, por la idea de vernos sin retirada posible, librados a nuestra suerte en aquella ciudad enemiga que con tanta profusión habíamos jalonado de cadáveres.

–Cagüen mi santo –oí exclamar a Copons.

Parecía un punto conmovido, y me extrañó el tono, por lo inusual. Miré alrededor, inseguro de si alarmarme más o esperanzarme con aquello. La Celestia se estrechaba hacia su extremo, en una punta rocosa que hacía las veces de espigón. Y allí, al término de la playa nevada, alcancé a divisar la forma oscura de una embarcación sin luces que se balanceaba en la marejadilla.

–¿Son los nuestros? –pregunté.

–¿Y quién si no?... Aprieta, que más nos vale.

Sosegado, feliz, agarré del brazo al moro Gurriato para ayudarlo a recorrer el último trecho. Y entonces, con el egoísmo del superviviente, pensé por primera vez en la suerte que estaría corriendo el capitán Alatriste.

–Es lo que creo –concluyó Gualterio Malatesta–. Faliero nos vendió a todos. Tal vez lo descubrieron y cambió de caballo a media cabalgada, o estaba en ello desde el principio.

–Pensaba que era pariente vuestro.

–Sí... Pero ya veis. Las familias no son lo que eran.

Diego Alatriste esbozó una sonrisa en la oscuridad. El sicario era, como él mismo, una sombra arrimada a la pared, junto al pontón de San Moisés.

–Hay cosas –añadió Malatesta– que tal vez no sabremos nunca.

Frente a ellos, más allá del muelle desierto y las palinas de madera que se erguían verticales con sus monteras de nieve sobre el agua, el canal grande era un tajo negro, ancho, partiendo la masa oscura de los edificios que lo orillaban.

–También he dudado de vuestra merced –confesó Alatriste.

Un crujido gutural. Sonaba, queda, la risa chirriante del siciliano.

–Con razón, supongo... En cierto momento no me habría importado cambiar de bando, si alguien me hubiese hecho una buena oferta. Ése fue el error del pobre Lorenzaccio: no confiarse a mí... Debió de creerme más leal a mis principios de lo que soy.

–Espero que ese bellaco esté muerto.

–Ah, de eso no tengo la menor duda... Aquella cuchillada que le dio vuestra merced le abrió la gorja un palmo, delante de mis narices... Todavía tengo sangre en la cara, del chorro que salió.

Aventurándose un paso fuera del portal donde se resguardaban, Malatesta reconoció los alrededores. Diego Alatriste le fue detrás, estudiando la orilla del canal. Aparte alguna ventana iluminada a un lado y a otro, todo parecía desierto. Tranquilo.

–Reaccionasteis bien –siguió diciendo el italiano–. Ni yo mismo habría sido tan rápido con la daga... Y el pistoletazo fue muy oportuno. Tuvo en respeto a los de dentro el tiempo suficiente para quitarnos de en medio. El único reproche es que el tiro sonó a un palmo de mis orejas, cuando no lo esperaba. *¡Giuraddío!*... Tengo el oído derecho como un parche de tambor flojo.

Caminaban ahora muy juntos buscando los rincones más oscuros, rozándose los hombros, atentos al menor ruido que surgiera a su espalda. El viento helado que corría a lo largo del canal hizo que Alatriste lamentase otra vez haber dejado caer su capa durante la fuga. Enfriado tras el sudor de la carrera, a trechos tiritaba bajo el coleto de piel de búfalo. Sin embargo, concluyó resignado, aquello no tenía remedio. En todo caso, se dijo, mejor fortuna era sentir frío que hallarse tumbado en la nieve con las entrañas abiertas y no sentir nada en absoluto.

—Oí lo que le pasaba a la gente del palacio ducal –comentó–. A Martinho de Arcada y los suyos.

—Yo también lo oí... Mala suerte para ellos.

Una punzada amarga. Alatriste hizo esfuerzos por alejar los pensamientos que le venían a la cabeza. Rostros amigos cuya suerte le era incierta. En el acto rechazó la idea, haciéndose violencia. No era bueno que sentimientos de esa clase le alterasen el pulso y la vista. No en tales circunstancias, junto a un Gualterio Malatesta del que, pese a la coyuntura, no lograba fiarse del todo.

—El resto también habrá caído –dijo pensativo–. Los del Arsenal y la aljama.

Se mostró de acuerdo Malatesta, con mucha indiferencia y desapego. En Venecia, opinó, estaban lejos de hacerse las cosas a medias. Si a esas horas quedaba alguno vivo, aparte Diego Alatriste y él mismo, estaría pasando un mal rato.

—No me apetece conocer la cárcel de los Plomos –concluyó–. Con mis últimas experiencias en Madrid, en tratos de cuerda anduve bien servido.

Se había detenido sobre el pontón mismo, silueta oscura sobre el suelo blanco, mientras Diego Alatriste vigilaba los alrededores. Allí no había góndola ni gondolero, y el canal se ensanchaba ante ellos, infranqueable. El único puente para cruzar era el de Rialto, que se hallaba lejos y, sin duda, vigilado. Observando los edificios en sombras, Alatriste pensó en donna Livia Tagliapiera. Le habría gustado saber qué era de ella, a tales horas. También se preguntó si la cortesana se hallaría en el bando de los traidores, o de los traicionados.

—Mañana todo zumbará como una colmena —opinó Malatesta, regresando del pontón—. Imaginaos: los venecianos frotándose las manos mientras piden explicaciones al embajador de España, y unos cuantos compatriotas vuestros expuestos al público, colgados entre las columnas de San Marcos o echando la sopa ante el verdugo —dirigió en torno una ojeada suspicaz—. Así que procuremos no ser nosotros.

—También puede ocurrir de otra manera —dijo Alatriste.

—¿De cuál?

—Que se haga a la sorda.

—¿Qué os hace pensar eso?

—Nada en particular. Pero es cierto que todo se ha llevado a cabo con mucha discreción. ¿No os parece?... La ciudad entera debería estar patas arriba, y ya veis. A salvo el dogo, si es que alguna vez corrió peligro real, Venecia parece en calma. Vuestra merced y yo deberíamos tener detrás a cientos de hombres, pero no es así. Nos echaron encima lo justo. Como si fuéramos poco peligrosos.

Un breve silencio. Malatesta consideraba aquello por lo menudo.

—¿O no quisieran escandalizar demasiado?

—Algo así.

—Hum... Interesante.

Se alejaban de San Moisés, callejeando cautos por lugares angostos, procurando mantenerse orientados hacia la izquierda para no alejarse del canal grande.

—El otro día, alguien comentó una cosa que ahora cobra sentido –dijo Alatriste mientras cruzaban un puente–. El duque Vincenzo Gonzaga se está muriendo, sin hijos que le sucedan... Es posible que las tropas españolas invadan Mantua y el Monferrato, desde Milán.

—*Cazzo*... Eso arriesgaría una guerra con Saboya y con Francia, ¿no es cierto?... Y la cólera del papa.

—Puede ser.

Silbó muy quedo Malatesta su *tirurí-ta-ta*, y no dijo nada durante unos pasos. Era evidente que aquello le daba en qué pensar.

—Lo que, de pronto, deja el asunto de Venecia en lugar secundario –resumió al fin–. Incluso incómodo.

—Así lo veo yo... La intervención aquí distraería fuerzas necesarias en otra parte. Sería demasiado morder, todo junto... Un escándalo para Italia y toda Europa.

Se había parado el sicario, como si le costara dar crédito.

—¿Queréis decir que pueden habernos traicionado los propios españoles?... ¿El conde-duque? ¿El embajador?... ¿Que a estas horas ya no hay ahí afuera barcos con tropas del rey católico?

—No quiero decir nada... En materia de traiciones, el experto sois vos.

Hubo un silencio, seguido de rumor líquido. Malatesta orinaba sobre la nieve.

–Tiene sentido. Por la puerca Madonna que lo tiene.

Caminaron de nuevo, internándose por un callejón tan estrecho que uno debía preceder al otro, pues resultaba imposible ir emparejados. Se apartó Alatriste para ceder el paso. Ni siquiera en tales circunstancias deseaba dar la espalda al italiano.

–Me sorprendéis, señor capitán –dijo éste sin volverse, mientras caminaba delante–. No os imaginaba tan ágil de mente en dibujos de cancillerías.

–Pues ya veis. A la fuerza, ahorcan.

Rió siniestro el otro.

–Lo cierto es que tenéis razón –admitió–. El golpe puede venir de ahí... Desde luego, el precio es irrisorio. A cambio de calmar a los venecianos y desarmarlo todo, se sacrifica a una veintena de soldados que a nadie importan... Conspiración de aventureros. Punto.

Habían salido de nuevo a la orilla del canal grande, tras pasar dos puentes. Esta vez fue Alatriste quien se adelantó en descubierta, a echar un vistazo prudente. Si no le engañaba el recuerdo del plano que tenía memorizado, debían de hallarse cerca del pontón de Santa María Zobénigo. La iglesia quedaba a su espalda, al extremo de una plazuela rectangular y blanca como una sábana.

–La enfermedad de don Baltasar Toledo, suponiendo que sea cierta, no ha podido ser más oportuna –dijo mientras miraba a uno y otro lado–. Deja fuera de esto a la única persona de rango y calidad mezclada en la conjura. Y nos pone a vuestra merced y a mí en cabeza de todo. Simple carne de horca.

Crujió otra vez, contenida, la risa de Malatesta.

—De los que se rascan la sarna.

—Exacto.

—Un oscuro soldado y un sicario.

Alzó un dedo Diego Alatriste, puntualizando.

—Que ya quiso matar a un rey.

—Vaya. Bien pensado... Dos lindas cabezas de turco.

Con aquellas palabras en la boca, Malatesta avanzó hasta situarse junto a Alatriste, mirando también alrededor. Con el reflejo pálido de la nieve casi podían distinguirse, nítidas, las facciones del italiano. Los ojos le brillaban bajo el ala del sombrero cual si tuvieran fuego propio, casi divertidos con la situación. Tú y yo, parecían decir. Al cabo de tantos años tirándonos cuchilladas, henos juntos en la misma mierda.

—Bueno. ¿Qué más da?... Cuando no traicionan unos, lo hacen otros.

Tras apuntar eso con galana indiferencia, el sicario dio unos pasos hacia el pontón.

—El caso es que vuestra merced y yo estamos vivos y libres de momento —añadió—. Y si mis ojos y la noche no me engañan, allí veo una barca que está pidiendo a gritos que alguien suba en ella.

Miró Diego Alatriste en esa dirección, esperanzado.

—¿Puede ser nuestra góndola?

—No creo. Parece un sándalo, y no veo a nadie cerca. Mas puede hacer el avío... ¿Sabéis manejar el remo y la fórcola? Yo tampoco. Pero es buen momento para aprender.

–Lo mismo hay un barcarolo dormido dentro, bajo las mantas.

–Pues lo siento por él... No está la noche para dejar atrás testigos.

–Poco os preciáis de cristiano –se chanceó Alatriste, guasón–. Un antiguo monaguillo como vos. Y en Nochebuena.

–No jodáis, capitán.

No había nadie en la embarcación, ni cerca de ella. Y a partir de ahí, todo transcurrió en silencio. O casi. Mucho tiempo después, Alatriste aún recordaría con nitidez el sonido del remo con que Malatesta apartó del pontón el sándalo cubierto de nieve. También el frío intenso, los reflejos de luces aisladas y distantes en el agua negra, el balanceo mientras se alejaban canal adentro bogando con torpeza, en un zigzag que tras cierto tiempo y esfuerzo acabó llevándolos a la otra orilla. No faltó un momento de tensión cuando una caorlina grande, alumbrada por un fanal amarillento, estuvo a pique de abordarlos entre voces furiosas de sus remeros, que los insultaron en dialecto veneciano –¡*Ehi, ciò, fioi de cani!*, gritaban–. Y, al fin, el golpe del sándalo contra la piedra del otro lado, el verdín donde Alatriste estuvo a punto de resbalar cuando pisaba suelo firme, la orilla nevada y desierta del canal que, tras dejar dos puentes atrás y a la izquierda, los condujo en línea recta hasta el escuero, en cuyo cobertizo de madera negra entraron sigilosos como sombras asesinas, espada y daga en mano, para encontrar a Paoluccio Malombra apaciblemente sentado junto a un brasero entre góndolas a medio construir, con un alfanje metido en la faja, una sonri-

sa entre las espesas patillas y un pellejo de vino al alcance de
la mano. Fumando una pipa de barro cuyo olor de tabaco se
mezclaba con el de la pintura, la cola y la brea de calafate.
Después de todo, pensó Alatriste envainando
los aceros, quizá no sea ésta la ciudad
donde moriré.

X. LA ISLA DE LOS ESQUELETOS

a embarcación –uno de esos botes de pesca con dos velas al tercio que los venecianos llaman bragozos– se acercó por el canal, despacio, impulsada por la brisa del oeste que deshacía los últimos jirones de niebla. En lugar de ésta quedaba ahora una bruma tenue y baja, aferrada a las orillas de la isla donde la llovizna helada, las nubes y la luz ceniciente del alba creaban una atmósfera gris, espectral. Los muros desnudos del antiguo convento en ruinas y las osamentas semienterradas que se veían por todas partes, entre las piedras, arbustos y cañaverales mojados de aguanieve, acrecentaban lo tétrico del paisaje. La única nota humana, además de la doble vela que venía sorteando los islotes y bancos de arena, éramos los tres hombres que aguardábamos al reparo de un muro medio derruido, húmedos de relente y tiritando de frío.

—Es Diego —dijo Sebastián Copons.

Envainé la espada que había empuñado al ver aparecer las velas, me abrigué mejor en la capa y anduve hasta la orilla con el corazón saltándome de gozo. Hasta ese momento, durante el viaje en barca desde la punta de la Celestia y en la fría espera de la isla de San Ariano, mientras se asentaba la luz sucia del alba en la laguna, había tenido la certeza de que nunca volvería a ver al capitán Alatriste. Pero allí estaba mi antiguo amo, sin capa ni sombrero, con su viejo coleto de piel de búfalo reluciente de humedad, pistola, daga y espada al cinto, saltando desde la barca al pontón de tablones medio podridos apenas los marineros arriaron las velas.

—Íñigo —dijo.

Había sorpresa en su voz ronca, como si en realidad no esperase encontrarme allí. Yo estaba parado delante mientras se acercaba, mirándole la cara marcada por huellas de fatiga: sus ojeras violáceas bajo los párpados enrojecidos y el mostacho abatido por la humedad que le aplastaba el cabello en la frente. Se movía torpe, recobrando el uso de sus miembros entumecidos por el frío y la inmovilidad del viaje. Saltaba a la vista que la suya había sido una noche tan de perros como la nuestra. Y supuse que, pese a mi juventud, yo debía de mostrar una apariencia semejante.

—¿Quiénes estáis aquí? —preguntó mientras nos abrazábamos y yo olía su cuerpo sucio, el cuero y el metal de las armas, la humedad que le empapaba las ropas.

–Sebastián y el moro –respondí.

Deshacíamos ya el abrazo, pero me pareció sentirlo estremecerse.

–¿Nadie más?

–Nadie.

Se estrechó con Sebastián Copons, que había venido tras de mí, y miró al moro Gurriato, tumbado al resguardo del muro en ruinas.

–¿Grave? –preguntó.

–Nada serio –dijo el aragonés–. Si nos sacan de aquí pronto.

Se fueron los dos hacia el moro, y yo me quedé mirando al segundo pasajero de la barca. Gualterio Malatesta, cubierto con capa verde y sombrero de la guardia ducal, estaba de pie en el pontón de la orilla. A su espalda, los del bragozo se apartaron a remo y luego izaron velas, alejándose por el canal.

–Vaya, rapaz... Veo que salvaste la piel.

–¿Sólo venís el capitán y vos?

–Sí. Sólo él y yo.

–¿Qué hay de los otros?

–No lo sé. Por ahí atrás se quedaron, supongo... Nosotros éramos los últimos.

Quedé sobrecogido al escuchar aquello. Pensaba en Roque Paredes y la gente de su grupo; en el portugués Manuel Martinho de Arcada –siempre melancólico cual si presintiera su destino– y los suyos; en Quartanet, Pimienta y Jaqueta. Y en los cinco artificieros suecos con los que ni siquiera había cambiado una palabra. Demasiados camaradas perdidos para una sola noche, concluí. Demasiada traición y demasiado fracaso.

–¿Y vos? –pregunté suspicaz.

Me miraba guasón, asestándome la fijeza de sus ojos peligrosos.

–¿Qué pasa conmigo?

Parpadeé. Una leve sonrisa afloraba bajo su bigote recortado, en el rostro picado de marcas y cicatrices que ya necesitaba el filo de una navaja de afeitar.

–Da la casualidad de que seguís vivo y libre –apunté con mala intención.

–Cierto.

Seguía observándome entre curioso y zumbón. Al cabo señaló con un gesto del mentón al capitán Alatriste.

–Tan vivo y libre como él –añadió.

Crujieron las maderas cuando caminó sobre las tablas dejando atrás la orilla y a mí. Le fui a la zaga y vi que dirigía un vistazo alrededor, contemplando las ruinas del antiguo convento, el suelo brumoso donde el aguanieve destilada por las nubes bajas y plomizas no llegaba a cuajar, los cráneos y huesos que asomaban entre la tierra húmeda.

–Lindo sitio –dijo.

Lo dejé allí, estudiando la isla, y fui a reunirme con el capitán Alatriste y Sebastián Copons. Cosían con piola fina y aguja –el capitán siempre llevaba provisión– la herida del moro Gurriato mientras se referían en voz baja, con mucha calma, pormenores de lo ocurrido: la trampa urdida por Lorenzo Faliero en San Marcos y el palacio ducal, la emboscada que nos tendieron en el Arsenal, la suerte idéntica que habría corrido la gente encargada de incendiar el barrio hebreo. Escuchándolos asenté más la certeza de una traición, y del abandono por parte de quienes nos habían mandado a Venecia. Eso me cegó de cólera hasta hacerme renegar de reyes, ministros y embajadores; y hasta de don Francisco de Quevedo, maldita fuera su estampa y su amistad, que de alguna forma nos había metido al capitán y a mí en tan dudosa aventura. Me templó un tanto las maneras, sin embargo, que Copons y mi antiguo amo encarasen el desastre con flema de soldados viejos, muy resignados a la suerte que deparan los altibajos y necesidades de la vida, la guerra y la política. Convencidos por hábito de su papel de humildes peones en tableros jugados por otros, no se rebelaban contra la ingratitud, a la que estaban hechos de sobra, ni los abatía la fortuna esquiva, compañera antigua de sus zozobras. Sobrios, resignados, sin más verbos que los precisos, como al término de tantas encamisadas y golpes de mano vividos en Flandes y el Mediterráneo, los dos veteranos se limitaban a hacer recuento rutinario de bajas, vendar heridas y agradecer sin palabras, a Dios o al diablo, el hecho de seguir vivos. Que en última instancia es la verdadera victoria de un soldado.

–¿Qué hay de él? –pregunté al capitán, señalando a Malatesta.

Estábamos con Sebastián Copons, la espalda contra el muro en ruinas, sentados en torno al moro Gurriato. Los ojos glaucos de mi antiguo amo, tan fríos que parecían formar parte del paisaje, me siguieron el rumbo de la mirada. Ajeno a nosotros, el italiano paseaba cerca de la orilla, observándolo todo.

–Él –repitió, pensativo.

Le pregunté si, a su juicio, Malatesta tenía que ver en la traición. Tardó algún tiempo en responder, sin apartar la vista del sicario. Al cabo movió ligeramente la cabeza.

–No creo.

Seguía mirándolo, fruncido el ceño. Un momento después se pasó los dedos por el mostacho, enjugando el aguanieve sobre sus labios agrietados.

–Aunque nunca se sabe –agregó en voz muy baja.

Me volví hacia Gurriato, recostado en el muro y cubierto con su mojada capa azul. El mogataz tenía la piel cenicienta por el frío y el dolor, pero la mirada viva. La fiebre aún no había hecho aparición y el pulso latía acompasado, razonable. Al sentir mi mano en su muñeca, crispó la boca en una sonrisa. Miré la cruz azuaga tatuada en su mejilla.

–¿Todo bien, moro?

–*Uah*. Apenas duele... Sólo tengo frío.

–¿Mucho?

–Suficiente para temblar por dentro.

Me quité mi capa, colocándola sobre la suya a fin de cobijarlo un poco más.

–Saldrás de ésta.

–Claro... Todos saldremos.

Me puse en pie a cuerpo gentil, en coleto, apretando los dientes que castañeteaban por la mucha humedad, y miré desesperanzado más allá de la isla, en dirección a la parte de la laguna que daba al Adriático, donde unas gaviotas tan grises como el cielo planeaban zambulléndose entre los bancos de fango y arena. No pude ver señal de la vela salvadora que debía sacarnos de allí antes de que quienes rastreaban la laguna dieran con nosotros. Y lo cierto es que ni siquiera podíamos estar seguros de que apareciese la embarcación encargada de llevarnos a las aguas libres del mar abierto. La traición, el abandono de que habíamos sido objeto, podían incluir el dejarnos a nuestra suerte, varados en la isla hasta que el frío y el hambre, si no los esbirros de la Serenísima, diesen cuenta de nosotros.

—¿Nada todavía? —inquirió Copons a mi espalda, interpretándome el gesto.

—Nada... Ni rastro. Sólo mar y nevisca.

—Cagüentodo.

Cuando volví a sentarme, los ojos del capitán Alatriste seguían clavados en Malatesta. Lo observaba con mucha atención, el aire impasible como antes, sin que su rostro dejara traslucir los pensamientos. Pero yo conocía a mi antiguo amo, y aquella forma de mirar me puso alerta.

—¿Todo bien, capitán?

No respondió. Mantenía la vista fija en el italiano y había vuelto a pasarse los dedos por el mostacho. Miré a uno y a otro, intentando comprender.

—¿De verdad no nos traicionó? —insistí.

Tras una pausa larguísima, durante la que mantuvo su inmovilidad absoluta, el capitán negó con la cabeza. Muy despacio.

–No –murmuró al cabo de un instante.

Se quedó callado, como considerando la justeza de lo que acababa de decir, y al cabo volvió a negar para sí mismo, convencido.

–No esta vez –zanjó.

Me volví a Sebastián Copons, inquisitivo, por si el aragonés podía aclarar algo; pero éste encogió los hombros, llamándose a altana. Era soldado de infantería, y calentarse la cabeza lo dejaba para otros. Los silencios y pensamientos de su camarada Alatriste le resultaban aún más herméticos que a mí.

–Si dice que no –se limitó a comentar–, será que no.

Crucé los brazos y me arrebujé cuanto pude, encogido, acudiendo a mí mismo para soportar el frío. El capitán seguía inmóvil, atento a las idas y venidas del italiano, mientras el aguanieve goteaba por su frondoso mostacho soldadesco y por la nariz fuerte, ligeramente curva, que acentuaba su perfil de águila impasible. En ésas, por un corto instante, me pareció ver que el aire grave se le quebraba en un apunte de sonrisa. Si de veras sonrió –no estoy seguro de ello– fue, como digo, un momento brevísimo. Inclinó luego el rostro un poco, mirándose las manos azuladas de frío, y se las frotó vigorosamente para hacerlas entrar en calor. Al cabo sacó la pistola que llevaba al cinto, y tras dejarla en el suelo, a mi lado, se puso en pie con aire dolorido, como si le costara un mundo el esfuerzo, y anduvo hacia Gualterio Malatesta.

Seguía sin cuajar la nevisca: infinidad de gotitas blancas se deshacían empapando el sombrero y la capa de Malatesta, sobre el fondo de nubes plomizas y bruma baja. Los límites de agua y cielo se confundían en los canales próximos, sobre los bancos de fango y arena descubiertos por la marea. Mientras se acercaba al italiano, Diego Alatriste sintió que ese paisaje desolado le enfriaba más el corazón, infiltrándose entre sus ropas y su carne. Tiñéndole el pensamiento, la voluntad, de una gris melancolía.

—Tardan en rescatarnos —comentó el sicario.

Lo dijo en tono ligero, adobándolo con la mueca adecuada. Miraba la parte de la laguna que daba al sur y al mar abierto. Después se agachó a coger del suelo un hueso medio desenterrado, que hacía rato escarbaba con la puntera de sus botas. Se alzó con él en una mano, observándolo curioso. Era una clavícula humana.

—Como me ves, te verás —dijo en tono filosófico.

Arrojó el hueso al agua de la orilla y siguió contemplando el horizonte difuso y plomizo.

—Lo cierto es que tardan —repitió.

—Hay tiempo de sobra —dijo Alatriste.

Los ojos negros del italiano permanecieron un rato inmóviles, mirando a lo lejos. Parecía que Malatesta no hubiese escuchado el comentario. Al fin, su mirada oscura se posó en Alatriste. Lo hizo muy lentamente, casi con curiosidad. Después bajó, siempre muy despacio, hasta la mano que éste apoyaba en el pomo de la espada.

—Tiempo, ¿para qué?

–Para ponernos al día.

Inició el italiano un amago de sonrisa, pero ésta no llegó a cuajar del todo. Fue un intento fallido, que acabó en una mueca incrédula. Ahora parecía desconcertado, como un hombre al límite de la fatiga a quien se pidiera atención súbita sobre algo inesperado. Pero no sé de qué se extraña, pensó Alatriste. No a estas alturas, y entre nosotros. No aquí, ni ahora. Suspendidos entre cielo y mar, entre vida y muerte. Cada cosa tiene su momento, y vete a saber si habrá otro.

–Vuestra merced está de broma –dijo Malatesta.

–¿Os lo parece?

–*Minchia*. Somos...

–¿Camaradas?

–Algo así.

Le sostenía Alatriste los ojos, decidido, sintiendo gotear el aguanieve por el pelo, el mostacho y la cara.

–Ya no –repuso con suavidad–. Se acabó la tregua.

Había dejado de tener frío y el mundo se le antojaba, de nuevo, asombrosamente simple. El peso del acero que cargaba al cinto, enfrentándolo a lo inmediato, borraba el pasado reciente y desvanecía el futuro. La vida era de nuevo lo que era.

–Diablos –murmuró el sicario.

No parecía irritado. Su asombro se extinguió al fin en una risa queda, seca, distinta a las que Alatriste le había oído otras veces. Había un punto de admiración, advirtió, en aquella forma de reír.

–¿Aquí mismo? –preguntó Malatesta, al fin.

—Si no os importa.

Una última mirada. Seria, grave. Resignada, tal vez. Un instante irónica antes de oscurecerse de nuevo.

—No, capitán. Lo cierto es que no me importa.

Asintió Alatriste, aprobando lo razonable de esas palabras. Luego se pasó una mano por la cara para enjugar las gotas de aguanieve, dio tres pasos atrás y sacó la espada.

No podía creerlo, ni mis compañeros tampoco. El moro Gurriato miraba aturdido mientras Sebastián Copons y yo nos levantábamos con viveza a observar la escena: el capitán Alatriste aceros en mano, espada y daga, mientras Gualterio Malatesta se desembarazaba de capa y sombrero, sacaba sus avíos y se ponía en guardia frente a él. La nevisca y la bruma baja de la orilla acentuaban la irrealidad de la escena, pues parecían suspender las figuras de ambos en el aire. Cual si se batieran sobre el fin del mundo.

—Es un disparate —exclamó Copons.

Hizo ademán de ir a separarlos, pero lo retuve agarrándole un brazo. De pronto, comprendía. Y en mi fuero interno lamentaba no haber sabido interpretar a tiempo las miradas del capitán, ni su decisión al levantarse para provocar a Malatesta. Maldije mi torpeza por no ser capaz de adelantarme a sus intenciones. Soy yo quien debería estar ahí riñendo, pensé. Ajustando viejas cuentas, por si no hubiera mejor ocasión en el futuro. O por si no hay futuro.

–No es tanto disparate –repliqué con maduro sosiego–. Sólo una larga y vieja historia.

Aquello distaba de una sesión de esgrima a base de compás y posturas. Los adversarios permanecían inmóviles, estudiándose, tendidas las espadas que ni siquiera llegaban a rozarse. Pendiente cada cual de su enemigo, mirándole los ojos y no la punta del hierro. Prevenidos a la intención. Yo sabía de sobra –también aquél era mi oficio, pardiez– que entre espadachines de su cuajo no habría juego de pies, ni batir prolongado de toledanas y vizcaínas, ni tretas ingeniosas que esperar. Allí se fiaba todo al entrar y salir de conclusión, a la estocada de punta rápida y la cuchillada veloz como un relámpago. Ninguno iba a arriesgarse si no era sobre seguro. Y así estaban, al acecho, en silencio, perfilados y vigilándose como gavilanes, esperando a que descompusiera la guardia el otro. Buscando el hueco por donde meter acero hasta el ánima.

Se movió primero Malatesta. Sólo alargó el brazo, tanteando con suavidad la punta del capitán Alatriste: un cling-cling metálico, leve, que en absoluto comprometía. Simple juego de muñeca. Estaba el italiano ligeramente encorvado hacia adelante –yo le conocía bien aquella postura–, larga la espada y cubriéndose el vientre y el flanco izquierdo con la vizcaína cruzada delante del pecho. Se erguía más el capitán, también a su manera, manteniendo la misma guardia natural en tercera posición. Después de tocarse los aceros se separaron de nuevo, ambos quietos y en línea. Entonces repitió Malatesta el movimiento, tintineó el hierro, y cuando pare-

... Se erguía más el capitán, también a su manera...

cía que todo volvía a la distancia anterior, en el mismo impulso hizo contravuelta, fijó con la espada y tiró una cuchillada baja con la daga, no al cuerpo sino al brazo mismo del capitán. Que a no retraerse éste, leyendo el golpe en los ojos del otro, se lo habría pasado de parte a parte, dejándolo inútil antes de asestarle una estocada definitiva. Levó el capitán con su espada, acuchilló rápido y en tajo hacia la cara, y acabaron los aceros en el vacío, separados los contendientes. Otra vez inmóviles y al acecho como si nada hubiera ocurrido entre ellos.

–Hijos de puta –oí mascullar a Copons, admirado.

Seguían quietos y perfilados Malatesta y el capitán Alatriste, rozándose apenas, otra vez, las puntas. Ninguno gastaba verbos ni hacía visajes, ni posturas. Respiraban despacio y hondo, alerta, sin quitarse los ojos. En ese momento calculé lo simple que sería amartillar el arma de fuego que el capitán había dejado atrás, acercarme al italiano y esparcir sus sesos de un pistoletazo. Lo haría de todas formas, decidí, si iban mal las cosas y mi antiguo amo encajaba una mala herida. Que me quemara en los infiernos, si no.

Tintineó de nuevo el acero. Apenas un roce suave, de puntas; pero Diego Alatriste sintió en lo diverso de la vibración el propósito de su adversario. Aun así, apenas dispuso de margen para precaverse. Todo ocurrió tan rápido que no

hubo tiempo de pensar, y se confió al instinto y los hábitos.
Con rapidez y buen pulso, paró de daga y respondió de espada y daga, en sucesión inmediata, golpe tras golpe: tres
cuchilladas y cuatro estocadas, con un contraataque a fondo
que lo puso tan cerca de Malatesta que por un instante sintió
su aliento. Rompió pasando al otro lado, con recio revés que
arrancó rasgar de ropa mojada y un quejido de dolor y cólera a su enemigo. Al volverse, afirmado de nuevo en guardia
natural, vio que Malatesta, otra vez espada tendida delante y
vizcaína cruzada sobre el pecho, sin apartar sus ojos de los
suyos, se tanteaba con el codo un desgarrón abierto en el
costado derecho del jubón. Y que ahí humeaba el vaho cáli-
do de una mancha de sangre.

Es el momento, se dijo. Gocemos del desconcierto y con-
cluyamos. No terminaba de pensarlo cuando, al disponerse
a amagar con una treta para luego tirarse a fondo, jugándolo
todo a esa carta, el italiano lo sorprendió con un ataque inesperado, franco, tan recto y limpio que Alatriste lo tomó por
finta y se limitó a esperar la estocada definitiva; con la diferencia de que ésa lo era, o lo intentaba; y de pronto se vio
con la punta del otro acero a tres pulgadas del pecho, y con
el filo de la vizcaína enemiga resbalando a lo largo de su espada, desviándole la guardia. Rompió como pudo, a la deses-
perada, sin saber cómo, librándose porque la punta pinchó
sesgada en la gruesa piel de búfalo del coleto, y pudo zafarse
con sólo medio tajo de daga en la mandíbula, bajo la oreja
—dolió como una quemadura súbita—, que si llega a subir un
poco más se la corta entera.

–Casi parejos –masculló Malatesta, mirándolo restañarse la sangre con el dorso de la mano que empuñaba la daga.

No habló más. Se afirmaban otra vez frente a frente, aceros tendidos o cruzados, en guardia, fijándose en los ojos del otro. Atentos a advertir, un momento antes de que se produjeran, los nuevos movimientos del contrincante. Las intenciones que trazarían líneas de vida o de muerte. La expresión de Malatesta era ahora inescrutable, comprobó Alatriste: no había en ella rastro de la habitual ironía, y sus labios eran una línea apretada, sólo entreabierta a ratos para respirar. Nada de sarcasmos ni musiquillas silbadas. Serio como la muerte. Sólo concentración absoluta: crispación profesional que el cuerpo atento, adiestrado, vigilante pese a la fatiga que hacía mella en ambos, prolongaba en la hoja de su espada y en el filo de su daga.

Inesperadamente, algo alteró las facciones del italiano. Se había producido un ligero mudar en el cielo, a espaldas de Alatriste, como si entre el celaje gris y la llovizna de aguanieve penetrase mayor claridad. Y ese cambio en la cualidad del aire, tornando la atmósfera más abierta, o luminosa, incidía ahora en el rostro picado de Malatesta; ahondando las marcas y cicatrices de su piel, y oscureciendo las ojeras violáceas de su rostro fatigado.

–*Dio cane* –murmuró.

Miraba por encima del hombro de Alatriste, más allá de él y de la isla; pero éste era perro combatido, y no bajó la guardia ni apartó su mirada del sicario. Atento a cualquier treta. Entonces el otro dio dos pasos atrás, cauto, rompiendo distancia, e hizo un ademán evasivo con la mano que empuñaba la espada, cual si pidiera un respiro. Seguía mirando en dirección a la laguna. En ese momento, Alatriste dejó de prestar atención a los ojos del enemigo para fijarse en su boca, y comprobó que sonreía. Era la vieja mueca de siempre: burlona, sardónica.

—Quizá sea otro día —añadió Malatesta, enigmático.

Había bajado sus armas, invitándolo a mirar atrás sin riesgo de que le rebanara la gorja. Aún reculó otro paso con intención de garantizar el gesto. Lo hizo al fin Alatriste, volviendo el rostro a medias: suficiente para comprobar que el cielo plomizo empezaba a abrirse hacia el sur, por la parte que daba al Adriático. Un arco iris asentaba allí sus colores, apoyando los extremos en los bancos de arena y los islotes, mientras un haz de sol muy limpio y luminoso, casi cegador, semejante al que debió de alumbrar el mundo el día mismo de la Creación, tornaba azul, a lo lejos, un trecho de agua en la laguna.

—Sí —suspiró Alatriste—. Será otro día.

El italiano envainaba su espada y su daga, y él hizo lo mismo. Luego se llevó una mano al corte que le escocía bajo la oreja, sintiendo correr mezcladas el aguanieve y la sangre.

—Estuvisteis cerca —comentó, limpiándose los dedos en el coleto.

Asintió Malatesta, que se apretaba el desgarrón del costado.

—Y vos —dijo.

Después permanecieron inmóviles y en silencio entre la
nevisca, uno junto al otro, mirando hacia la parte que daba
al mar abierto. En la franja lejana, soleada y azul, el rayo de
luz que se abría paso entre las nubes iluminaba las velas blancas de una embarcación que navegaba hacia la isla de los
Esqueletos.

La Navata, enero de 2011

NOTA DEL AUTOR

Es difícil establecer si, como sostienen las memorias de Íñigo Balboa Aguirre,[1] hubo realmente una conspiración para asesinar al dogo de Venecia en la noche del 24 de diciembre de 1627. No se conocen documentos venecianos ni españoles que lo confirmen o desmientan, de manera que la veracidad de los hechos que narra *El puente de los Asesinos* queda a discreción del lector. Es interesante considerar, sin embargo, algunos hechos históricos que pueden iluminar el asunto:

El duque Vincenzo II de Mantua falleció sin dejar descendencia el 26 de diciembre. Un mes después, don Gonzalo Fernández de Córdoba, gobernador de Milán, recibía de Madrid la orden de invadir con sus tropas Mantua y el Mon-

---

[1] *Papeles del alférez Balboa*. Manuscrito de 478 páginas. Madrid, sin fecha. Biblioteca Nacional.

ferrato, lo que dio lugar a un grave conflicto diplomático, a la intervención de Francia, Saboya y el papa, y a una larga campaña militar que acabó siendo adversa para las armas españolas en el norte de Italia.[2]

El senador veneciano Riniero Zeno, que según el relato de Íñigo Balboa en que se basa la presente historia era quien debía suceder al dogo Giovanni Cornari si triunfaba la conjura, fue apuñalado el 30 de diciembre de 1627 –seis días después de la famosa misa de Nochebuena– en una calle de la ciudad por un grupo de sicarios enmascarados.[3] Zeno quedó gravemente herido, aunque salvó la vida. La investigación descubrió a uno de los hijos del dogo, llamado Giorgio Cornari, como instigador del atentado. Este suceso encaja en los usos habituales de la Serenísima, que solía arreglar sus asuntos de forma discreta, lavando la ropa sucia en casa.

En cuanto a la presencia en Milán y Venecia, en diciembre de 1627, del diplomático español Diego de Saavedra Fajardo, por esas fechas destinado oficialmente en la embajada española de Roma,[4] no hay constancia efectiva. Se conserva, sin embargo, un curioso documento localizado en el archivo biblioteca sevillano de doña Macarena Bruner, duquesa del Nuevo Extremo, por el profesor Klaus Oldenbarnevelt, director del Instituto de Estudios Hispánicos de la Universidad

---

[2] *Don Gonzalo Fernández de Córdoba y la guerra de sucesión de Mantua y del Monferrato*. Manuel Fernández Álvarez. CSIC. Madrid, 1955.

[3] *Historia de Venecia*. John Julius Norwich. Almed Historia. Madrid, 2003.

[4] *Don Diego de Saavedra y Fajardo y la diplomacia de su época*. Manuel Fraga Iribarne. Ministerio de AAEE. Madrid, 1956.

de Utrecht: una breve carta cifrada con fecha de 20 de diciembre de ese mismo año –y cuya copia poseo gracias a la amistad y buenos oficios del profesor Diego Navarro Bonilla–, dirigida por el embajador de España ante la Serenísima, Cristóbal de Benavente, al marqués de Charela –espía mayor y jefe de los servicios secretos de Felipe IV antes de ser relevado en ese cargo por el almirante Gaspar Bonifaz–, donde se mencionan «*los pertinentes documentos traídos de Roma, en propia mano, por el secretario S. F.*».[5]

Lo que, una vez más, pone de manifiesto que la ficción no es sino una faceta insospechada de la realidad. O viceversa.

---

[5] *77-A. Sección Condado de Guadalmedina.* Biblioteca de los duques del Nuevo Extremo. Sevilla.

EXTRACTOS DE LAS

FLORES DE POESÍA
DE VARIOS INGENIOS DE ESTA CORTE

Impreso del siglo XVII sin pie de imprenta
conservado en la Sección «Condado de Guadalmedina» del Archivo y
Biblioteca de los Duques del Nuevo Extremo (Sevilla).

DE DON ALONSO DE ERCILLA

Capitán y poeta

ESTANCIA DE SU *ARAVCANA* FAMOSA, Y APLÍQUESE A LOS VENECIANOS

ꙮ Octava rima ꙮ

ES un color, es aparencia vana
Querer mostrar que el principal intento
Fue el extender la religión cristiana
Siendo el puro interés su fundamento;
Su pretensión de la codicia mana,
Que todo lo demás es fingimiento
Pues los vemos que son más que otras gentes
Adúlteros, ladrones, insolentes.

☛ DEL SEÑOR SOLDADO
MIGUEL DE CERVANTES SAAVEDRA
❧

A LA HERMOSA PARTÉNOPE DE SU MOCEDAD
Tercetos encadenados

 DÍJEME a mí mismo: no me engaño;
Esta ciudad es Nápoles la ilustre,
Que yo pisé sus rúas más de un año.
De Italia gloria, y aún del mundo lustre,
Pues de cuantas ciudades él encierra
Ninguna puede haber que así le ilustre,
Apacible en la paz, dura en la guerra.

☛ DE DON FRANCISCO DE QUEVEDO

Señor de la Torre de Juan Abad,
del hábito de Santiago

❦

A ROMA SEPVLTADA EN SUS RVINAS

༒ལ*Soneto*ༀལ

USCAS en Roma a Roma, ¡oh, peregrino!,
Y en Roma misma a Roma no la hallas:
Cadáver son las que ostentó murallas,
Y tumba de sí proprio el Aventino.

Yace donde reinaba el Palatino;
    Y limadas del tiempo, las medallas
    Más se muestran destrozo a las batallas
    De las edades que blasón latino.

Solo el Tibre quedó, cuya corriente,
    Si ciudad la regó, ya sepoltura
    La llora con funesto son doliente.

¡Oh, Roma!, en tu grandeza, en tu hermosura,
    Huyó lo que era firme y solamente
    Lo fugitivo permanece y dura.

❧

POLÍTICA RAZÓN
DE LOS ASVNTOS DE ITALIA
∞ Soneto ∞

 E la envidia el Francés quemado siga
De ver a España en el Milanesado,
Y de la Serenísima inquietado
Por Friuli el corazón, que el Austria liga.

En Flandes la campaña se prosiga
   Que al hereje rebelde habrá domado
   Antes de que Saboya el anhelado
   Monferrato en su garra hallar consiga.

Podrá el Turco intentar poner cabeza,
   Contra Sicilia en esa Lampedusa
   Que entre África y Europa tiende puente;

Mas nada logrará que la entereza
   De nuestra fe, si la fatiga acusa,
   Quebrada sea y rinda al fin la frente.

☛ DE DON XAVIER MARÍAS FRANCO

*Hombre de letras, caballero de la Jarretera
y señor de la Ínsula de Redonda*

❦

AL SEÑOR CAPITÁN ALATRISTE

Octava rima

UBO un hombre de hierro que escribía
Su vida a tajos con el duro acero;
Ninguno le igualó la valentía
Ni tuvo firme ante su brazo fiero.
De honores regios siempre erró la vía
Y anduvo pobre, ayuno de dinero.
Fue silencioso, digno, acuchillado;
Dicho en pocas palabras: fue soldado.

☞ DEL SIGNORE DOTTORE FRANCESCO RICCO MANRICO

de la academia florentina de la Crusca

❧

EL CREDO DEL CAPITÁN

ഇര *Soneto* ര

 o picaré en el cebo de la vida,
Turbio nombre que Dios puso a la muerte;
La farsa de la historia, de la suerte,
Me pilla con la máscara vestida.

Y la naturaleza, esa homicida,
        De tanto aporrearme, se ha hecho inerte.
        Naturaleza, historia y Dios, Reverte,
        No harán que me desangre por su herida.

En nadie creo ya, y en nadie espero,
        Y no me amo yo más que a otro del hato.
        Guardo la compostura, miro y río,

Y si acaso desprecio... nada quiero,
        Salvo matar el tiempo en quienes mato,
        Batiendo el ala triste del hastío.

—*Esto habló un capitán, hombre de chapa.*

☛ DEL D.ᴿ DON ALBERTO MONTANER

Profesor de Humanas Letras,
del hábito de San Eugenio.

❦

AVISO DE LA MVERTE, Y EMPRESA MORAL
SOBRE LA DIVISA DEL CAPITÁN ALATRISTE

༐ஓ*Soneto*ஓ༐

UÉ es nacer, sino entrar en agonía?
¿Qué es vivir, sino ser para la fosa?
Viene veloz y amarga nos acosa,
Alada llega y nada la desvía.

Nunca la hora, pues se ignora el día,
Tendremos prevenida, y espantosa
De súbito vendrá, por ser la esposa
Que al tenebroso tálamo nos guía.

Ley es morir, ley es temer su acero;
Prudencia es recordar que nos reclama
Y por empresa usar su casco huero.

Si eres así de audaz, si así de fuerte,
Te hará volar el soplo de la fama
Sobre las tristes alas de la muerte.

☛ DEL DOCTOR EN ARMAS Y LETRAS
ANDRÉS REY DE ARTIEDA,

que fue soldado

❧

SOBRE LA IMPACIENCIA, MOTINES Y PROTESTAS DE LOS MISMOS

෮෮෬ *Tercetos encadenados* ෮෮෬

 IGA *la gente mísera y perdida,*
Digo, los capitanes y soldados
Este infelice género de vida.

Coja el primer lugar de las hileras,
Muera primero, trepe por el muro,
Gane mil estandartes y banderas;

Que dentro España quiero estar seguro
Y no volver a combatir, protesto
So pena de traidor, falso y perjuro.

Pues estos dos que osaron decir esto,
Ha seis días, cobradas cuatro pagas
Y conforme razón, puestos a gesto,

Con solas sus espadas y sus dagas,
Pasando a nado un foso, hicieron cosas,
Que plegue a Dios que en ocasión las hagas.

ÍNDICE

El capitán Alatriste
ARTURO PÉREZ-REVERTE

«No era el hombre más honesto ni el más piadoso, pero era un hombre valiente»... Con estas palabras empieza *El capitán Alatriste*, la historia de un soldado veterano de los tercios de Flandes que malvive como espadachín a sueldo en el Madrid del siglo XVII. Sus aventuras peligrosas y apasionantes nos sumergen sin aliento en las intrigas de la Corte de una España corrupta y en decadencia, las emboscadas en callejones oscuros entre el brillo de dos aceros, las tabernas donde Francisco de Quevedo compone sonetos entre pendencias y botellas de vino, o los corrales de comedias donde las representaciones de Lope de Vega terminan a cuchilladas. Todo ello de la mano de personajes entrañables o fascinantes: el joven Íñigo Balboa, el implacable inquisidor fray Emilio Bocanegra, el peligroso asesino Gualterio Malatesta, o el diabólico secretario del rey, Luis de Alquézar. Acción, historia y aventura se dan cita en estas páginas inolvidables.

Limpieza de sangre
ARTURO PÉREZ-REVERTE

A punto de incorporarse a su antiguo tercio en Flandes, Diego Alatriste se ve envuelto por mediación de su amigo don Francisco de Quevedo en otra peligrosa aventura. Una mujer ha aparecido estrangulada en una silla de manos frente a la iglesia de San Ginés, con una bolsa de dinero y una nota manuscrita: *Para misas por su alma.* El enigma se complica con los sucesos misteriosos que ocurren tras las paredes de un convento, cuando Alatriste es contratado para rescatar de allí a una joven novicia. En el azaroso y fascinante Madrid de Felipe IV, entre lances, tabernas, garitos, intrigas y estocadas, la aventura pondrá en juego la vida de los amigos del capitán, haciendo surgir del pasado los fantasmas de viejos enemigos: el pérfido secretario real Luis de Alquézar, el inquisidor fray Emilio Bocanegra y el siniestro espadachín italiano Gualterio Malatesta.

www.alfaguara.com

El sol de Breda
ARTURO PÉREZ-REVERTE

El sol de Breda escenifica las batallas y el asedio de la ciudad de Breda en 1625 por los Tercios españoles en Flandes. Íñigo Balboa adquiere en este relato un papel más protagonista: es mochilero del tercio viejo de Cartagena, donde sirve de ayudante al capitán Alatriste, y empuña por primera vez las armas en el combate. Íñigo será, en esta aventura, testigo del sometimiento de la ciudad por las tropas españolas, y describirá años más tarde al pintor Diego Velázquez, para que los inmortalice en un famoso cuadro, los rostros de los participantes en la batalla: el general Ambrosio Spínola, un respetado guerrero con dotes de político, que abortará el conato de un motín de las tropas, y el maestre de campo Pedro de la Daga, despreciativo con sus tropas hasta la crueldad, o el dubitativo capitán Carmelo Bragado y el duro soldado Sebastián Copons, veteranos de las guerras del Rey católico y camaradas del capitán Alatriste.

www.alfaguara.com

El oro del rey
ARTURO PÉREZ-REVERTE

Sevilla, 1626. A su regreso de Flandes, donde han participado en
el asedio y rendición de Breda, el capitán Alatriste y el joven mochilero Íñigo Balboa reciben el encargo de reclutar a un pintoresco grupo de bravos espadachines para una peligrosa misión, relacionada con el contrabando del oro que los galeones españoles
traen de las Indias. Los bajos fondos de la turbulenta ciudad an-
daluza, el corral de los Naranjos, la cárcel real, las tabernas de
Triana, los arenales del Guadalquivir, son los escenarios de esta
nueva aventura, donde los protagonistas reencontrarán traiciones,
lances y estocadas, en compañía de viejos amigos y de viejos enemigos.

www.alfaguara.com

El caballero del jubón amarillo
ARTURO PÉREZ-REVERTE

El caballero del jubón amarillo se desarrolla en el mundo de los corrales de comedias del Madrid del XVII. Cruzándose con viejos amigos y viejos enemigos, y con los personajes famosos de la época, como Lope de Vega, Calderón de la Barca y el capitán Alonso de Contreras, Diego Alatriste e Íñigo Balboa se enfrentarán a una conspiración en la corte de Felipe IV. Lances, estocadas, intrigas palaciegas y aventuras amorosas salpican un relato de acción trepidante.

Corsarios de Levante
ARTURO PÉREZ-REVERTE

«Durante casi dos años serví con el capitán Alatriste en las galeras de Nápoles. Por eso hablaré ahora de escaramuzas, corsarios, abordajes, matanzas y saqueos. Así conocerán vuestras mercedes el modo en que el nombre de mi patria era respetado, temido y odiado también en los mares de Levante. Contaré que el diablo no tiene color, ni nación, ni bandera; y cómo, para crear el infierno en el mar o en la tierra, no eran menester más que un español y el filo de una espada. En eso, como en casi todo, mejor nos habría ido haciendo lo que otros, más atentos a la prosperidad que a la reputación, abriéndonos al mundo que habíamos descubierto y ensanchado, en vez de enrocarnos en las sotanas de los confesores reales, los privilegios de sangre, la poca afición al trabajo, la cruz y la espada, mientras se nos pudrían la inteligencia, la patria y el alma.»

Alfaguara es un sello editorial del Grupo Santillana

www.alfaguara.com

Argentina
www.alfaguara.com/ar
Av. Leandro N. Alem, 720
C 1001 AAP Buenos Aires
Tel. (54 11) 41 19 50 00
Fax (54 11) 41 19 50 21

Bolivia
www.alfaguara.com/bo
Calacoto, calle 13 n° 8078
La Paz
Tel. (591 2) 279 22 78
Fax (591 2) 277 10 56

Chile
www.alfaguara.com/cl
Dr. Aníbal Ariztía, 1444
Providencia
Santiago de Chile
Tel. (56 2) 384 30 00
Fax (56 2) 384 30 60

Colombia
www.alfaguara.com/co
Calle 80, n° 9 - 69
Bogotá
Tel. y fax (57 1) 639 60 00

Costa Rica
www.alfaguara.com/cas
La Uruca
Del Edificio de Aviación Civil 200 metros
Oeste
San José de Costa Rica
Tel. (506) 22 20 42 42 y 25 20 05 05
Fax (506) 22 20 13 20

Ecuador
www.alfaguara.com/ec
Avda. Eloy Alfaro, N 33-347 y Avda. 6 de
Diciembre
Quito
Tel. (593 2) 244 66 56
Fax (593 2) 244 87 91

El Salvador
www.alfaguara.com/can
Siemens, 51
Zona Industrial Santa Elena
Antiguo Cuscatlán - La Libertad
Tel. (503) 2 505 89 y 2 289 89 20
Fax (503) 2 278 60 66

España
www.alfaguara.com/es
Torrelaguna, 60
28043 Madrid
Tel. (34 91) 744 90 60
Fax (34 91) 744 92 24

Estados Unidos
www.alfaguara.com/us
2023 N.W. 84th Avenue
Miami, FL 33122
Tel. (1 305) 591 95 22 y 591 22 32
Fax (1 305) 591 91 45

Guatemala
www.alfaguara.com/can
26 avenida 2-20
Zona n° 14
Guatemala CA
Tel. (502) 24 29 43 00
Fax (502) 24 29 43 03

Honduras
www.alfaguara.com/can
Colonia Tepeyac Contigua a Banco
Cuscatlán
Frente Iglesia Adventista del Séptimo Día,
Casa 1626
Boulevard Juan Pablo Segundo
Tegucigalpa, M. D. C.
Tel. (504) 239 98 84

México
www.alfaguara.com/mx
Avda. Río Mixcoac, 274
Colonia Acacias
03240 Benito Juárez México D.F.
Tel. (52 5) 554 20 75 30
Fax (52 5) 556 01 10 67

Panamá
www.alfaguara.com/cas
Vía Transísmica, Urb. Industrial Orillac,
Calle segunda, local 9
Ciudad de Panamá
Tel. (507) 261 29 95

Paraguay
www.alfaguara.com/py
Avda. Venezuela, 276,
entre Mariscal López y España
Asunción
Tel./fax (595 21) 213 294 y 214 983

Perú
www.alfaguara.com/pe
Avda. Primavera 2160
Santiago de Surco
Lima 33
Tel. (51 1) 313 40 00
Fax (51 1) 313 40 01

Puerto Rico
www.alfaguara.com/mx
Avda. Roosevelt, 1506
Guaynabo 00968
Tel. (1 787) 781 98 00
Fax (1 787) 783 12 62

República Dominicana
www.alfaguara.com/do
Juan Sánchez Ramírez, 9
Gazcue
Santo Domingo R.D.
Tel. (1809) 682 13 82
Fax (1809) 689 10 22

Uruguay
www.alfaguara.com/uy
Juan Manuel Blanes 1132
11200 Montevideo
Tel. (598 2) 410 73 42
Fax (598 2) 410 86 83

Venezuela
www.alfaguara.com/ve
Avda. Rómulo Gallegos
Edificio Zulia, 1°
Boleita Norte
Caracas
Tel. (58 212) 235 30 33
Fax (58 212) 239 10 51

Este libro se terminó de imprimir en el mes de
octubre de 2011, en Edamsa Impresiones S.A. de C.V.
Av. Hidalgo No. 111, Col. Fracc. San Nicolás Tolentino C.P. 09850,
Del. Iztapalapa, México, D.F.

Made in the USA
Lexington, KY
16 July 2012